KB078543

절대호위

護衛

문용신 新무협 판타지 소설

FANTASTIC ORIENTAL HEROES

절대호위 1

문용신 新무협 판타지 소설

초판 1쇄 찍은 날 § 2014년 8월 14일
초판 1쇄 펴낸 날 § 2014년 8월 21일

지은이 § 문용신
펴낸이 § 서경석

편집부장 § 권태완
편집책임 § 한준만
편집 § 정수경

펴낸곳 § 도서출판 청어람
등록번호 § 제1081-1-89호
등록일자 § 1999. 5. 31
어람번호 § 제2-2527호

주소 § 경기도 부천시 원미구 심곡2동 163-2 서경B/D 3F (우) 420-822
전화 § 032-656-4452   팩스 § 032-656-4453
http://www.chungeoram.com
E-mail § chungeorambook@daum.net

ⓒ 문용신, 2014

ISBN 979-11-316-9157-1 04810
ISBN 979-11-316-9156-4 (세트)

절대호위 護衛

1

문용신 新무협 판타지 소설

FANTASTIC ORIENTAL HEROES

도서출판 청어람

目次

第一章

있습니다, 지켜줄 사람

독한 놈이야. 차라리 염왕을 상대해도 그놈만은 상대하지 마.
얼마나 독하냐면, 제 아비 노름빚 되찾겠다고 도박판 기술이란
기술은 다 연마해 버린 놈이니까. 그게 열세 살 때였어. 지금은 타
짜야.

—도박장 주인

　소년 외수, 아니 오늘부로 딱 스무 살 청년이 된 '착한' 외수
는 '혈연(血緣)'이란 말을 극도로 혐오했다. 아버지 때문이었
다. 외수는 아버지가 혈연관계를 종속관계쯤으로 여기는 것이
틀림없다고 생각했다. 그렇지 않고서야 하나뿐인 아들을 혈연
이란 이름으로 묶어놓고 '노예' 또는 '생계보조수단'으로 철저
히 이용해 먹을 수는 없는 것이었다.

　아버지는 외수가 열 살이 되던 때부터 '이 늙고 병든 아버지'
란 말을 주기적, 규칙적으로 내뱉으며 아들의 사고(思考)를 세뇌
하는 데 힘써왔다. 그러나 외수는 알고 있었다. 단 한순간도 멀
쩡하지 않은 적이 없었던 아버지가 지금까지 '이 늙고 병든 아
버지' 노릇을 하며 사다 먹은 약이 모조리 정력에나 소용되는
보약이라는 것을.

그래도 착하고 '과묵한' 외수는 단 한 번도 내색하지 않았다.

아버지는 완벽한 백수건달에 한량(閑良)이며, 지칠 줄 모르는 무한정력 호색한(好色漢)이었다. 하루 종일 방구석에서 뒹굴다 무료해지면 색주가(色酒家) 탐방부터 시작해 동네 과부란 과부들까지 죄다 후리고 다니는 천하제일 난봉꾼.

착한 데다 과묵하고 '부지런한' 외수가 아침부터 공사판 중노동으로 시작해 저녁까지 이집 저집 온갖 잡일을 하며 뼈 빠지게 돈 벌어봐야 대부분이 아버지 주색 밑천으로 들어가고, 나머지는 노름판에서 깨끗이 탕진되었다.

참 신기한 일이었다. 외수가 어릴 때부터 아버지가 그랬던 건 아니었다. 처음 아버지가 병자 노릇을 시작한 건 외수가 이것저것 한창 궁금해하며 뭐든지 알아가던 여덟 살 때였다. 그때부터 외수는 어쩔 수 없이 남의 집 자잘한 허드렛일을 도우며 돈을 벌어야 했다. 그전까지의 아버지는 주색도 노름도 전혀 몰랐던 사람이었다. 한데 외수가 조금씩 성장하고 그에 따라 벌어오는 품삯이 조금씩 늘어나자 슬금슬금 도박장 출입을 시작하는가 싶더니 어느 순간에 이르러선 주색에까지 빠져 있었다.

더 기막힌 건 아버지가 외수가 벌어오는 돈을 한 푼도 남기지 않고 그때그때 모조리 족족 써버린다는 것이었다. 마치 집에 돈을 놔두면 안 되는 사람같이 한 냥을 벌어오면 한 냥을 썼고, 열 냥을 벌어오면 열 냥만큼 깔끔히 털어 탕진하고 돌아왔다.

죽어라 일해도 밑 빠진 독에 물 붓기. 그 생활이 어느덧 십 년이 넘었고, 웬만큼 대가리가 큰 외수는 아버지를 이해할 수 없었다.

그래서 외수는 당연히 그 혈연관계라는 것에 대해 심각히 고민해 볼 수밖에 없었다. 아무리 눈, 코, 입, 골격이 똑같아도 분명 어디서 닮은 녀석을 주워 왔거나 사온 것일 거라고. 정녕 그게 아니라면 이처럼 어릴 적부터 학대 수준의 노동과 착취를 할 수는 없는 것이라고.

스무 살. 성인이 된 외수. 이제 그가 속으로 외칠 수 있는 희망은 딱 하나. 바로 '가출' 이었다.

멀리 마을이 내려다보이는 산속의 허름한 초옥. 그곳이 아버지와 외수가 사는 집이었다.

새벽부터 정성껏 아침상을 준비한 외수는 밥상을 들고 방으로 들어가 아버지 앞에 조심스레 내려놓았다. 그리고 한 발 물러나 무겁게 절을 했다.

멀거니 지켜보고 있던 아버지가 두 눈을 껌뻑이며 물었다.

"너 초상 치르냐? 왜 아침부터 멀쩡히 살아 있는 사람을 앞에 앉혀 놓고 절을 하고 난리냐?"

외수가 대답했다.

"나 오늘부로 떠날까 해."

"······?"

멀뚱히 쳐다보는 아버지.

"작별인사야. 앞으로 아버지가 밥 차려 먹어."

외수는 솔직히 '그래, 이제 너도 다 컸으니 세상에 나가 뜻을 펼쳐 보아라!' 따위의 깜짝 놀랄 기적적인 반응을 기대했다. 그러나 보고 있던 아버지는 대꾸할 가치도 없다는 듯 일언반구도 않고 후루룩 쩝쩝 밥 먹는 데만 열중했다. 그래도 외수는 밤새 다진 자신의 굳은 의지를 굽히지 않았다.

"많이 생각해 봤어. 물론 혼자 있으면 힘들겠지만 내 인생도 있는 거니까 조금 힘들더라도……."

"아들아!"

수상한 분위기의 음성에 외수는 천장을 향해 쳐들고 있던 눈을 슬그머니 내려 아버지를 보았다.

"왜?"

"너 밥상 뒤집어써 본 적 없지?"

"……?"

"계속 그딴 개소리 지껄이고 있으면 밥상이 날아가는 수가 있다."

외수는 아버지를 째려보았다. 통할 것 같지가 않았다. 늘 이런 식인 아버지였다. 아들의 말 따윈 건성건성, 진지하게 받아들이는 법이 없다.

"아버지! 내 나이가 몇인 줄 알아?"

"그건 왜? 음, 열여덟?"

"……."

"아니냐? 그럼 열아홉? 몇인데?"

"기가 막혀서. 오늘부로 스물이야!"

"오, 벌써 그렇게 됐나? 축하한다. 언제 그렇게 처먹었냐. 그런데 그게 뭐?"

"떠나겠다고."

"자꾸 장난칠래? 네가 떠나면 이 늙고 병든 아비는?"

"그만해! 아버지 공갈치는 거 다 알아."

"뭘?"

"멀쩡하면서 병자 노릇 하는 거!"

"어, 알고 있었냐? 흐흐, 어찌 알았냐?"

"내가 등신이야? 그리고 어디 가서 늙었다고 하지 마. 이제 오십 줄 갓 넘어선 난봉꾼 아버지가 늙었다고 하면 동네 노인들 돌 들고 쫓아와!"

"험험, 음!"

들키고 나니 무안하긴 한가 보다. 아버지가 젓가락을 내려놓았다.

"그래, 좋다. 나가서 뭘 할 건데?"

"뭐든. 여기서 이 꼴로 계속 사는 것보단 낫겠지."

"흐음, 아들아! 이 아비의 경험에 의하면 말이다. 너는 세상에 나가서 할 게 없어. 아비가 누누이 말했지. 사람은 생긴 꼬라지대로 살아야 한다고. 넌 그냥 여기서 아비 봉양이나 하면서 살 팔자야."

"그래서 이렇게 키웠어? 배운 것도 없고, 아는 것도 없고, 글이라곤 이름 석 자밖에 쓸 줄 모르고."

"아비가 물려준 튼튼한 불알 두 쪽 있잖아. 그거로 만족해라. 아비도 글 몰라. 아비가 비루한 걸 어떡하냐. 그냥 생긴 대로 살아야지."

"까놓고 말해봐. 솔직히 주워온 거 맞지?"

"크크큭, 녀석아! 아무리 부정해 봐라. 엄연히 존속하는 혈연관계가 바뀌나."

"……."

할 말을 잃은 외수였다. 아버지의 느물느물한 웃음이 마치 혈연관계를 벗어날 수 없으니 평생 노예 노릇을 하며 꽁꽁 묶여 살라는 것 같았다.

"아버지!"

"또 왜?"

"무공할 줄 알지?"

"……."

"부인할 생각 마! 저기 장롱 뒤에 크고 시퍼런 칼 한 자루 세워져 있는 거 다 아니까."

"……."

"알아? 몰라?"

"설명하기 귀찮으니까 안다고 치고, 왜?"

"칼 쓰는 법 가르쳐 줘!"

"그딴 건 배워서 뭣하게?"

"아버진 뭘 했는데?"

"……."

꽝!

아버지란 이름을 가진 이들만의 특권. 아버지는 그 특권을 행사했고, 평소에도 말이 없고 무거운 외수는 눈 하나 깜빡하지 않고 아버지의 행사를 받아들였다.

"대답이나 할 것이지 끝내 매를 벌어!"

"가르쳐 줄 거야, 말 거야?"

"안 돼!"

"왜?"

"세 가지 이유로 불가능하다."

"그게 뭔데?"

"첫째, 네가 무식하다는 점! 둘째, 네가 엄청나게 무식하다는 점!"

"셋째, 내가 끝도 없이 무식하다는 점?"

"크크큭, 잘 아네."

아버지가 늘 입에 달고 살던 말이었다. 외수는 처음으로 아버지 앞에서 인상을 썼다.

외수는 무공이라도 배워볼 참이었다. 그거라도 배우면 어디 나가서 뭔가를 할 수 있지 않을까 했기 때문이다. 칼을 쓰고 무공을 배운다는 건 누군가와 싸우기 위한 것이란 건데 싸움이라면 외수는 자신 있었다. 이 동네 저 동네 깡패를 모조리 평정한 게 열네 살 때였으니까.

외수는 아버지가 무공을 안다고 생각했다. 숨겨둔 길고 커다란 칼도 칼이지만 아버지 몸에 있는 크고 작은 흉터들이 그것을 증명했다. 그래서 내심 아버지가 어쩌면 말로만 듣던 은거한 고수이거나 기인이사(奇人異士)일지도 모른단 기대도 하고 있었다. 하지만.

"어이, 무식한 돌대가리 아들아! 너 무공이 뭔지나 알고 까부는 거냐? 설령 내가 무공이란 걸 안다고 쳐도 너 같은 돌대가린 무공 못 익혀!"

"왜?"

"무공이란 건 말이다. 뼈와 살, 기와 혈이 여물기 전 어릴 때부터 익혀야 하는 건데 넌 이미 다 성장해 버려서 안 돼. 또 심공의 구결이니 초식 따위니 하는 것들을 이해하고 참오하는 과정까지 거쳐야 하는데 돌대가리 중의 돌덩이인 네가 그걸 어떻게 익혀? 그리고 무엇보다 결정적으로, 난 무공 몰라!"

"거짓말! 그럼 칼은 왜 숨겨두고 있어?"

"숨겨두긴 누가 숨겨둬? 그냥 거기 놔둔 거지."

"글쎄, 숨겨뒀든 놔뒀든 시퍼런 그게 왜 거기 있냐고?"

"음, 그거야 나도 한때 칼잡이였으니까."

"칼잡이? 그럼 무공 안다는 소리잖아."

"자꾸 넘겨짚을래? 무공을 익힌 무인과 그저 몇 푼 벌어보자고 칼을 휘두르는 자들이 같은 줄 아냐? 완력으로 무턱대고 휘두르는 칼이 별거 있어? 난 그런 칼잡이였을 뿐이야. 당연히 칼 쓰는 법 따윈 배운 적도 없고."

"……?"

"그래, 솔직히 까놓고 말하마. 나도 어릴 때 너처럼 넓은 세상 나가서 뭘 해볼까 하고 허황된 꿈을 꾼 적이 있었다. 죽을 고비 수도 없이 넘겨가며 고생만 진탕했지. 그때 마련한 건데 버리기 아까워서 그냥 챙겨둔 거다. 됐냐?"

"그럼 흉터들은? 그것도 가시나무 따위에 긁혀 생긴 것들이라 말할 참이야?"

"크크큭, 녀석아! 그래서 네가 왕 무식하다는 거다. 흉터가 왜 생기냐? 맞았으니까 생기지? 그럼 왜 맞았겠냐? 당연히 상대보다 실력이 못하니까 맞았을 거 아냐. 너, 맞고 다니는 고수 봤냐? 크큭, 멍청한 녀석!"

"그래서, 못 가르쳐 준다는 거야?"

"글쎄 뭘 가르칠 게 있어야 가르치지. 그냥 본능에 의해 휘두르는 칼이라고 했잖아. 왜, 너도 칼 들고 나가서 휘둘러 보게? 푸흐흐, 괜한 헛꿈 꾸지 마. 아버지 몸의 흉터? 너도 그 꼴 나!"

외수는 아버지의 웃음을 보며 화가 났다. 혹시나 하고 기대를 했던 한심한 자신에게도 화가 났다. 헛꿈이라니. 마지막 기대마저 이렇게 무너질 줄이야. 정말 자신은 솔잎만 먹고 살아야 하는 송충이인가 싶었다.

외수는 화를 누르고 있을 수가 없어 벌떡 일어났다.

"어디 가냐? 일하러 가려고?"

"그래!"

외수는 대답조차 해주기 짜증 나서 버럭 소릴 질렀다.

"돈이나 몇 푼 던져놓고 가라!"

"그딴 게 있을 거라 생각해?"

"엉? 어제 일한 거 받는 날 아니었냐?"

"맞아! 하지만 아버지 노름판 빚쟁이들하고 술집 여자들이 와서 내 손에 쥐어지기도 전에 탈탈 털어갔어."

"이익! 그걸 다 뺏겼단 말이냐? 아이고, 아까워라. 그럼 이 아버진 어떻게 하나. 오늘 춘래원에 새로 온 아이 머리 올려주기로 했는데?"

어련하시려고. 아들을 위로하기는커녕 자기 놀 궁리뿐인 아버지였다.

"외상 긁어! 한두 번 해?"

"새로 온 아인 외상 안 되는 거 잘 알면서 왜 그래?"

"그럼 과부 잡고 놀든가!"

잔뜩 독이 오른 걸음으로 산길을 내려가는 외수. 짙푸른 녹음이 눈부셨지만, 그딴 건 눈에 들어오지 않았다. 외수는 가슴이 답답해 숨이 막힐 것 같았다. 아버지 봉양하는 것이야 평소에도 당연하다 생각하는 것이었지만 지금보단 조금 더 나은 다른 삶을 개척해 보고 싶었다. 하지만 허용하지 않는 아버지. 다른 그어떤 여지도 차단하겠단 것처럼 늘 좌절만 안겼다. 도대체 왜? 외수는 도저히 아버지를 이해할 수 없었다.

그렇다고 절망만 하진 않았다. 언젠가는 이 아무런 의미도 갖지 못하는 밑바닥 생활을 털고 다른 삶을 살아보겠단 의지가 늘 품속에 있었다.

그런데 갈망을 실현할 기회가 생각보다 빨리 날아들었다. 그것은 전혀 생각지도 못한 엉뚱한 일이었고, 자신의 삶 전체를 송두리째 바꾸는 계기가 될 줄은 꿈에도 그려 본 적 없었다.

아버지 때문에 실망하고 열 받은 외수가 다리 공사장에 도착해 하루 종일 뙤약볕 아래 일을 하고 있을 때였다.

"저기요."

등 뒤로부터 들려온 맑고 가녀린 목소리 하나.

"여기가 곤양인가요?"

*   *   *

대륙천가(大陸千家), 태호단가(太湖端家), 보성염가(寶城廉家), 일풍위가(日風韋家) 등등… 나열된 이름은 중원 십대 부호 가문의 이름이다.

이름은 대개 그들 가문이 자리 잡고 앉은 지역명이나 세가주의 출신지, 또는 가주의 명호에 따라 불리는 것이 일반적이지만, 그중에서도 가장 거대한 금력을 보유한 것으로 알려진 영흥(營興) 땅의 편씨세가(片氏世家)만큼은 독특하게도 한 해의 맨 끝 달인 섣달을 가리키는 '극월세가(極月世家)', 또는 '극월편가(極月片家)'라 불리고 있었다.

거기엔 당연히 이유가 있었다.

극월(極月).

즉, 섣달의 마지막 날은 한 해를 마무리하는 날이기도 했지만 새해를 맞이하는 날이기도 하다. 그러나 근근이 농사로 입에 풀칠하는 빈민들에겐 가장 힘든 시기이며, 이어지는 봄철 춘궁기까지 감안하면 죽지 못해 살아야 하는 시기였다.

바로 그 시기, 연흥의 편씨세가는 해마다 어김없이 한 가지 거대한 행사를 진행했는데, 그것은 바로 자신들이 축적한 부(富)를 아낌없이 나누어 대대적인 자선을 베푸는 것이었다.

그 자선행사는 편씨세가가 운영하는 사업장이 하나라도 있는 곳이면 어김없이 이루어졌고, 그로 인해 전국 각지에서 엄청난 수의 빈민이 매년 꼬박꼬박 구휼을 받고 있었다.

편씨세가의 그런 자선사업은 오래된 역사였다. 그들은 거대 상가로 발전하기 훨씬 이전부터 벌어들인 일 년 수익의 일부를 과감히 나누어 굶주린 민초를 구제하는 일을 소규모로나마 행해 왔었고, 자신들의 수익이 늘어나면 늘어나는 만큼 그 행사의 규모를 점차 키워왔던 것이다. 그것이 중원 십대 부호의 한 자리를 차지하는 거대상가로 성장하자 자선활동 역시 지금처럼 대대적인 행사로 발전한 것이었다.

그렇게 매해 십이월만 되면 아낌없이 행사를 진행하는 그들을 두고 세상은 자연히 극월세가 또는 극월편가라 이름 붙여 부르게 되었고, 또 극월세가에 종사하는 모든 사람들을 '월가인(月家人)'이라 통칭해 불렀다.

극월세가.

당연히 천하 만민의 칭송과 존경이 따를 수밖에 없었다.

세가가 원래 있던 곳은 중원에서도 가장 번화하고 가장 화려하며 가장 많은 인구로 들끓는 천년의 고도 낙양(洛陽)이었다. 그러나 십오 년 전 사업 규모가 날로 번창함에 따라 그들은 지리적 환경적 이점을 배제하고 낙양으로부터 이백여 리 떨어진 인근 소도시 영홍으로 총본산을 옮겼다.

영홍이 낙양 권역의 도시라고 해도 낙양에 비하면 그 존재감이 미미하고 초라한 도시일 수밖에 없는 건 사실. 백만에 이르는 인구와 수많은 명승지, 그리고 정도무림을 지탱하는 무림맹까지 위치한 낙양에 반해, 인구 일천 명도 되지 않는 보잘것없고 빈한한 땅이 바로 영홍이었다.

하지만 그 영홍 땅에 극월세가가 이주해 자리를 잡고 들어앉자 그에 따라 이주하는 인구수가 급격히 불어나더니 현재는 영홍 본래의 인구수에서 수십 배에 달할 정도로 놀랍게 탈바꿈한 상태였다.

그 변화는 당연히 극월세가가 가져온 것들이었다.

극월세가에 딸려 일하는 종사자와 그 가족들의 숫자만 해도 일만 명에 육박했다. 자연히 거리엔 그들을 대상으로 하는 장사꾼이 꼬이고, 음식점, 술집, 객점, 표국 등등 갖가지 생활 상점과 사업장들이 생겨나며 번성에 번성을 거듭했다. 그 모든 것이 오로지 극월세가의 입성이 가져온 변화들이었으니 영흥은 극월세가만의 땅이라고 해도 과언이 아니었다.

사방이 성곽처럼 둘러쳐진 높은 담벼락. 바로 편씨 가문의 극월세가다.

그들이 지닌 부가 어느 정도인지는 겉으로 드러난 세가의 위용만으로도 대충 짐작해 볼 수 있다. 일반적인 세가와는 비교 따위를 할 수가 없다. 하나의 거대한 성(城)이다. 둘러친 담장의 둘레가 십여 리에 이르고, 세가 내 관리종사자, 경호무사, 일꾼, 시종, 시녀 등등의 상주하는 인원만 해도 무려 이천여 명에 달한다.

세가의 구조는 내원(內院)과 외원(外院)으로 구분되어 있다.

너른 광장과 이백여 개의 크고 작은 건물이 실용적으로 배치된 외원은 세가의 각종 사업을 진행하는 거대한 업장 건물이 대부분이었다. 그 외 출퇴근을 하는 고용자 일부를 뺀 나머지 업장의 기존 업무 종사자들과 내외원 경호무사, 그리고 내원의 주요 종사자, 가노(家奴) 등 세가 내에 머무는 식구들의 생활 주거 공간으로 구성되어 있었다.

또, 내원은 외원의 구조와는 달리 화원과 정원, 연못, 잔디밭 등이 갖가지 조형물과 함께 그림같이 펼쳐져 있고, 그 끝없는 그림의 중앙에 이 모든 것들의 주인이 머무르는 성채가 위치해 있었다.

이보다 멋지고 화려한 공간이 있을까 싶었다. 대자연에 인간의 재주가 가미된 듯한 조화로운 정경. 길 따라 하얀 박석들이 깔려 있고, 각종 건축물의 구조와 배치… 그야말로 눈에 들어오는 모든 것이 대부호의 화려한 전형을 보여주는 극월세가였다.

그런데…….

그런 엄청난 극월세가가 상상도 할 수 없는 충격으로 인해 초비상 상태에 빠져 있었다. 모든 경계 인력이 총동원되어 세가의 외인 출입을 통제하고, 세가주의 거처를 중심으로 이중, 삼중의 철통같은 삼엄한 경계감시망이 펼쳐지고 있었다. 그런 급박하고 위태로운 상황이 벌어진 까닭은 한 달 전 일어난 불의의 사건 때문이었다.

세가주 편장엽(片長曄)의 피살!

극월세가의 총수인 그가 외부 행사 이동 중에 정체를 알 수 없는 전문살수들의 공격을 받고 살해된 것이다.

만인의 사랑과 존경을 받던 그의 피살.

그 충격은 비단 극월세가에 국한되지 않았다. 영흥 땅 전체가 비탄에 빠진 것은 물론이고, 그의 구제를 받던 전국의 민초들이 통한의 눈물을 뿌렸다.

도대체 누가 죽인 것일까. 그리고 왜 죽인 것일까. 사람들은 납득하지 못했다. 이재(理財)에 밝아 돈을 버는 재주가 있었지만, 평생 선행만 일로 삼던 사람. 결코 남의 눈에 눈물을 내며 돈은 버는 장사꾼이 아니었고, 따로 욕심이 있는 사람도 아니었다. 그런데 왜?

그는 장례조차 원 없이 치르지 못했다. 유일한 혈육이자 상속인인 그의 딸과 세가의 오랜 충복들이 범인의 정체도 모르는 상태에서 또 다른 위협이 있을지 모른단 우려를 했기 때문이다. 장례는 최소한의 인원과 절차로 은밀히 진행했다.

조문을 위해 헤아릴 수도 없을 만큼 많은 군중이 몰려들어 울음바다를 만들었으나 편장엽의 딸은 결코 조문을 허락하지 않았다.

그렇다고 조문 행렬이 끊긴 것은 아니었다. 한 달이 지난 상태에서도 세가의 정문 앞에는 비통함을 달래지 못해 몇 날 며칠을 엎어진 채 통곡을 쏟아놓고 돌아가는 자들이 부지기수였다.

편장엽에 이어 어쩔 수 없이 새로이 가문의 총수가 된 딸, 편가연(片佳蓮).

방년 스물둘 나이에 감당하기 힘든 충격을 안아 든 그녀는 하루하루가 고통스런 날의 연속이었다. 아버지에 대한 그리움도 그리움이지만, 살수들을 고용해 그같이 대담한 범행을 자행한 것을 보면 보이지 않는 곳에서 세가 전체를 무너뜨리려는 계획적이고 조직적인 움직임이 있다는 뜻. 어린 나이의 그녀가 감당하기엔 너무나 힘겨운 일이었다.

사방이 적 같지 않을 수 없었다. 세가가 친분을 쌓고 있는 무림 문파나 상계(商界), 관계(官界) 쪽 거물들은 물론 친인척들조차 믿을 수 없는 상황이 돼버렸고, 심지어는 오랫동안 같이해온 세가 내 충복들까지 의심을 갖고 경계하는 상황이 되어버린 것이다.

*　　　　*　　　　*

따스한 햇살이 비쳐드는 커다란 창가.

훌륭한 옷차림만큼이나 빼어난 이목구비의 청년이 드리워져 있던 창의 휘장을 걷으며 말했다.

"연아, 이렇게 빛도 들지 않게 모두 가려놓으면 어떡하니. 햇볕은 쪼여야지."

비쳐드는 햇살만큼이나 따스하고 부드러운 음성.

방 안 가득 햇볕이 들도록 휘장을 걷은 그는 가만히 돌아서 침대 위의 여인에게 눈을 주었다.

"이런? 이렇게 초췌한 꼴이라니."

"무열 오라버니, 저는 괜찮아요. 창을 가려주세요."

"안 돼!"

청년은 오히려 바람이 통하도록 창을 열어둔 다음 침대 쪽으로 걸어왔다.

"쯧쯧, 많이 상했구나. 안타까워서 어떡하니, 내 동생! 오라비가 도움도 못 되고."

청년은 허리를 굽혀 가만히 손으로 여인의 턱을 들어 얼굴을 살펴본 뒤 안타까움을 절절히 쏟아냈다.

편무열(片武烈).

편가연보다 여덟 살이 많고, 상가인 극월세가와는 달리 무가(武家)를 세운 큰아버지 편장우(片長雨)의 아들. 즉, 편가연과 사촌남매지간이다.

그의 방문은 장례 때를 빼면 사고 후 이번이 세 번째였다. 편씨무가는 섬서(陝西)에 있었기 때문에 오가기 꽤나 먼 거리였지만 그는 지속적으로 오가며 가연의 안부를 확인하고 있었다.

"후우, 이럴 때 우리 집이 좀 더 힘이 있었더라면."

편무열은 깊은 탄식을 발했다. 이런 엄청난 사건을 두고 도움이 되지 못하고 있는 자신의 집, 편씨무가의 능력이 못내 가슴이 쓰린 모양이었다.

해쓱한 얼굴의 편가연. 사건 이후 스스로 자신을 가둔 그녀였다. 여전히 충격에서 깨어나지 못해 거의 침대에서만 생활했고, 가끔 하는 식사조차 자기 방에서만 하고 있었다.

그녀는 퀭해진 눈을 들어 오라비 무열을 보았다.

"많이 섭섭했죠? 세가에 머물지 못하게 해서. 미안해요. 오라버닐 못 믿는 게 아니라……."

"아니다. 괜찮다. 그만해라. 오라빈 이해해. 내가 이해하지 않으면 누가 이해하겠니. 내가 극월세가의 사람이었더라도 그리 조치할 수밖에 없었을 것이다. 오히려 도움이 되지 못하고 있는 것이 안타까울 뿐. 내 걱정은 마라."

"고마워요."

"그나저나 이렇게 오라비가 왔을 때 정원이라도 걸어보았으면 좋겠구나. 이렇게 상한 모습으로 방 안에만 있는 걸 보는 게 괴롭다."

"아니에요. 아직은… 무서워요."

"오라비가 같이 있는데도?"

편가연은 말없이 고개만 떨어뜨렸다.

"하긴 지금 내가 누굴 믿을 수가 있겠느냐. 세가의 수천 경호무사들도 지키지 못했는데. 하지만 돌아가신 숙부님을 대신해 이 모든 것을 이끌고 가야 할 네 몸을 생각해서라도 가끔 창을 열고 햇볕이라도 좀 쬐렴. 부탁이다. 오라비는 너마저 잘못될까 두려워."

가연을 보는 무열의 눈시울이 떨렸다.

"네, 알겠어요. 그러도록 노력할게요."

"그래. 그러면 됐다. 쉬어야 할 테니 오라빈 이만 가보마."

"네, 오라버니. 안 나갈게요. 조심해 가세요. 와줘서 고마워요. 큰아버지께도 안부 여쭤주세요."

슬픈 미소를 지은 무열은 힘없는 가연을 내려다보며 묵묵히 고개를 끄덕이곤 그녀의 방을 빠져나갔다.

무열이 편가연의 방을 나오자 밖에서 대기하고 있던 세가의 대총관이 내실 경호원들에게 눈짓을 한다.

그러자 한 사람이 달려와 안전을 위해 받아 보관하고 있던 편무열의 검을 건넸다.

"범인의 윤곽조차 못 잡고 있는 것이냐?"

편무열이 받아 든 자신의 검을 등으로 갈무리하며 허연 수염의 노쇠한 대총관에게 물었다.

"그, 그렇습니다. 무열 대공자님!"

"음!"

불만스런 침음을 흘리는 편무열.

"대총관 자식들도 세가의 주요 직책을 맡고 있지? 재무 등을 총괄하고 있다던가?"

"그렇긴 합니다만 내원의 업무에 국한되어 있을 뿐입니다. 세가 업무의 전반을 운영하는 건 외원의 수장들이······."

부담스런 질문에 부담스런 대답인 듯 대총관이 어려워하는 기색이 역력했다.

"그래도 주인의 직접적인 손발이 아닌가. 외원과 같을 수 없지. 그리고 보면 이 극월세가에선 대총관 가족의 영향력이 참 큰 셈이지. 손발이 미치지 않는 곳이 없으니."

"······."

의도가 무엇인지 몰라 입을 꾹 다물고 있는 대총관.

"난 말이야. 대총관을 의심하지는 않아. 그런데 내가 다음에 왔을 때도 가연이가 저와 같은 꼴로 있다면 그땐 대총관, 당신부터 의심할 거야. 무슨 말인지 알아?"

"예, 대공자님! 어떡해서든 아가씨께서 건강을 잃지 않도록 최선을 다하겠습니다."

심장이 섬뜩한 대총관이었다. 무인이라 그런지 쏘아내는 기운에 심장이 쪼그라드는 것 같았다.

편무열은 잠시 노려보다 더 이상 말 않고 신형을 돌려 나갔다.

*　　　　*　　　　*

"왔던 사람들은 돌아갔나요?"

얼굴에서 수심을 지울 수 없는 편가연이 조심스런 걸음으로 들어선 노령의 총관을 보며 물었다.

하루가 멀다 하고 찾아드는 이들이 있었다. 사건조사를 위해 오는 관원들, 그리고 위로차 방문하는 교류세력의 인사들. 각계각층의 사람들이 친분을 앞세우고 드나들고 있었다.

"예, 아가씨! 조금 전 모두 돌아갔습니다."

대를 이어 편씨세가에 충성을 다해온 내원총관 설순평(魯順平). 그가 늙은 시선을 무겁게 떨어뜨렸다.

갈수록 수척해지는 그녀. 부친을 닮아 언제나 밝고 명랑한 성격에 시원시원하기까지 했던 그녀였기에 사고가 일어난 이후 꼼짝도 못 하고 상심의 나날을 보내고 있는 모습을 보자니 더욱 비통함을 금할 수 없다.

거의 감금이나 다름없는 생활을 하고 있는 그녀다. 현재 그녀 방에 들어올 수 있는 사람이라곤 설순평 자신과 또 어릴 적부터 그녀와 같이 자라온 시녀 '시시' 뿐이었다.

편가연. 이제 겨우 나이 스물둘.

부호의 딸로 태어나 온갖 화려한 것들 속에서 자라난 그녀이지만 본래 타고난 자태 또한 축복을 받아 눈부시게 아름다웠다. 크고 맑은 눈망울에 뽀얀 피부, 큰 키, 늘씬한 몸매에다 옥이 구르듯 맑고 고운 목소리까지, 어느 것 하나 모자람이라곤 찾아볼 수 없는 완벽함 그 자체였다.

한데 지금은 마치 시들어가는 꽃과 다를 바 없었다. 눈 밑은 거뭇하고 피부는 푸석푸석하다. 아무리 좋은 음식을 해서 올려도 입을 대는 둥 마는 둥 할 뿐.

"무열 오라버니도 잘 갔나요?"

"예, 아가씨!"

"오라버니에게 미안해요. 그가 오면 너무 따져서 홀대하지 않도록 해요."

"알겠습니다, 아가씨! 하지만……."

"말씀하세요."

설순평이 머뭇거리며 말하기를 어려워하자 편가연이 그의 말을 도왔다.

"차마 말씀드리기 송구하지만, 그래도 빠트릴 수 없는 중요한 문제라 솔직히 말씀드리겠습니다. 무열 대공자님과 섬서 무가의 편장우 백부님은 이번 사건에서 최우선 용의 선상에 올라 있는 인물들입니다."

"예에? 그들은 친족인데 어째서?"

"그래서 더 그렇습니다. 그들이 극월세가의 첫 번째 상속권한을 가진 분들이기 때문입니다."

"그, 그건 저마저 없을 때 얘기잖아요."

"그렇습니다. 아가씨마저 잘못되었을 때 얘깁니다. 편장엽 가주님처럼 잘못되었을 때 말입니다."

"……?"

편가연의 치떠진 눈망울이 파르르 떨렸다. 대총관이 말하는 뜻이 무엇인지 알았기 때문이다.

"물론 의심하는 건 아닙니다. 증거가 없으니까요. 단지 지금 상황에선 모두를 선상에 놓고 고려해 봐야 하기 때문에 부득이……."

편가연은 냉정하려 애를 썼다.

"알았어요. 또 의심할 수 있는 곳은 어디죠?"

"무림세력들과 동종업계의 경쟁가문들, 황궁과 검은돈을 요
구하던 고위관리, 또 지역관리, 그리고 혹시 있었을지도 모를
원한관계까지입니다."

"황궁까지?"

"예. 황궁에 들어가는 막대한 물량에 대해 저희 극월세가가
많은 부분을 차지하고 있어 따로 상납을 요구하는 무리가 있었
습니다. 심지어는 황실의 후궁 쪽에서도."

듣고 있는 편가연은 넋이 빠졌다.

확실히 많았다. 거기에 모두 다 범행을 벌일 용의점들을 갖고
있었다. 그들 모두를 조사한다는 건 거의 불가능한 일. 스스로
증거가 튀어나오지 않고는 범인을 찾기란 요원해 보였고, 오히
려 범인을 찾기 전 편가연 자신이 먼저 죽임을 당할 것 같았다.

"흑흑!"

결국, 편가연은 눈물을 보이고 말았다. 무섭고 두렵고, 분하
고 억울한 것도 감내하기 힘든데 세상 유일한 친족마저 의심해
야 하는 상황이 그녀를 더욱 아프게 했다.

"아가씨?"

시녀 시시가 얼른 옆에 다가앉아 그녀를 안고 등을 토닥였다.

설순평도 시시가 있는 게 큰 다행이라 생각했다. 편가연보다
한 살 어리고 신분이 시녀이긴 해도 태어나면서부터 자매처럼,
친구처럼 함께한 그녀이기에 현시점에서 유일하게 위로가 되어

줄 수 있는 그녀였다.

설순평은 시간이 좀 지나 편가연이 좀 진정한 듯하자 다시 극
월세가의 안위를 생각하며 말했다.

"아가씨, 힘을 내셔야 합니다. 가슴은 무너지지만 이제 그만
슬픔은 잠시 접어두고 아버님께서 남기신 모든 것들을 꾸려나
가야 합니다."

"어떻게요?"

한가득 눈물을 매달고 돌아보는 눈.

설순평은 할 말이 없었다.

"믿을 수 있는 사람을 곁에 두시면… 되지 않겠습니까."

겨우 대꾸한 말. 그러나 편가연의 화만 부추긴 꼴이 되고 말
았다.

"믿을 수 있는 사람? 그게 누구죠? 누구를 믿을 수 있고, 누가
지켜줄 수 있죠? 설 총관께서 지켜주실 건가요? 아니면 시시가
지켜줄 건가요? 이 집 안에는 나를 노리지 않는 사람이 없다고
말할 수 있나요? 흑흑, 흑!"

"……."

설순평은 정말 말을 잃었다. 그녀의 말이 현실이었기 때문이
다.

편가연은 한참 후에야 겨우 진정했다. 그나마도 시시가 같이
펑펑 울어준 덕분이었다.

"세가의 일은 설 총관께서 처리해 주세요."

"당연히 당분간은 그러겠습니다만 그건 어디까지나 일시적
일 뿐, 결국엔 아가씨께서 전면에… 나설 수밖에 없습니다."

"불가능해요."

단호하고 냉담한 대답. 그래서 더 슬픈 대답이었다.

"아가씨의 신변을 확실히 보장하고 지켜줄 수 있는 사람을 찾아보도록 하겠습니다."

설순평은 편가연의 부정적인 생각에 조금이라도 그녀의 기운을 되살려 보려 애를 썼다.

하지만 편가연은 고개를 저었다.

"그 역시 불가능해요. 안팎 누구를 믿을 수 있겠어요? 그럴 수 있는 상황이 아니잖아요. 이후 세가의 모든 업무는 노정 아저씨와 함께 대총관께서 결정하고 이끌어 가주세요."

"……."

노정(盧正)은 설순평의 아들이었다. 이미 오십을 바라보는 중년으로 아버지 설순평에 이어 차기 총관 직무를 수행할 세가의 주요 가족이었고, 현재는 세가 내원의 재무관리를 총괄하고 있는 인물이었다. 그리고 지금 상황에 혼자 남겨진 편가연이 대총관 설순평과 더불어 믿고 있는 몇 안 되는 사람 중의 한 사람이기도 했다.

"나가보세요. 혼자 있고 싶어요."

어쩔 수 없었다. 설순평은 그녀 옆에 시녀 시시만을 남겨두고 물러나야만 했다.

나이 팔순에 구부정하고 비쩍 마른 노구를 이끌고 나가는 설순평.

그런데 그가 문을 열고 나가려던 순간, 문득 무언가가 생각이 난 듯 번쩍 고개를 쳐들더니 큰 탄성과 함께 편가연을 향해 다시 돌아섰다.

"아! 아가씨!"

"왜 그러세요?"

편가연과 시시가 동시에 놀라 눈이 동그랗다.

"한 사람 있습니다."

밑도 끝도 없는 대답.

"한 사람이라뇨?"

"아가씨를 지켜줄 수 있는 사람 말입니다."

"……?"

고개를 갸웃하는 편가연.

"말해보세요. 누가 있단 건지."

"아, 아주 오래전 아버님과 인연을 맺은 분이 있습니다."

허겁지겁 다시 침대 앞으로 달려온 설순평.

"인연을 맺은 사람…이라고요?"

"그, 그렇습니다, 아가씨! 분명히 인연을 맺은 그분!"

설순평은 대단히 흥분하고 있었다. 말까지 더듬을 정도였고,
오히려 편가연과 시시보다 더 눈이 휘둥그렇다.

"그라면 아가씨를 지켜줄 수 있을 겁니다. 충분히!"

흥분하는 설순평을 보며 편가연은 이해할 수 없었다.

충분히? 어찌 그럴 수 있단 말인가. 한두 사람 상대해야 하는
것도 아니고. 결코 한 사람이 감당할 수 있는 문제가 아니지 않
은가. 그런 것을 모를 리가 없는 설순평이건만 어째서?

"세력을 가진 사람인가요?"

"그, 그건 잘……"

설순평 그 본인도 잘 모르는 듯하자 편가연은 궁금중이 거세게 일었다.

"그가 누구이고 어떤 사람입니까?"

"이름이… 음, 일단 이름은 지금 기억이 안 나고 무인이었습니다. 그것도 아주 굉장히 강한!"

"굉장히 강한? 도대체 얼마나 강하기에. 그를 직접 봤나요?"

"당연합니다. 당연히 봤지요. 항상 가주님과 같이 있어야 했던 저이니까요."

"그와 어떤 인연이 있었단 말이죠?"

"그가 아버님을 구한 적이 있습니다."

"예에……?"

편가연이 갈피를 못 잡자 설순평이 빠르게 설명을 붙여갔다.

"아마 아가씨께서 두세 살 때쯤 일이었을 겁니다. 그때 가주께서는 수행자 몇을 거느리고 업무차 호북(湖北) 행도에 오르셨는데 가던 중에 이번 경우와 같이 괴한들의 습격을 받은 일이 있었습니다."

전에도 같은 일이 있었다는 말에 편가연의 눈살이 살짝 찌푸려졌다.

"무시무시한 자들이었죠. 겉은 산적과 같은 모양을 하고 있었지만 세가의 호위들을 일거에 제압해 버렸을 정도로 대단한 실력을 숨긴 자들이었으니까요. 정말 백척간두 위기일발의 순간이었습니다. 꼼짝 없이 죽는다고 생각했죠. 그런데 바로 그때

한 사람이 느닷없이 싸움판에 뛰어들더니 가주님과 저, 그리고 호위들을 살렸습니다."

"......?"

"체격이 큰 인물이었는데 그는 한 손에 뭔가를 품어 안고서도 대번에 수십 명의 괴한을 모조리 도륙하는 기적을 보였습니다."

설순평이 마치 당시의 상황들이 생생하게 눈앞에 그려지기라도 한다는 듯 흥분해 반짝반짝 눈을 빛내며 기억들을 쏟아내 놓고 있었다.

"그래서요?"

편가연의 표정도 조금씩 살아나는 듯했다.

"그때 그분은 은혜를 베풀고도 마차 뒤에 웅크리고 있는 저와 가주님을 가볍게 쓰윽 돌아본 뒤 그냥 떠나려 했습니다. 당연히 붙잡았죠. 가주께서 생명을 구해준 은인을 그냥 보내실 리가 없지 않습니까. 일단 그를 붙들어놓고 절절한 감사의 인사부터 했습니다. 하지만 그는 물끄러미 쳐다볼 뿐 그 어떤 반응도 보이지 않았습니다. 무표정했고 과묵했는데, 굉장히 인상적인 사내였습니다. 쳐다보는 눈매에 담겨 있던 그 강인함, 그리고 그 이면에 깔린 형언되지 않는 고독감. 어쨌든 저는 이날까지 그처럼 인상적인 사내를 본 적이 없습니다. 그가 다시 떠나려 하자 가주께서는 그의 소맷자락을 붙들고 매달렸습니다. 이름이라도 알아두어야 했기에. 그런데 그때 그 순간 정말 당황스럽게도 느닷없이 아기 울음소리가 났습니다. 그의 품에서였습니다. 그가 안고 있던 것, 그건 보자기 속의 어린 생명이었습니다."

"……"

애기가 점점 흥미롭고 진지하게 돌아가자 편가연은 눈에 띄게 집중을 하고 있었고, 시녀 시시 역시 호기심 가득한 눈을 설순평에게 들이대고 있었다.

"그 아기! 그래요, 그 아기! 저와 가주님은 그 아기의 울음소리가 힘이 없어 척 봐도 배가 고파 운다는 걸 알 수 있었습니다. 젖을 보채는 중이었던 겁니다. 하지만 어디에도 아기의 엄마는 보이지 않았습니다. 사내는 혼자였던 거죠. 아무것도 할 수 없는. 뭘 할 수 있었겠습니까. 아기의 등만 토닥일 뿐이었습니다. 그를 붙든 가주께서 눈치 빠르게 바로 명령을 내리셨습니다. 살아남은 호위들과 수행자들에게 최대한 빨리 인근을 뒤져 젖을 물릴 수 있는 여인을 찾아오라고. 그러자 사내가 그제야 아이를 안고 엉덩이를 붙여 잠시 머물렀습니다."

"……"

"그때를 놓치지 않고 가주께선 그에게 구해준 은혜에 대한 인사를 거듭 표명했습니다. 그리고 이름도 물어 알게 되었지요. 그렇습니다. 기억이 납니다. 궁천도(弓天道)! 궁 씨 성에 천도란 이름을 쓴다고 했던 걸 분명히 기억합니다."

"궁… 천… 도……? 어딘지 힘이 느껴지는 이름이군요. 아가씨?"

시사가 힘을 보태자 설순평이 가벼운 웃음을 지어 보였다.

"호호, 맞습니다, 아가씨! 그렇죠. 우리 세가에도 수없이 많은 무인이 있고, 저 역시 무림의 숱한 고수들을 많이 봐왔다 자부

하지만 지금 이날까지 그렇게 강한 사람을 보지 못했습니다. 아기를 안고 싸우는 모습이라니. 신기였죠."

그때 시시가 질문을 했다.

"설 총관님, 아기는? 아기는 어떻게 되었죠? 젖을 물릴 수는 있었습니까?"

역시 여자라 그쪽부터 신경이 가는 모양이었다.

설순평이 흐뭇한 미소를 짓고 웃음만 흘리자 편가연이 재촉했다.

"어떻게 됐나요?"

"흐흐, 다행히 충분히 젖이 불어 있던 시골 아낙 하나를 빠르게 구해와 넘치는 사례를 하고 아기의 배를 불릴 수 있었습니다. 그때부터 사내의 표정이 확 바뀌었죠. 잔잔한 미소까지 띠고 아주 흡족해하고 고마워했습니다."

"그의 정체는요? 정체가 뭐였죠?"

"그런 부분은 말하지 않았습니다. 가주께서도 굳이 그런 부분까지 묻지 않았고요."

"나중에 그에 대해 알아보지 않았나요? 그 정도 고수라면 충분히 여기저기 수소문해 알아볼 수 있었을 텐데?"

편가연은 역시 아버지 편장엽을 닮아 그런 면에선 예리하고 똑똑했다.

"예, 돌아온 뒤에 당연히 나름 애를 써봤죠. 그런데 신기하게도 전혀 알 수가 없었습니다. 무림뿐 아니라 전 중원에 그와 같은 자에 대한 정보가 없었습니다. 마치 이 세상 사람이 아닌 듯 말이죠."

편가연이 고개를 갸웃했다. 의문이 많이 생겨 버린 그녀였다.

"그런데 어떻게 찾죠? 그리고 또 설령 찾는다고 해도 그 정도 인연으로 그를 불러올 수 있어요?"

편가연의 의문에 설순평이 싱긋이 웃음을 띠며 빠르게 설명을 했다.

"예! 찾을 수 있습니다. 그리고 불러올 수도 있습니다. 그가 가는 곳을 알았고, 또 그와의 인연의 끈을 끊고 싶지 않았던 가주께서 서둘러 한 가지 약속을 제시했습니다. 스스로 맹약을 담은 문서 한 장을 만들어 그분에게 주고 본인도 간직했으니까요."

설순평의 말에 편가연이 커다란 눈을 껌벅이며 알 수 없어 했다.

"맹약을 담은… 문서라고요?"

"예, 아가씨! 정혼 서약서 같은 것이었습니다."

"에에…? 누구와?"

"당연히 두 사람의 후인들. 아가씨와 그때 그 강보에 싸였던 그 아기입니다."

"……?"

편가연의 눈이 휘둥그레 튀어나올 듯했다. 당연했다. 갑자기 정혼자라니. 그녀로서는 금시초문의 내용이었기 때문이다.

설순평이 거침없이 말을 이어갔다.

"문서의 내용이 기억납니다. 궁 씨 성을 가진 은인을 위해 그의 후예가 언제고 극월세가를 찾아온다면 그가 원하는 건 그 어떤 것이든 반드시 한 가지는 들어준다. 또한, 장성한 뒤 자신의 딸아이와 인연이 닿을 경우 어떠한 조건에도 둘의 혼인을 진행할 것을 약속한다."

설순평의 말을 듣고 있던 편가연이 즉각 부정했다.

"저는 듣지 못했어요. 그런 엄청난 사실이 있음에도 아버지께서는 어찌 저에게 언질 한 번을 하지 않으셨단 말인가요?"

믿지 못하겠단 의사가 강력히 주장되었다.

하지만 설순평은 마치 기다렸다는 듯 느긋이 대답을 꺼내놓았다.

"글쎄요. 아마도 그것이 진행될 것이라고 생각지 못하셨기 때문이겠죠?"

편가연의 표정은 이건 또 무슨 소리가 싶어 점점 어리둥절해졌다. 시시도 마찬가지.

"어째서요?"

"당시 그는 가주께서 내민 문서에 심드렁한 반응이었습니다. 내용을 대강 훑어보고도 별 관심을 보이지 않았죠. 원래 무인과 상인은 상극처럼 잘 어울리려 들지 않는 건 아가씨께서도 아시죠? 물론 그런 이유가 아닐 수도 있지만 어쨌든 그는 특별히 흥미를 보이지 않았습니다. 단순히 그날 인연에 대한 증표 정도로 여기는 듯 그냥 예의상 받아 넣는 느낌이었을 뿐입니다. 아마 가주께서도 그래서 똑같이 그러셨던 것 같습니다. 달리 그에 대해 얘길 하지 않고 계셨던 걸 보면 말이죠. 그리고 솔직히 저도 까맣게 잊고 있었습니다."

이제야 조금 이해가 된 편가연이었다.

"그런데 만약 그들이 나타나서 약속을 이행하려 들면요?"

"하하하, 그렇다면 아가씨! 지금 상황에선 그거야말로 쌍수 들고 환영할 일 아닙니까? 물론 극월세가의 보옥(寶玉)이신 아가씨께 무인이 어울릴 리 없지만 우선 그처럼 믿을 수 있는 곳이 없지 않습니까? 혼인은 각자의 생을 결정하는 중요한 일이니만큼 천천히 시간을 두고 생각하면 됩니다. 그리고 혹시 압니까? 그렇게 시간을 두고 찬찬히 살피시다 보면 그때 그 보자기 속에 있던 아기의 장성한 모습이 아가씨의 마음에 쏙 드실지?"

"싫어요! 남의 젖을 얻어먹고 자란 그런 사람과 어떻게?"

편가연답지 않게 인상을 찌푸리며 부정적 반응을 보였다. 혼인이란 말이 쑥스럽고 부끄러웠던 것인지, 일생이 걸린 문제라 그런지 표현이 다소 과격하고 즉각적으로 튀어나왔다.

설순평이 가볍게 미소를 짓고 대꾸했다.

"음, 무인의 집안이 대개 무식하긴 하죠. 사람들을 눈 하나 깜짝 않고 죽이는 사람들이니. 하지만 아가씨, 믿어도 좋습니다. 그때 그분은 정말 멋있었습니다. 몸 전체에 흐르는 기운이나 풍모도 멋지고 이목구비 또한 매우 훌륭하게 잘생긴 분이셨습니다. 그렇다면 그의 아들도 마찬가지 아닐까요?"

"음……."

설순평의 말은 확실히 효과를 거둔 듯했다. 편가연의 볼이 살짝 붉어진 느낌이었다.

"그런데 그분이 와줄까요?"

"천하의 극월세가입니다. 그분의 아들이 탈 없이 장성했고 따로 준비된 혼처가 없다면 아들을 데리고 오지 않겠습니까? 그리고 만일 그쪽에서 관심이 없다고 해도 우리가 먼저 약속을 이행하고자 하는 정성을 보이는 것이니 신의 때문에라도 도와주려고 할 것입니다. 무인, 무가의 생리란 원래 그런 것이니까요."

"좋아요. 어쨌든 그런 분이라면 안심할 수 있겠군요. 어떤 음모 세력과도 연관이 없을 테니. 그 은인께서 계시는 곳이 어디라고 했죠?"

"당시 호북 땅의 '곤양(坤陽)'이란 곳으로 간다 했습니다. 지명도 처음 듣고 정확한 위치도 모르지만, 그 당시 일이 있었던 곳에서 그가 간 방향으로 짐작컨대 호북으로부터 사천으로 향하는 경계지역이 아닐까 생각됩니다."

위치까지 확인되자 편가연의 표정이 확연히 나아졌다.

"그렇다면 우선 그 서약서부터 찾아야겠군요. 같이 가보죠. 그런 것이 있다면 분명 아버지께서 어딘가에 잘 두었을 거예요."

편가연이 먼저 일어났다. 아버지 편도엽의 집무실로 가려는 것이었다.

그녀는 앞장서 문을 직접 열고 나갔다. 확실히 기운을 찾은 모습이었다.

*   *   *

굉장한 공간을 자랑하는 집무실.

천장은 까마득히 높고, 볕이 드는 창의 크기도 사람 키의 두세 배는 족히 될 듯하며, 넓이 또한 백여 명을 넉넉히 수용할 수 있을 듯했다.

"찾았나요?"

아버지의 기밀문서 보관함을 열어 안쪽 서류들을 살펴보던 편가연이 원하던 것을 발견하지 못하자 책상을 뒤지고 있는 설순평을 돌아보며 물었다.

그녀를 항상 따라다녀야 하는 시녀 시시는 사다리를 놓고 올라가야 할 정도로 높고 큰 책장을 살피는 중이었다.

"이건가 봅니다."

집무실 안을 한참 어질러 놓은 뒤에야 비로소 설순평이 책상 맨 아래 서랍에서 세월이 잔뜩 묻어 있는 누런 봉투 하나를 꺼내 들었다.

"어디 봐요."

부리나케 달려오는 편가연의 속도가 이 사안에 갖고 있는 관심도를 증명했다.

그녀는 나란히 붙어 서서 설순평과 빛이 바랜 한 장의 문서를 펼쳐 들었다.

촘촘히 내용을 살피는 두 사람. 그러나 진지하던 그들의 표정이 서서히 일그러졌다.

편가연과 설순평은 서로의 얼굴을 마주 보았다. 그리곤 한참만에 서로 가볍게 웃음을 터트렸다. 그건 분명 어이가 없어 터트리는 실소였다.

"어떻게 된 걸까요? 어째서 이런……?"

편가연이 묻자 설순평이 잠시 생각하는 듯하더니 대답했다.

"허허, 글쎄요. 가주께서 생각을 달리하신 것은 아닌 것 같고, 제가 보기엔 아가씨께도 기회를 주기 위함이 아닌가 합니다."

"기회요?"

"그렇죠. 아가씨께서도 선택할 수 있는 기회!"

"이게 그때 그 문서가 틀림없는 거죠?"

"예! 가주의 필체가 틀림없고 인장까지 찍혀 있지 않습니까."

"그렇군요. 저에게 기회를 주기 위해 이런……?"

"후후, 틀림없습니다. 역시 가주님이시군요. 이런 맹약을 담은 약조 문서에도 나중에 장성했을 아가씨를 위해 이같이 깊은 배려를 해놓다니, 그저 감탄스럽습니다."

편가연은 문서를 들여다보며 고개를 끄덕거렸다.

"전혀 문제없지 않습니까? 서면에 명시했듯 어차피 아가씨께선 애초의 약속대로 정혼 약조를 진행하면 되는 것을."

"음……. 하지만 이해가 안 되네요. 아버진 이런 편법을 쓰실 분이 아닌데."

편가연의 표정이 조금 무거워졌다. 분명 문서의 내용은 설순평이 증언했던 것과 다름이 없었으나 딱 하나 '내 딸'이라 명기한 부분에 다른 것이 적혀 있었기 때문이다.

"그렇기야 하죠. 그래도 아버지로서 딸의 중대사인 만큼 신중을 기할 수밖에 없었던 것이라 여겨집니다. 혼약의 당사자가 어딘가 잘못된 문제자거나 나쁜 생각을 품은 악인일 경우를 대비한 것이라 생각하십시오. 설령 아버님이 그리했다 해도 아가씨께서 정혼 약조를 지키시면 편법이 아니지 않습니까. 그냥 좋게 생각하십시오. 아가씨!"

편가연은 마음속에 약간의 찜찜함이 남았으나 그 부분은 덮고 가기로 했다.

잠시 생각을 정리한 편가연은 정혼 약조를 이행하기로 작심하고 고개를 돌려 시시 쪽을 향했다. 긴 책장 사다리를 조심조심 내려오고 있는 그녀였다.

"시시!"

"예, 아가씨!"

주인의 부름에 바쁘게 사다리를 내려서서 달려오는 시시.

"네가 좀 다녀와 주겠니?"

"예?"

갑작스런 주인의 말에 그녀가 당혹스러워했다.

"네가 다녀와 주어야겠다. 같이 호위해서 갈 사람을 붙여줄 테니 이분을 찾아 모시고 와줘!"

"제가요?"

"그래, 믿을 사람이 너밖에 없잖니. 총관께서 자리를 비운 채 직접 다녀올 수도 없고."

"하지만 제가 자리를 비우면 아가씨는 누가 보살펴 드리고요? 혼자 계실 순 없잖아요?"

"괜찮아. 이제 감내할 수 있어. 문제는 무엇보다 이분을 찾아 모셔오는 일이야. 지금 이보다 중요한 일은 없어!"

편가연의 표정에 각오가 여실히 드러났다.

시시로선 더 이상 생각하고 말 것도 없었다. 무엇보다 주인 아가씨의 얼굴에 화색이 도는 것이 너무도 좋은 그녀였다.

"그렇군요. 알겠습니다. 제가 다녀오겠어요, 아가씨!"

"고마워. 무척 힘든 여정이 될지도 몰라. 지켜보는 눈들을 피해야 하니 많은 인원이 움직일 수도 없어."

"알아요. 걱정 마세요. 아가씨를 위해, 그리고 세가를 위해 반드시 그분을 찾아 모시고 올게요."

第二章

시시

놈이 거리를 접수했지.

상가, 술집, 도박장 따위에서 등쳐먹고 살던 깡패 양아치가 다 사라졌지. 말이 깡패 양아치지 부녀자 납치, 성폭행에 인신매매까지 하던 놈들이었어.

그런데 어느 날 윗동네 다른 패거리가 쳐들어와 놈을 덮친 거야. 어떻게 됐는지 알아? 말도 마!

내가 그딴 새끼들한테까지 미안해 보긴 그때가 처음이었다.

—곤양 관헌 강력범죄사건 조사관

시시.

그녀는 편씨 가문의 노비다. 어머니, 아버지도 노비였고 그 위의 할아버지, 할머니도 노비였다.

그래서 그녀는 자신이 자기 성과 진짜 이름조차 사용하지 못하고 노비 이름으로만 불리는 노비라는 사실에 일말의 의문도, 불만도 가져본 적이 없다. 그저 아름답고 총명하기 그지없는 주인 아가씨를 모시는 일이 당연하기만 했고 또 더 바랄 것 없이 좋기만 한 천생의 노비였다.

그녀는 마치 장 보러 나온 하녀처럼 여러 하녀 틈에 섞여 극월세가를 빠져나왔다. 그리고 혼자 떨어져 나와 마차와 호위무사가 기다리고 있다는 약속 장소로 갔다.

태어난 이후 이처럼 멀리 떠나는 것이 처음인 그녀였다. 편가연과 떨어지는 것도 처음이었고, 혼자가 되어보는 것도 당연히 처음이었다. 그것도 얼마나 걸릴지 모르는 많은 시간 동안.

약속된 장소에 작고 허름한 마차가 한 대 서 있었다. 그런데 마차를 몰 호위무사는 보이지 않았다. 시시는 조용히 마차 안에 올라타고 꼭꼭 문을 닫은 다음, 말을 몰아 자신을 호송해 줄 누군가를 기다렸다.

멀리서 지켜보기라도 했는지 곧 누군가 마차에 올라타는 기척이 있더니 말을 몰아가기 시작했다.

어느 정도 달렸을 때 시시는 마차의 창문을 가린 휘장을 걷어슬며시 고개를 내밀고 마부석에 앉은 사람을 확인했다. 그에 대한 말을 듣고 왔으나 뒷모습만 보일 뿐이라 확인을 할 수 없었다.

동행이라곤 고작 그뿐이었다. 대총관 설순평이 선별해 붙인 호위라 했다. 어쨌든 그와 함께 아가씨의 정혼자라는 사람과 그 부친을 찾아야 한다. 극월세가와 아가씨 편가연이 잘못되는 건 생각도 할 수 없는 시시였다.

거의 반나절을 달리던 마차가 멈추었다. 시시는 마차 밖으로 살짝 고개를 내밀어 물었다.

"왜 멈춘 거지요?"

"마차는 여기까지다."

짧고 뭉툭한 답변.

시시는 호위무사의 말에 마차에서 내려 앞을 보았다.

긴 강줄기. 더 이상 마차가 갈 수 없다. 작은 나룻배를 이용해 강을 건너야 했다.

무사가 역관(驛館)에 말과 마차를 맡기는 사이 시시는 떨리는 가슴으로 강줄기를 내려다보았다.

처음 나온 세상. 두려움이 온몸을 긴장 속으로 몰아넣고 있었다.

"난 온조(溫照)라고 한다."

어느새 뒤에 다가온 무사의 말에 시시가 퍼뜩 정신을 차리고 상대의 얼굴도 확인하지 않은 채 고개부터 숙였다.

"시시입니다. 온조 님에 대해선 미리 들어 알고 있었습니다. 내원 호위대 소속의 무사님이시라고."

사내는 무척 당당한 체격의 떡 벌어진 어깨를 가진 인물이었다. 나이는 서른 중반쯤 되었을 듯했고, 대개의 호위무사가 쓰는 커다란 칼 한 자루를 허리춤에 차고 있었으며, 꾹 다문 입술에 전체적으로 굳건하고 강인한 인상을 갖고 있었다.

"그렇다. 나 역시 네가 가는 곳까지 안전하게 호송해 갔다 오란 명령을 받았다만. 그런데 무슨 일이기에 시녀인 네가 먼 길을 나선 것이냐?"

"그건 세가로부터 좀 더 멀어진 후에 말씀드리겠어요."

"그래라! 몇 살이냐?"

"스물한… 살이에요."

스물하나. 온조라는 사내는 고개를 끄덕이며 찬찬히 시시를 뜯어보았다.

누가 봐도 너무도 나약한 여자아이, 시시.

바람이 불면 훅 날아가 버릴 것처럼 체형이 가냘픈 데다 하얀 피부에 어딘지 한없이 여려 보이는 눈망울. 거기다 입고 있는 옷마저 희고 노란 상의에 하늘대는 물빛 치마여서 더욱 그녀를 처연하게 보이게 했다.

작은 키는 아니었다. 하지만 어리고 여린 사슴처럼 도대체 강해 보이는 구석이 없어, 쳐다보는 이로 하여금 이유 없이 가슴을 아프게 했다.

저절로 보호본능을 불러 일으키는 여인 시시. 온조가 물끄러미 그녀를 보고 있는 이유도 그 까닭 없이 구슬프고 애처로운 느낌 때문이었다.

*　　　*　　　*

배를 타고 물을 건너고, 다시 마차를 빌려 쉼 없이 달리다 산을 만나고.

무려 닷새나 걸려 시시는 호북 땅에 들어섰다. 하지만 갈수록 길이 험했다. 특히 목적지인 호북에서 사천 방향인 서북쪽으로 가는 길은 더욱 그랬다.

"헉헉!"

시시는 첩첩산중 높은 고갯마루를 걸어 넘으며 거친 숨을 몰아쉬고 있었다. 발은 부르트고 심장은 터질 듯이 가쁘기만 했다. 하지만 쉬어갈 틈이 없었다. 기다리는 아가씨. 매일같이 불안에 떠는 그녀의 안위를 위해 한순간이라도 멈춰 쉴 수가 없었다.

이미 꼴은 초라해졌다. 햇볕에 그을리고 전신에 뒤집어쓴 먼지는 목구멍에까지 들어찼다.

"쉬어갈까?"

온조가 틈만 나면 물었지만 시시는 고개를 흔들어댈 뿐이었다.

행낭을 꼭 품고 악착같이 걸음을 떼어가는 그녀.

쳐다보는 온조의 눈초리가 가여울 수밖에 없다. 물론 그도 지쳤다. 그러나 어찌 지친 내색을 할 수 있을까.

"그럼 조금만 참아보아라. 저쪽의 산들만 넘으면 곧양 땅인 듯하니."

"네."

갈림길이 보였다. 큰길은 사천 방향일 것이었고 작은 길이 두 사람이 찾아가는 방향일 것이었다. 두 사람은 힘을 냈다.

그러나 얼마 가지 못해 그들은 편히 가지 못하게 하는 문제를 떠안고 말았다.

"멈추어라!"

사나운 무기를 든 십여 명의 거한들이 여기저기서 튀어나왔다. 숨어 손님(?)을 기다리고 있던 산적들이었다.

질겁한 시시가 온조 뒤로 숨어 바들바들 떨었다.

온조는 산적이 있을 줄 몰랐다. 산적이 도사린 길인 줄 알았다면 이렇게 둘만 오진 않았을 것이다. 안전을 위해 다른 행인들과 여럿이 뭉쳐 함께 넘거나 돌아서 가야 했던 것을. 초행길이라 저지른 실수였다.

그러나 온조는 무림인. 우선 예의부터 차렸다.

"인사드리겠소. 녹림(綠林)의 호협(豪俠)들께서 지키는 길인 줄 모르고 함부로 통과할 뻔했소이다. 상전의 명을 받고 급히 길을 재촉하는 졸자올시다. 마땅히 무거운 통행세를 내려놓을 터이니 호형들께선 책하지 말고 부디 길을 열어주시길 바라오."

통상적이고 상투적인 의례였다. 얼마간의 돈을 내놓고 서로 기분을 맞춰주는 말이 오가면 별다른 마찰 없이 산을 넘도록 길을 열어주는 것이 통례인 것이다. 특히 상단이나 표국 같은 귀중한 물건을 운반하는 무리는 아예 녹림 무리가 지키는 산엔 미리 통보를 하고 통행세를 협상한 뒤 산을 넘기도 했다. 과도한 통행세를 요구할 경우 시간이 좀 지체되더라도 멀리 돌아가기 위해서였다.

하지만 그럼에도 간혹 마찰이 일어나기도 했는데, 그것은 상대를 속였을 때 일이다. 가령 통보한 인원이 다르거나 물건의 가치가 다를 때 그러했고, 반대로 약속된 통행세보다 과도하게 요구를 할 때 그런 일이 발생했다.

그리고 지금과 같이 행인이 길을 갈 땐 당연히 그만큼 적은 돈을 요구하게 되지만 문제는 인원이 적기에 놈들이 횡포를 부리거나 간혹 살인을 저지르기도 하고, 지닌 금품을 모조리 빼앗아 챙기는 경우가 있다는 것이다. 특히 여인이 끼어 있을 땐 더욱 그랬다.

그래서 온조는 내심 걱정이었다. 시시같이 예쁘고 고운 아이가 놈들의 눈에 띄지 않을 수 없으니 마음을 졸일 수밖에 없다. 다만 한 가지 기대를 걸고 있는 건 자신이 무인이라는 점이다. 여자가 탐이 나도 놈들도 바보가 아닌 이상 무인과 싸움을 해가면서까지 무리를 하지는 않는다는 것.

"내려놓아 보아라!"

흉측한 거치도(鋸齒刀)를 어깨 위로 걸친 우람한 덩치의 사내가 걸걸한 목소리로 외쳤다.

온조는 당당하게 상대를 마주 보며 품속에서 전낭을 꺼내 자신의 발 앞에 내려놓았다. 그리고 두어 걸음 뒤로 물러났다.

적은 돈이 아니었다. 자신의 개인적인 돈에다 세가로부터 따로 받은 넉넉한 경비가 포함되어 있었기에 산적들 따위에게 바치는 통행세로는 차고도 넘치는 돈이었다. 온조는 놈들이 그 돈을 받고 아무 문제 일으키지 않고 통과시켜 주길 바랐다.

졸개로 보이는 사내가 다가와 주머니를 주워들고 우두머리 앞으로 돌아갔다.

내용을 확인한 우두머리가 의미심장한 표정을 살짝 짓더니 다시 고개를 들고 노려본다.

"어디로 가는 누구냐?"

신분을 밝히란 소리였다.

온조는 슬슬 뜨거워졌다. 감을 잡아보겠단 수작이었고 그것은 정체가 어떤가에 따라 딴마음을 먹을 수도 있단 소리였기 때문이다.

"영흥 극월세가의 호위 온조라 하오. 세가의 일을 수행하러 곤양으로 가는 길이오."

온조의 말에 우두머리 사내의 눈자위가 움찔했다. 이런 곳에서 산적질을 해먹고 있어도 극월세가를 모르지는 않을 것이고, 아무래도 그 이름이 주는 무게감이 부담스러울 것이기 때문이다.

"흠, 월가인이었군. 하지만… 이걸론 모자라는데? 여긴 다른 고갯마루보다 비싸서 말이야."

느물대는 우두머리 사내. 분위기가 맘에 들지 않게 돌아가고 있었다.

온조는 일단 두말하지 않고 시시를 돌아보았다. 그러자 시시가 눈치 빠르게 서둘러 작은 주머니 하나를 꺼내놓았다.

온조는 그 주머니를 받아 수하를 향해 던졌다.

"나머지 여정을 이어갈 여비조차 남지 않았소. 호형들께선 이 정도에서 살펴주시구려."

온조는 최대한 마찰을 피하려 했다. 돈 따윈 중요하지 않았다. 여하한 상황에도 어디까지나 임무를 수행하는 게 먼저였다.

하지만 놈들의 마음이 이미 시시를 품고 있다는 게 문제였다.

"죽여!"

아니나 다를까, 우두머리의 명이 앞뒤 재지도 않고 떨어졌다.

그를 노려보는 온조가 어금니를 깨물고 쓴웃음을 매달았다.

"정말 멍청한 결정을 내리는군. 충분히 기회를 줬건만!"

스르릉!

온조의 허리춤에서 뽑혀 나오는 발도(拔刀) 소리가 차디찼다.

극월세가 내원 호위대 육(六)조 부조장. 온조는 정통 무인이다. 어린 시절 극월세가에 들어와 이십 년 가까이 실력을 키워왔고 충분히 무위를 인정받는 그다. 결코 십여 명의 산적 따위가 두려웠던 것이 아니다. 단지 임무를 위해 될 수 있는 한 쓸데없는 싸움을 피하려 했던 것일 뿐.

더구나 놈들 중에 진짜 우두머리급은 보이지 않았다. 산채(山

寨)의 채주나 부채주 정도 외에는 제대로 된 실력을 갖추지 못한 것이 놈들의 특징. 그나마 그들은 내려오지도 않았는지 당장 온조의 눈에 띄는 자들은 전부 세상살이에 실패한 무지렁이로 보일 뿐이었다.

하지만 문제는 역시 시시.

온조는 먼저 치고 나갔다. 놈들이 그녀에게 접근하기 전에 한 놈이라도 앞서서 베어버리려는 것이었다.

예상대로 어렵지 않았다. 온조는 낭아봉을 무식하게 휘둘러 온 자의 복부를 낮은 자세로 가르고 연이어 도끼를 든 자마저 일도에 머리통을 날려 버렸다.

그러자 육중한 두 덩치가 쓰러지면서 바닥의 먼지를 피워 올렸다.

아니나 다를까, 놀란 다른 자들이 멈칫했다.

역시 말이 좋아 녹림이지, 이런 큰 건수도 없는 구석진 산에서 도적질을 해먹는 놈들일 땐 그 실력이야 빤한 것이었다.

온조가 자세를 고쳐 잡으며 놈들을 상기시켰다.

"지금이라도 늦지 않았다. 길을 열어라!"

뒤에서 지켜보던 우두머리 사내의 표정이 일시에 일그러졌다. 호위무사라고 우습게 봤던 게 확연히 표가 났다.

그렇지만 놈들은 냉정히 상황파악을 하지 못했다. 목숨보다 시시가 더 탐이 났던가? 동료 둘이 죽는 꼴을 보고 오히려 더 눈들이 뒤집혀 달려든다.

"이 새끼!"

"포위해!"

카앙! 캉캉!

"어리석은 놈들!"

온조는 또 한 놈의 가슴팍을 쪼개놓고 다른 놈들을 차단해 나갔다.

기어이 우두머리도 나선다.

"같이 공격해! 한 놈은 계집을 잡고!"

역시 우두머리답게 좀 더 머리가 영리한 놈이었다. 정면을 공격하며 옆으로 두 놈이 시시에게로 향한다. 그 바람에 온조의 신경은 분산될 수밖에 없었고, 손발 역시 다급해질 수밖에 없었다.

"젠장!"

온조는 시시가 있는 곳으로 물러나며 그녀에게 접근하려는 자들을 차단했다.

시시는 완전히 얼어 있었다. 허둥대지도 못하고 꼼짝 않고 서서 놀란 토끼 눈으로 바들바들 떨고 있을 뿐이다.

그녀가 이런 싸움을 보았을 리가 없다. 당연히 처음 보는 것이다. 구중궁궐이나 다름없는 극월세가, 그것도 세가주의 장중보옥과 늘 같이했던 그녀가 이런 세상의 험한 모습들을 볼 일이 뭐가 있었으랴. 피가 쏟아지고 목이 달아나고. 그녀는 지금 자기 눈에 들어오는 것들이 현실인지 믿지도 못하고 있었다.

"시시, 물러나!"

온조가 고함을 질렀지만 시시는 역시 움직이지 못했다. 지금 그녀의 귀에 무엇도 들리지도 않을 뿐 아니라 설령 들린다 해도 발이 땅에 붙어 떨어질지도 의문이었다.

슈칵!

온조는 옆으로 빠져나가려는 자의 등을 후려쳐 또 한 명을 바닥에 처박았다. 그는 허리가 끊어진 채 내장을 쏟으며 먼지구덩이를 굴렀다.

놈의 피가 얼굴로 튀어 눈으로 들어가는 바람에 온조는 시야를 방해받았지만 반대편의 움직임을 놓치지 않았다. 재빠르게 신형을 이동시켜 산적들을 막아선 온조는 상황이 결코 생각만큼 녹록치 않다는 것을 깨달았다.

좁은 산길. 이런 상황에 익숙해 있는 자들. 각자 어떤 행동을 해야 한다는 걸 알고 있었고, 그것이 온조를 곤란하게 만들었다.

푹!

온조는 장딴지에 박혀든 통증에 몸을 휘청거렸다. 한 놈이 마구잡이로 던진 비수에 재수 없게 맞아버린 것이다.

통증이 대단했다. 움직임에 영향이 있었다.

"이런!"

탄식을 하고 있을 틈이 없었다. 시시가 놈들 손에 들어가기 전에 이 상황을 빠르게 종결시켜야 했다.

다행히 놈들이 약점을 본 이리떼처럼 흥분해 달려든다. 온조는 이런 상황에선 우두머리부터 잡아야 한다는 걸 알고 있었다. 그게 가장 싸움을 빠르게 끝내는 방법이었다.

카앙! 카각!

온조는 거칠게 졸개들을 밀어내고 우두머리와 마주쳐 갔다.

놈의 거치도가 바람을 매섭게 찢어발기며 내려쳐 온다.

부악! 카카칵!

온조는 놈의 거치도를 받아쳤으나 뜻대로 쳐내지 못하고 오히려 힘에 눌렸다. 체격에 걸맞게 힘이 장사인 놈이었다. 하지만 이렇게 힘만 믿고 설치는 놈의 경우 어떻게 상대해야 하는지 밥 먹듯이 훈련을 해왔고, 또 신체가 저절로 반응할 만큼 잘 기억하고 있는 온조였다.

온조는 힘에 눌리는 그 순간 이빨로 물고 늘어진 것같이 악착같은 상대의 거치도를 옆으로 자연스럽게 흘리며 놈의 축이 된 왼쪽 다리 무릎을 발바닥으로 강하게 밀어 찼다.

뻐걱!

관절이 어긋나는 소리다. 뒤따라 고통을 참지 못하는 비명이 고래고래 흩어진다.

"끄아악!"

하지만 그게 끝이 아니었다. 무릎이 파괴되며 힘이 한순간에 빠져버린 상대를 온조가 그냥 놔둘 리가 없다. 휘돌려진 신형과 같이 따라 돈 온조의 칼은 그대로 상대의 몸통을 그어버렸다.

파앗!

낭자하게 뿌려지는 시뻘건 선혈. 일도에 절명했음을 의심할 여지도 없다.

그러나 그 순간 온조도 한 가지를 잃어야 했다.

팟!

옆구리가 시큰했다. 우두머리를 베어 넘기는 중에 뒤에서 따라붙은 놈의 칼이 박혀든 것이다.

온조는 한바탕 땅을 구르고 용수철처럼 튀어 일어났다. 무림

정도문파 무인들이 나려타곤(懶驢打滾)이라며 비웃는 동작이지만 온조는 가장 효과적으로 몸을 빼내는 방법이라 생각할 뿐이었다.

그리곤 남은 자들을 다시 쓸어갔다. 옆구리의 상처는 일부러 의식하지 않았다. 상처가 크든 작든 이미 당한 결과가 바뀔 것도 없고, 싸우다 쓰러지는 한이 있어도 일단 적부터 처치하는 것이 호위무사의 기본이다.

나머진 오래 걸리지 않았다. 상처를 안긴 한 놈을 더 베어 넘기자 남은 놈들이 주춤하더니 그대로 돌아서 도망을 치기 시작했다.

당연히 온조로선 쫓을 이유가 없다. 달아나는 놈들을 노려보던 온조는 옆구리를 쥐고 그 자리에 주저앉았다.

극심한 고통.

그래도 온조는 훈련받은 무사답게 냉정하고 침착했다.

그는 일단 시시부터 불렀다.

"이리 오너라!"

눈물을 가득 매달고 벌벌 떨고 있던 시시가 산적들이 사라지자 겨우겨우 걸음을 내디뎌 다가온다.

온조는 우선 그녀를 진정시키려 노력했다.

"놀랐느냐? 하지만 진정해라. 이런 싸움은 우리에겐 늘 있는 일이다."

시시는 말도 못하고 눈물이 홍건한 상태로 내려다보고만 있었다.

"행낭에 옷가지가 있으면 꺼내 놓아보아라."

온조가 다시 말을 했을 때 시시는 허둥지둥 행낭을 뒤져 자신의 여벌옷들을 꺼내 내밀었다.

부욱! 쫙! 쫙!

시시의 옷을 받자마자 거침없이 찢는 온조. 그리곤 그 찢은 옷으로 자신의 종아리와 허리의 상처를 둘둘 말아 더 이상 피가 흐르지 않도록 단단히 동여맸다.

지혈을 위해 상처 근처 혈도 몇 군데를 두드린 온조는 다시 시시를 향해 고개를 들고 말했다.

"일단 놈들에게 줬던 전낭들을 챙겨오너라!"

널브러진 시체들. 시시는 겁이 났지만, 덜덜 떨면서도 시키는 대로 움직였다.

끔찍한 싸움의 흔적들을 지나 눈을 질끈 감고 전낭을 회수한 시시.

그녀가 돌아오자 온조는 자신의 전낭만을 건네받고 앉은 채로 말했다.

"시시, 지금부터 내 말을 잘 들어라! 나의 부상이… 깊다. 그 말은 이제 너와 같이 가지 못한단 뜻이다."

온조의 말에 시시는 다시 한가득 눈물을 머금은 채 울먹거렸다.

"괜찮다. 저기 저 산들만 넘으면 우리가 찾는 곤양이다. 크지 않은 지역이고 너는 영특한 아이니 혼자서도 충분히 찾을 수 있으리라 생각한다. 두려워하지 마라. 이제 산중에 산적은 나타나지 않을 것이다. 최대한 빨리 산을 넘어 사람이 많은 곳으로 가라. 그리고 조금이라도 미심쩍은 자들이 보이면 만일을 생각해 아예 몸을 숨겨 버리고."

"온조 님은… 요?"

시시가 어렵사리 입을 열었다.

"나는 여기서 돌아 내려가겠다. 의원을 찾아가거나 가까운
세가의 사업장에 연락해 도움을 받아야 한다."

"……."

시시가 아무 말도 못 하고 발만 구르고 있다.

"시시, 할 수 있겠지? 용기를 내라. 넌 할 수 있다. 세가와 가
연 아가씨를 생각해!"

시시는 산마루 고갯길을 쳐다보았다. 정신이 아득하기만 했
다. 하지만 그녀는 고개를 끄덕일 수밖에 없었다. 편가연이란
이름 때문이었다.

시시가 입술을 꼭 깨물고 고개를 끄덕여 보이자 온조도 자신
의 칼에 의지한 채 억지로 일어났다.

"그래, 어서 가거라! 도망간 놈들이 무리를 끌고 내려올지도
모르니 서둘러라!"

"네. 조심하세요!"

"훗, 내 걱정은 말고 너나 조심해!"

"……."

시시는 잠시 온조를 쳐다보다가 몸을 돌려 고갯마루를 향해
달렸다.

"흑흑, 흐흐흑!"

눈물이 나지 않을 수 없다. 혼자 가는 길. 무섭고 두려운 걸
어떡할까. 더구나 끔찍한 장면까지 목격한 다음에야.

한참을 달리던 시시는 고갯마루쯤에서 잠시 멈춰 온조를 돌아보았다. 하지만 어서 가라는 손짓만 날아올 뿐이었다.

정말 혼자다. 이제 이 무서운 길을 혼자 가야 한다. 시시는 결국 울음을 참으며 고갯마루를 넘어 사라져 갔다.

그녀가 사라지는 걸 지켜보고 있던 온조는 그녀의 기척이 완전히 멀어질 때까지 잠시 그대로 서 있다가 안타까움을 접고 조용히 돌아섰다.

"우읍!"

움직이는 순간 몰려드는 고통. 시시 앞에선 최대한 고통을 인내했지만 내려가는 동안 어찌될지 장담조차 할 수 없을 만큼 부상이 심한 상태였다. 서둘러야 했다. 혼자 간 시시를 위해서라도 길바닥에서 죽을 순 없었다.

第三章

가출(家出)

그는 아들을 사랑했다. 하여 골치 아플까 봐 글조차 가르치지 않았는데, 그게 사랑한단 이유였다.

—무림비사 기록관

한창 다리 공사가 진행 중이었다. 그리 크지도 않고 수심도 깊어 보이지 않는 하천이었지만, 산을 바로 옆으로 끼고 흐르는 탓에 큰물이 질 때를 대비하는 것인 듯했다.

미친 듯이 산을 달려 내려온 시시는 일단 공사현장에서 일하는 사람들과 멀리 마을까지 눈에 들어오자 그제야 걸음을 늦추곤 헐떡대는 가쁜 숨을 진정시켰다.

얼마나 급히 달려 내려왔는지 얼마나 무섭고 겁이 났던지 심장이 터질 것만 같았다.

이제는 살 것 같았다. 시시는 땀을 닦을 새도 없이 곧장 마을로 향하려다가 길 한쪽에서 혼자 일하고 있는 일꾼에게 다가가 말을 붙였다.

"저기요."

다리에 쓰일 석재를 다듬는 것인 듯 넓적하고 긴 돌판 위에 올라앉아 망치질을 하고 있던 사내. 돌아본 그는 생각보다 어린 사람이었다. 체격이 아주 크진 않았지만 힘든 일을 하고 있어 뒷모습만으론 당연히 꽤 나이를 먹은 사람일 줄 알았는데 자기와 비슷한 나이의 청년일 뿐이었다.

"여기가 곤양인가요?"

외수는 뒤에서 부르는 소리에 돌아보고 인상부터 찌푸렸다. 웬 미친년(?) 하나가 서 있었기 때문이다. 몹시도 흐트러진 모습. 줄줄 흐르는 땀에다 몇 바퀴 뒹굴어 뒤집어쓴 듯한 먼지. 치렁치렁 얼굴을 가리고 내려온 머리카락들은 엉겨 붙어 귀찮게 했고, 소매와 치맛자락은 찢기고 뜯겨 말이 아니었다.

외수는 그녀가 뛰어내려온 듯한 산 쪽을 바라보았다. 호랑이라도 쫓아온 것인가 확인하려는 것이었다.

"그렇긴 한데, 괜찮소?"

외수는 다시 한 번 여인을 조심스럽게 살피며 물었다.

어린 사내답지 않게 묵직한 음성과 표정. 시시는 감격에 겨워 주저앉고 싶었다. 다행히 길을 잃지 않고 제대로 찾아왔다는 기쁨.

"네네, 네네!"

시시는 자신을 걱정을 해주는 그의 말에 허둥대며 대답했다.

외수는 천천히 시선을 거두어 다시 하던 일을 이어갔다.

땅! 땅! 땅!

따가운 망치 소리.

"저기요."

외수는 방해가 되는 것이 아닌지 조심스런 표정을 하고 있는 그녀를 다시 돌아보았다.

"여쭤볼 것이 있는데……"

"말하시오."

"혹시 여기 사시는 분 중에 궁 씨 성에 천 자, 도 자 쓰시는 분이 있는지? 그런 존함을 가진 분이 있는지 들어보셨나요?"

"……."

"왜… 그러셔요?"

외수가 빤히 보고만 있자 시시가 어색해하며 물었다.

"거참 어렵게 말하는군. 한참을 생각했잖소."

"네?"

뭘 한참 생각했다는 건지 시시는 알아듣지 못해 고개를 갸웃했다.

"그는 왜 찾소?"

"아시나요?"

끄덕.

"어, 어디 사시죠? 어디로 가면 되죠?"

시시는 흥분했다. 환희를 주체할 수가 없었다.

하지만 물끄러미 쳐다보기만 하는 외수. 시시는 그가 왜 그런 표정으로 자신을 응시하는지 알 수가 없었다.

"기다리시오."

"……?"

시시는 어리둥절해졌다. 뭘 기다리라는 것인지.

"저기, 잠깐만… 죄, 죄송하지만 제가 급해서 그러는데 그분이 사시는 곳을 가르쳐 주시면…….'

조급한 시시가 매달리자 다시 일을 하려던 외수가 망치를 쥔 손을 번쩍 들어 멀리 한 곳을 가리켰다.

"저기 마을 뒷산 너머 큰 산 보이시오?'

"……?'

"거기요. 갈 수 있겠소?'

"네?'

"당신 혼자 찾아갈 수 있겠냔 말이오. 곧 날도 어두워질 텐데 설명한다고 혼자 산을 찾아 올라갈 수 있겠소?'

외수가 가리킨 산을 다시 쳐다보는 시시. 아득히 보일 만큼 꽤 먼 거리이긴 했다.

외수가 그녀의 고민을 무시하고 말했다.

"그냥 저쪽에서 기다리시오. 데려다 줄 테니까. 나 역시 그쪽으로 가야 하고. 곧 일이 끝나오."

"아! 감사합니다, 감사합니다!'

그제야 알아들은 시시가 연신 허리를 꺾어 감사를 표했다.

땅! 땅! 땅!

외수가 다시 망치질을 시작하자 시시는 조용히 뒤로 물러나 길 한쪽 작은 돌 위에 엉덩이를 붙이고 앉았다.

그제야 한숨 돌리게 된 시시. 한순간에 긴장이 풀리며 온몸이 녹아내릴 것만 같았다. 생각보다 쉽게 찾게 되었다. 이곳에 살지 않으면 어떡하나 사실 걱정도 많았었기에 기쁨을 이루 말할 수가 없었다.

'아가씨, 찾았어요. 여기 사신대요. 조금만 기다리세요.'

시시는 마음속으로 주인, 편가연에게 이 기쁜 소식을 전하고 또 한 번 그가 가리켰던 산을 쳐다보았다. 아득하기만 했다. 하지만 그곳에 있다는 걸 알게 된 것만으로도 마음이 너끈했다.

땅땅땅땅!

시시는 자신을 데려다 주겠다고 한 그를 쳐다보았다. 무뚝뚝하긴 했지만 친절한 사람.

땅땅땅땅……!

규칙적으로 이어지는 망치질.

시시는 그가 이 일을 꽤 오랫동안 해온 숙련공일 것이라 생각했다. 일정하게 유지되는 망치질뿐만 아니라 자세 또한 견고했다. 그 쉼 없이 반복되는 동작에도 힘든 기색이나 흐트러지는 작은 동작조차 없어 시시는 내심 혼자 감탄했다.

'대단한 사람이네, 저 나이에 어떻게.'

세상물정 모르는 시시는 초면인 그가 상당히 먼 거리까지 자신을 데려다 준다는데도 전혀 의심을 품지 않았고, 그저 그가 어서 일을 마치기만을 기다렸다.

그렇게 한숨을 돌리며 기다리고 있을 때 다리 아래쪽에서 누군가의 고함 소리가 들렸다.

"이봐, 배 씨! 아무래도 여기 버팀목이 하나 더 있어야겠어. 가져와!"

다른 사람도 들으란 듯 필요 이상의 큰 목소리였다.

곧 한 사람이 모습을 보이며 위로 올라왔는데 그는 마르고 왜소한 체격에다 구부정하기까지 해 자기 나이보다 훨씬 더 늙어 보이는 오십 중반쯤의 일꾼이었다. 만면에 실없이 흘리는 웃음 탓에 전체적인 인상이 더욱 허약해 보이는 그는 목재들이 쌓인 곳으로 어기적대는 걸음을 옮겨갔는데, 시시는 그를 보며 문득 의문이 생겨 고개를 갸웃했다. 많은 목재가 쌓인 그곳엔 그가 혼자 들고 갈 만한 크기의 목재는 보이지 않았기 때문이다. 혼자 들기는커녕 두세 사람이 달라붙어 옮겨도 버거워 보이는 크고 긴 통나무들뿐.

뭘 어쩌려는 것인가 싶어 시시가 물끄러미 보고 있는 그때, 석재를 다듬고 있던 망치 소리가 멈추었다.

"됐어요, 아저씨! 놔두고 그냥 내려가세요!"

그가 천천히 일어서고 있었다. 그러자 초로의 일꾼이 미안하다는 듯 뒷머리를 긁적이며 웃었다.

"외수 너에게 매번 미안하고 고맙구나."

"아저씨가 미안할 게 뭐 있어요. 대놓고 나 부려 먹으려 아저씰 보내는 인간이 나쁜 놈이지."

"흐흐훗, 그런가?"

시시는 외수라는 이름의 그가 나이 많은 일꾼을 도와 버팀목으로 쓸 목재를 옮기려는 것인 모양이라고 생각했다. 한데 그게 아니었다. 그가 다가오자 나이 많은 일꾼은 오히려 한 걸음 뒤로 물러서고 있었다.

그 순간 시시는 자신의 눈을 의심했다. 자기의 키보다 두 배는 더 길고, 자기의 허리만큼이나 굵은 통나무를 슬며시 끌어안는가 싶더니 용틀임 한 번으로 쑥 뽑아 어깨에 둘러메는 사내.

굉장한 힘. 그처럼 가뿐할 수가 없었다. 시시는 그만 입이 쩌억 벌어지고 말았다.

근육질의 우람한 사내도 아니었다. 키는 사내답게 큰 편이지만 오히려 그 키 때문에 오히려 늘씬해 보이기까지 하는 사람이었다.

나이 많은 일꾼이 안내하듯 앞서서 잰걸음으로 서둘러 내려가고, 육중한 버팀목을 둘러멘 그가 성큼성큼 뒤를 따라 걸음을 옮겨간다.

시시는 얼른 일어나 그가 들고 내려간 통나무들이 쌓인 곳으로 달려갔다. 그리고 나무들을 조심스레 확인했다. 틀림없었다. 속이 비거나 가벼운 나무 따위가 절대 아니었다. 오히려 밀도가 높고 단단해서 무게가 더 많이 나가는 나무.

시시가 놀라고 있을 때 잠시 후 그의 목소리가 들렸다.

"십장! 나 퇴근할 거야. 이젠 알아서 해!"

대꾸하는 소리도 들렸다.

"뭔 일 있냐? 왜 빨리 가려고 그래?"

"볼일이 생겼어!"

"무슨 일? 어디 가서 여자라도 하나 납치해 집에 가져가게?"

그 순간 위로 올라선 그와 시시는 눈이 딱 마주쳤다.

'납치……?'

아래서 일꾼들이 자기들끼리 와자지껄 웃어대는 소리가 들려왔다.

시시는 뻣뻣이 굳은 채 외수란 사내의 눈치를 보며 품에 안은 행낭만 조몰락거렸다. 물론 아래쪽에 있는 사람이 농담으로 한 말이겠지만 힘센 남자와 납치라는 말이 시시에겐 자꾸 연관되어 머릿속을 휘저었다. 갑자기 무서워(?) 보이는 사내. 마음만 먹는다면 자신 따위는 한 입 거리도 안 될 거였다.

시시는 우물쭈물 슬그머니 눈동자를 돌려 그가 데려다 주겠다고 한 산을 다시 한 번 확인했다. 궁천도라는 은인이 정말 그가 말한 곳에 사는 게 맞을까? 더럭 겁이 났다.

"따라오시오."

한마디를 던지고 휭하니 돌아서 가버리는 외수.

시시는 잠시 짧은 고민을 했다. 믿고 따라가야 하는 것인지 말아야 하는 것인지.

하지만 그가 다리 위를 반쯤 건너가고 있을 때 시시는 어쩔 수 없이 부랴부랴 쫓아 뛰어갔다.

마을이 보였다. 서서히 해가 지고 있었다.

사내는 이곳까지 오는 동안 한마디도 하지 않았고, 한 번도 뒤돌아보지 않았다.

굉장히 무거운 분위기의 사내. 시시는 하루 종일 일진이 나빴거나 무언가에 단단히 화가 나 있는 사람 같다고 생각했다.

"곽 씨 아저씨, 나 왔어!"

마을 상점들이 모인 곳. 어느 가게 뒤켠 마당으로 들어선 그가 가게 안쪽으로 고함을 질렀고, 안쪽에서 대답하는 소리도 들렸다.

"거기 앉으시오. 여기서 볼일 좀 보고 가야 하오. 오래 안 걸릴 테니 조금만 기다리시오."

시시는 시키는 대로 탁자와 의자가 내어져 있는 곳에 앉았다.

잠시 후 중년의 한 사람이 앞치마를 두른 채 문간에 나와 반
갑게 웃었다.

"왔냐? 일찍 왔네. 오늘도 부탁한다."

　주인인 듯한 사람이 인사만 하고 들어가려 하자 사내가 그를
불러 세웠다.

"아저씨!"

"응?"

"탕이나 한 그릇 갖다 줘! 소면 넣어서!"

"왜? 배고프냐?"

"아니, 나 말고 저기!"

　시시는 자기를 가리키자 당황했다. 더구나 곽 씨라는 사람까
지 빤히 쳐다보니 어색하기만 했다.

"누구냐? 처음 보는 아가씬데?"

"나도 몰라. 탕이나 갖다줘! 탕 값은 오늘 품삯에서 까고."

"알았다. 그러마."

　곽 씨라는 사람이 들어가고 그가 나무 쌓인 곳으로 갔다.

　빡! 빡! 빡! 빡……!

　또 일정하게 들려오는 소리.

　이번엔 도끼질 소리다. 장작을 패고 있었다. 한 손으로 굵은
나무토막을 올려놓고 한 손으로 찍는데, 그 굵은 나무들이 어김
없이 한 방에 쩍쩍 쪼개져 나간다.

　굉장히 익숙하고 빠른 도끼질. 나이도 얼마 안 된 사람이 도
대체 언제부터 해왔으면 저리 단련된 동작이 나올까 시시는 궁
금했다.

시시가 물끄러미 보고 있을 때 곽 씨라는 사람이 다시 나왔다.

그는 음식을 내려놓고는 물었다.

"낯선 분인데 우리 마을엔 어쩐 일이신가?"

시시는 마침 잘되었다 싶었다.

"이 마을에 사신다는 궁천도라는 분을 찾아왔습니다."

"궁천도?"

"아시는 분인가요?"

"푸흐훗, 알다마다. 이 동네서 그 인간 모르는 사람이 있으려고?"

시시는 얼른 손을 내뻗었다.

"저기 저 산 위에 사는 것이 맞나요?"

"그렇지. 그 인간 거기 살지."

'똑똑한' 시시는 활짝 웃었다. 이제는 마음을 놓을 수 있었다.

"아하, 그래서 저 녀석을 따라가는 거였구먼?"

"네, 맞아요! 고맙습니다. 탕 값은 얼마죠?"

"세 푼이긴 한데, 그건 왜?"

기분이 좋아진 시시는 얼른 행낭에서 돈주머니를 찾아 꺼냈다. 하지만.

"아냐, 아냐! 그냥 먹기나 해! 이건 저 녀석과 같이 온 사람이라 내가 대접하는 거니까."

곽 씨라는 사람이 빙긋이 웃고 그냥 들어간다.

시시는 음식을 내려다보았다. 닭고기 살을 찢어 넣어 끓인 탕에 돌돌 말린 소면이 잠겨 있다.

꼬르륵.

허기진 배. 아무것도 먹지 못한 하루. 비로소 무섭고 두려웠던 긴장감이 사라진 시시는 정신없이 먹기 시작했다.

외수는 빈 그릇을 앞에 놓고 턱을 괸 채 꾸벅꾸벅 졸고 있는 여인을 물끄러미 내려다보았다. 지쳐 피곤한 상태에 음식까지 먹은 후라 졸음을 이기지 못한 모양이었다.

무엇 때문에 찾아왔을까. 많이 흐트러지긴 했어도 이런 촌구석에선 볼 수도 없는 자태를 지닌 여인. 외수는 풀려 내려와 치렁거리는 그녀의 머리칼을 쓸어 올려주고 싶단 생각을 했다.

"갑시다!"

외수의 말에 깜짝 놀라 고개를 번쩍 든 시시.

"네? 네네!"

외수는 허겁지겁 행낭을 챙겨 들고 일어나는 그녀를 보며 바로 돌아섰다.

어느새 어둠이 내려서고 있었다. 외수는 마을을 벗어나 곧장 산 쪽으로 걸었다.

그런데 마을길을 막 빠져나왔을 때 뒤로부터 날아든 다급한 목소리가 발길을 잡아 세웠다.

"외수야! 외수야!"

허겁지겁 바쁘게 달려오는 두 사람. 중년의 한 사내와 하인으로 보이는 젊은이였는데, 그처럼 다급할 수 없었다.

멈춰 선 외수가 조금은 삐딱한 눈초리로 그들을 기다렸다.

"무슨 일이오?"

"야, 큰일 났다. 지금 우리 가게에 웬 우악스런 놈들이 나타나 판을 휩쓸고 있어!"

헐레벌떡 달려온 중년인이 몹시 상기된 얼굴로 앓는 소리부터 했다.

"그게 무슨 문제라는 거요. 도박장이야 따고 잃는 게 일이잖소."

"아니, 아니! 놈들이 계속 따기만 하니 문제라는 거지. 판돈을 휩쓴 것은 물론이고 벌써 우리 애들까지 나가떨어졌다. 보아하니 전국 도박장을 도는 전문조직 꾼들 같아. 들어올 때 가지고 있던 무기들은 다 회수해 맡아두었지만 보통내기들이 아니야. 가게 들어설 때부터 본새가 수상했어. 아마도 몸 구석구석 흉기까지 숨기고 있는 듯해! 도와다오. 손을 쓰는 게 확실한데도 잡을 수가 없어. 이미 판돈은 다 털렸고, 이대로라면 난 길거리 나앉게 생겼어."

"됐소. 내가 왜 그들을 상대한단 말이오."

"이곳 곤양에서 힘으로든 기술로든 놈들을 이겨낼 사람은 너뿐이잖니. 이번만 도와다오. 제발! 그래, 네가 도와주기만 하면 그동안 네 아비가 진 빚은 모조리 탕감해 주마! 어떠냐?"

도박장 주인의 말에 외수의 눈이 번쩍했다.

"정말이오?"

"정말이지 않고. 아니, 그것만이 아니라 앞으로도 네 아버지가 우리 가게에서 잃는 돈은 모두 보전해 주마. 오늘 놈들에게 쓸린 돈만 회수해 준다면!"

파격적인 제안. 급하긴 급한 모양이었다.

외수는 구미가 당겼다. 아버지는 최근 노름판에서 판돈 몇 푼을 잃는 것만이 아니라 아예 빚을 더미로 쌓아놓고 있었다. 몇 년을 일해 갚아도 다 못 갚을 빚을. 한데 빚을 탕감해 주는 것은 물론 앞으로도 잃는 돈을 보전해 주겠다니, 아버지 때문에 등골이 휘어지고 골치가 아픈 외수로선 이렇게 좋은 조건이 없었다.

이 정도이고 보면 문제가 생겨도 단단히 생겼단 뜻. 원래 도박장이란 도박 기술자들을 믿고 뒤에서 거금을 투자하는 물주가 있게 마련. 지금 도박장 주인은 그 물주들의 자금까지도 다 털린 게 틀림없었다.

외수는 주저치 않고 시시를 돌아보았다.

"보셨다시피 잠시 들를 데가 생겼소. 괜찮겠소?"

시시는 우물거렸다. 느닷없이 얼떨떨하기만 한 상황이기 때문이다. 도박장? 전문 꾼?

그때 눈치를 알아챈 도박장 주인이 외수의 손을 덥석 잡았다.

"고맙다, 외수야! 고마워!"

그리곤 뒤따라온 젊은 사람에게 신호를 하자 그가 들고 있던 작고 장식이 화려한 상자 안에서 두툼한 주머니 하나를 꺼내 내밀었다. 도박장 주인은 그 주머니를 외수의 손에 쥐여주며 말했다.

"황금 스무 냥에 해당하는 돈이 들었다. 마지막 남은 자금이야."

외수가 움찔 놀랐다. 황금 스무 냥. 어마어마한 돈이었다. 커다란 장원을 몇 채나 살 수 있는 거금.

하지만 도박장 주인의 눈은 간절하기만 했다.

"그렇게나 많이 잃었소?"

실의에 찬 고개를 저어 보이는 도박장 주인.

"그보다 더 많다."

외수는 짧은 침음을 삼켰다. 별로 크지도 않은 도박장에서 그런 엄청난 거금까지 왔다 갔다 한다는 것은 처음 알았기 때문이다.

외수는 다시 시시를 돌아보았다.

"여기서 기다리라고 하기엔 그러니 잠시만 같이 갑시다."

시시는 도박장 주인이 누구인지 궁금한 듯 쳐다보았지만 묻지는 않았다.

어쩔 수 없었다. 어둠은 내렸고 혼자 이 밤길을 헤맬 수도 없는 노릇. 선택의 여지 같은 건 없었다.

연초 연기가 자욱한 실내였다. 분위기는 몹시 긴장되어 있었다.

골패 따위의 도박 도구들이 굴러다니는 탁자들. 하지만 모두가 빈자리고 사람들은 중앙의 한 자리에 집중해 모두 둘러서 있다.

낯선 풍경. 외수를 따라온 시시는 왠지 모를 두려움이 일었다.

대략 삼십여 명은 될 듯한 구경꾼이 둘러선 중앙 탁자엔 모두 다섯 사내가 각자 서로 마주 보고 앉았는데, 투패(鬪牌)를 쥐고 있는 표정들을 보면 누가 좋고 나쁜지 확연히 구분되었다.

땀을 뻘뻘 흘리며 연신 패를 만지작거리고 있는 사내들. 적어도 타짜라면 그런 티를 내지 않을 텐데, 계속 잃기만 해서 어쩔 수 없는 모양이었다.

그리고 그런 그들을 보며 여유 만만한 미소를 띠고 있는 한 사람. 귀밑에서 뺨으로 긴 칼자국이 있는 그는 꽤나 큰 덩치의 인물이었는데, 그의 뒤에는 보호막 노릇을 하는 일행들로 보이는 예닐곱 명의 또 다른 덩치가 그와 같은 미소를 흘리고 있었다.

도검 따위 무기는 차고 들어올 수 없는 곳. 주인이 먼저 들어오고 난 뒤 시차를 두고 안으로 들어온 외수가 뒤에서 잠시 지켜보다 외치듯 말했다.

"끗발 안 서는 사람들 빠져!"

그의 일갈에 모두가 흠칫하며 돌아보았다.

"외, 외수?"

땀만 흘리던 사내들이 그를 확인하고 살았다는 듯 너도 나도 일어났다.

"와, 왔냐?"

구경꾼들 중에도 건달 양아치로 보이는 몇몇이 파랗게 질색을 했다. 마치 저승사자를 본 사람들처럼.

갑자기 판이 깨지고 분위기가 돌변하자 돈더미를 쌓아놓고 있던 흉터의 사내가 눈꼬리를 실룩였다.

"넌 뭐냐?"

외수의 대답은 간략했다.

"고수신가 보오?"

언짢은 듯 외수를 노려보던 사내는 출입구 쪽에 앉은 주인을 향해 버럭 소리를 질렀다.

"여기 물이 왜 이래? 코흘리개가 설치고?"

그때 외수가 들고 있던 주머니를 탁자 위로 던졌다.

쿵!

안에 든 금자의 무게만큼이나 묵직한 소리를 내며 떨어진 주머니.

"황금 스무 냥이오."

이미 금자, 은자, 전표 등 상당히 많은 돈을 쓸어놓고, 그것도 모자라 탁자 옆에 따로 쟁여둔 것까지 있는 사내가 지그시 노려보았다.

"너도 패를 만질 줄 안단 뜻이냐?"

"시간 없으니까 단판으로 합시다. 모든 걸 걸고!"

사내의 안면이 굳어졌다. 사내뿐 아니라 외수에게 돈을 맡긴 뒤쪽의 도박장 주인까지 얼굴이 새파랗게 질렸다. 단판이라니.

"웃기는 녀석이로군. 시간이 없어? 어린놈이 무슨 배짱이지? 돈은 어디서 났고?"

"무슨 상관이오. 어리든 어떻든 돈을 가진 먹이인데. 따서 가지면 그뿐!"

"날 이길 자신이 있다는 것이냐?"

"한판이면 충분해!"

사내의 눈에 불꽃이 튀었다. 황금 스무 냥이란 거금을 팽개치듯 내던지고 단판 승부를 보자는 간 큰 놈. 그는 주위의 분위기까지 찬찬히 쓸어본 다음 비릿하게 웃었다.

"좋다. 할 수야 있지! 한데 어떡하나? 내 판돈이 훨씬 많으니?"

"거참 말 많네. 싫으면 관둬! 말했잖아, 시간 없다고! 제법 실력 있는 고수인 듯해 한판 짜릿하게 놀아볼까 했더니, 핑계는!"

외수가 다시 돈주머니를 회수할 것처럼 손을 뻗어 갔다.

"잠깐! 그 뜻이 아니잖아, 꼬맹이! 내 돈은 네 밑천의 두 배야. 터무니없잖아. 누가 그런 불공평한 도박을 해? 투전판에 놀아봤으면 알 텐데? 정 한판 승부를 보고 싶다면 투전판 방식대로 다른 것도 걸어!"

"다른 거, 뭐?"

사내의 눈이 외수 뒤에 선 시시를 쓸었다. 음흉한 눈길. 아니나 다를까.

"너와 그리고 너와 같이 온 저쪽의 여자!"

"뭐야?"

외수가 반사적으로 시시를 돌아보았다.

사내가 이죽거렸다.

"뭐 어디 내다 팔아봤자 둘 다 판돈만큼이야 안 나오겠지만 일단 받아주지!"

"같이 오긴 했어도 나와 상관있는 여자가 아니다."

"후후훗, 아니라고? 그렇담 네가 바라는 짜릿한 한판은 성사될 수 없지! 가봐!"

"……."

팔짱을 끼고 몸을 의자에 눕히며 여유를 부리는 사내.

외수는 망설였다. 당연히 안 되는 것이라 생각했다. 하지만 행동은 생각과 같이 되지 않았다.

외수는 바로 돌아서 시시가 서 있는 곳으로 성큼성큼 걸어갔다.

멍한 표정으로 서 있던 시시는 왜 그가 자신에게로 오는지 몰랐다. 설마 정말 자신을 도박판에 걸려고?

뭐라고 할 틈도 없이 시시의 손을 덥석 잡아가는 외수.

"미안하오. 잠깐만 내 옆에 앉아 있어주시오!"

외수는 돌아서 그녀를 탁자로 끌었다.

무모하기 짝이 없는 행동.

졸지에 끌려오듯 도박 탁자 앞에 앉혀진 시시 정신이 없었다.

'이게 무슨?

말도 안 되는 일이 벌어지고 있었다. 뭔가 말을 해야 할 것 같은데 가슴이 답답하고 숨도 제대로 쉬어지지 않았다. 물론 졌을 경우 몸값을 대체할 돈을 따로 마련해 올 요량일 테지만 기분이 몹시 나빴다. 아무리 다급해도 언제 봤다고.

시시는 외수를 쳐다보았지만, 그는 얼굴을 마주하지 않았다.

"후후후, 좋군. 화끈해서! 잠시 후 울고불고하지 마라?"

"방식이나 말해!"

"패 돌리는 선수 없이 서로 한 패씩 밀어주는 건 어때?"

능글대는 웃음과 함께 제시한 방식. 속뜻은 손장난을 치겠다는 것이었다.

"좋을 대로!"

거침없는 외수의 대답이 떨어지자 사내는 바로 따로 챙겨둔 돈뭉치까지 모두 탁자 위에 올려놓고 패를 섞기 시작했다.

이윽고 수북한 돈더미 옆에 마흔 개의 투전 패가 자리를 잡고 깔렸다.

"내가 먼저 시작하지!"

사내는 뺨의 흉터를 실룩대며 많은 패 중의 하나를 외수 앞으로 밀어놓았다.

외수는 패를 확인했다.

여섯(六)!

외수는 자신의 패를 다시 엎어놓고 패 중의 하나를 선택해 상대에게 밀었다.

그리고 다시 온 패는 둘(二).

투전은 다섯 개의 패를 받아 그중 셋으로 열이나 스물, 서른의 딱 떨어지는 '통' 이란 숫자를 지은 다음, 남의 두 패의 수를 합쳐 나오는 끝자리 수로 승부를 가르는 노름이다. 물론 두 패의 숫자가 같으면 하나든 둘이든 '땡' 으로 더 높게 치고, 그 숫자 클수록 이기는 도박.

외수의 세 번째 패는 열(十)이었다.

패가 하나씩 오갈 때마다 팽배한 긴장감이 폐부를 찔렀다. 모두의 눈은 판 위로 꽂혀 있고, 간간이 침 넘기는 소리가 천둥처럼 들렸다.

오십 줄을 넘긴 도박장 주인도 조바심을 못 참고 구경꾼들 속을 비집고 들어와 오가는 패를 주시하고 있었다.

네 번째 온 패는 다시 둘.

둘, 둘, 여섯! 그로서 외수의 패는 일단 지어졌다. 이제 열이 하나 더 오면 가장 좋은 패고 아홉도 괜찮았다.

시시도 투전놀음에 대해 안다. 시녀나 시종들이 심심풀이로 하는 것을 자주 봐 왔었다. 하지만 지금은 차원이 다르다. 거액에 사람까지 걸고 하는 미친 도박. 자리를 박차고 일어나야 마땅했지만, 온몸이 후들거릴 만큼 시시의 간은 너무나 작았다.

대개 도박판의 진짜 고수들은 사십 장 투전이든 팔십 장 투전이든 섞는 과정에서 그 숫자와 위치를 모조리 외운다고 했다. 속이기 위한 손기술까지 오랜 시간에 걸쳐 연마하는 자들. 그런 실력을 지니기엔 외수란 사내는 시시의 눈에 너무 어렸다.

"후후후, 결정할 시간이군. 좋은 패를 골라주지!"

이윽고 상대가 마지막 패를 외수 앞으로 밀어 놓았다. 느물거리는 그의 웃음이 신경을 거슬렀다.

한순간도 패에서 눈을 떼지 않던 외수가 마지막 패를 집어 들었다. 극도의 긴장감으로 인해 사람들이 일제히 숨을 멈췄다.

시시는 외수의 손가락 끝에서 벗겨지는 패의 숫자를 보았다.

하나(一).

최악의 숫자였다. 열과 하나. 투전판에서 가장 낮은 한 끗.

절망의 순간이었다. 상대가 두 끗만 잡아도 판은 끝이었다. 바랄 수 있는 것이라곤 상대도 같이 한 끗을 잡거나 아니면 아예 짓지 못하는 것뿐. 하지만 한 끗을 잡은 외수로선 그 확률은 너무도 낮다는 게 현실.

뒤쪽의 주인도 고개를 낮춰 외수가 까는 패를 확인하곤 혈색이 달라졌다.

시시는 외수를 보았지만, 그는 눈 하나 깜빡하지 않았다. 그에 반해 마주 앉은 사내는 외수와 시시를 보며 비릿한 미소만

실실 흘리고 있었다.

무겁게 짓눌린 정적 속에 외수는 자신의 마지막 패를 내려 엎어놓고 상대의 패 하나를 선택해 천천히 밀어주었다.

보란 듯이 느릿한 동작. 뚫어져라 지켜보는 상대의 눈앞에 속임수가 일어나기엔 너무나 느려터진 동작.

집어 들지도 않고 가만히 들춰 패를 확인한 사내가 잠시 흠칫하는 듯하더니 능글맞게 웃었다.

"아하하, 이걸 어쩌나? 너무 낮은걸! 하지만 이 정도로도 이길 수 있는 게 도박이지! 크하하하핫!"

목젖까지 보이며 자신감 넘치는 웃음을 터트리는 사내.

"훌륭해! 패를 뽑아주는 솜씨가! 그래, 이 정도면 훌륭하지!"

사내는 자신의 패를 까놓았다.

"두 끗이군!"

다섯(五), 일곱(七), 여덟(八)으로 스물을 짓고, 셋(三)과 아홉(九)으로 두 끗.

셋, 여덟, 아홉으로 지어도 다섯과 일곱으로 역시 두 끗.

사내는 여유만만한 눈초리로 외수를 노려보았다.

이미 외수의 패를 알고 있는 주인이 감정을 주체하지 못하고 덜덜 떨었다. 모두가 외수만 바라보는 그 순간. 외수가 패는 가만히 놔두고 시시의 손을 잡고 일어났다.

"주인장! 애들 불러서 돈 챙겨!"

"뭐, 뭣?"

주인만 놀란 것이 아니었다. 앞의 사내도 확 핏기가 달아난 안색으로 외수를 올려다보았다.

일어선 외수가 비웃음을 던졌다.

"겨우 두 끗 잡고 고수 행세야?"

눈이 뒤집힌 사내가 와락 달려들어 외수의 패를 까뒤집었다.

둘(二), 둘(二), 육(六), 그리고 열(十), 열(十)!

최고의 패, 장땡이었다.

"이, 이게 어떻게? 어떻게……."

경악한 사내가 비명을 지르듯 말했다.

그 순간 도박장이 떠나갈 듯 환호성이 터져 올랐다. 지금까지 잃기만 했던 고용된 손들과 구경꾼. 그리고 그 누구보다 도박장 주인이 마구 괴성을 질러댔다.

시시 역시 상기된 얼굴로 탁자 위 외수의 패를 내려다보았다. 분명 열짜리 두 개. 하나짜리 패가 감쪽같이 열 짜리로 바뀌어 있었다. 언제 어떻게 바꿔친 것인지 시시는 알 수 없었다. 옆의 구경꾼들도 보지 못한 듯했다.

"아냐! 이럴 수가 없어! 한 끗이어야 해!"

사내가 외수의 패를 들고 울부짖듯 말했지만 기사회생한 도박장 주인은 돈을 쓸어 담기에 바빴다.

"주인장! 이제 아버지 빚은 없는 거야!"

외수의 말에 한 방에 잃었던 돈과 이자까지 되찾은 도박장 주인은 연신 헤픈 웃음을 흘려댔다.

"그래, 그래! 당연한 말씀을! 너하고 한 약속을 누가 안 지키겠냐. 흐흐흐훗!"

외수가 시시를 잡고 나가려 하자 사내가 탁자에서 튀어나오며 고함을 질렀다.

"머, 멈춰! 속임수야! 돈에서 손 떼!"

"속임수? 어차피 속고 속이는 도박판에서 뒷북을 치겠다는 거야? 당신 역시 세 번째 패를 바꿔친 걸 알고 있어!"

"뭐, 뭐얏? 이 새끼 살려두지 않겠어!"

사내가 광분하자 돈을 쓸어 담던 도박장 주인이 그제야 어깨에 힘을 주고 말했다.

"이보시오! 생떼 쓰지 마시오. 먼저 시작한 건 당신들이잖소. 이미 끝난 판! 도박장 규칙을 따르시오!"

승복하고 나가란 말이었다.

그때 칼을 든 도박장 문지기들이 안으로 들어섰다. 도박장 사고를 막기 위해 고용된 자들. 하지만 칼만 들었다뿐이지 그들 네 사람보다 사내의 뒤에 선 일행들이 더 험악해 보였다. 한데도 도박장 주인은 믿는 구석이 있는지 그들을 두려워하는 기색이 전혀 없었다.

삽시간에 살벌해진 분위기.

사내와 그 일행들을 노려보는 외수가 떨고 있는 시시를 뒤로 밀쳤다.

"조용히 꺼지시지. 사고 벌이지 말고."

"놈! 우리가 누군 줄 알고. 감히 우리 돈을 꿀꺽하려 들어?"

사내가 뺨의 흉터를 실룩이며 빠르게 소매 속에서 흉기를 꺼냈다. 한쪽 날이 시퍼렇게 갈린 단도(短刀). 그뿐이 아니었다. 그의 일행들도 품속과 발목 쪽 어디에선가 팔뚝 길이 정도의 꽤 긴 칼들을 동시에 꺼내 들었다.

무척이나 예리하고 단단한 흉기들. 보는 것만으로도 섬뜩했다.

문지기들 사이에 선 도박장 주인이 콧방귀를 뀌며 다시 소리
쳤다.

"흥, 항상 이런 식으로 해왔던 모양이군. 지금 당신들 실수하
는 거야! 죽을 수도 있어!"

"시끄러! 잔말 말고 내 돈 내려놔!"

"외, 외수야?"

등등한 사내의 기세에 찔끔한 주인이 문지기들보다 외수 옆
으로 물러섰다. 그의 믿는 구석이었다.

외수의 눈초리가 가늘게 찢어졌다.

"역시 도박꾼이 아니라 강도 양아치들이었군."

"저 새끼부터 죽여!"

고함을 친 사내가 먼저 덮쳐 왔다.

"이 자식!"

싸움이 시작되자 멀찍이 벽까지 물러난 시시는 어쩔 줄을 몰
랐다. 왜 자신이 이런 싸움에 휘말려 있는 것인지. 달아나고 싶
어도 눈앞이 캄캄해져 움직일 수가 없었다.

번뜩이는 칼날들. 고함을 지르는 자도 있었고, 우왕좌왕 싸움
을 피해 달아나는 구경꾼들도 보였다.

외수를 보고 기겁을 했던 건달 몇은 가장 먼저 튀고 없었다.

퍽! 빠악! 쿵! 콰쾅!

온갖 섬뜩한 소리들이 실내에 요동쳤다. 시시는 귀를 막고 주
저앉았다. 눈까지 질끈 감아 버렸다. 자신과는 상관없는 싸움.
제발 무사할 수 있기만을 바라는 그녀였다.

싸움의 한가운데 외수가 있었다. 그는 비좁은 실내를 날아다

니듯 했는데, 날카로운 칼들을 피해 탁자 위를 구르는가 싶더니 어느새 한 사내의 면상에 주먹을 작렬시키고, 반대쪽으로 몸을 날려 또 다른 사내를 걷어차 허리를 꺾어 놓았다.

피가 튄다. 아무래도 칼들이 난무하는 실내다 보니 외수 역시 찔리고 베인 듯했다. 하지만 그는 전혀 아랑곳하지 않고 미친 듯이 날아다녔다.

빽! 빠악! 퍽퍽퍽!

싸움은 그리 길게 가지 않았다.

잠시 후, 소란스럽던 실내의 움직임이 둔해진 걸 느끼고 시시는 조심스레 눈을 떴다.

많은 사람이 빠져나갔고, 싸웠던 사람들만 있었다. 쓰러져 나동그라진 자들. 죽은 것인지, 거의 짓이겨지다시피 한 몰골로 뻗어 있었고, 서 있는 모습을 보이는 자는 도박장 주인과 문지기들, 몇 되지 않았다.

그 희뿌연 광경 속을 외수 그가 걸어왔다. 그가 중심에서 싸운 듯했다. 보지 못했으니 알 수 없으나 그 짧은 순간 흉기까지 든 여덟 명의 사내를 피떡으로 만들어 모조리 바닥에 눕혀 놓은 사내.

"일어날 수 있겠소?"

시시는 눈물이 날 것 같은 두려움 속에서 올려다보았다.

"미안하오. 이런 꼴에 처하게 해서!"

그가 손을 내밀었다. 하지만 시시는 그 손을 잡을 수가 없었다. 이런 무시무시한 상황을 벌이고도 여전히 태연하고 낯빛 하나 변하지 않는 사람. 이 순간 마치 높이 가로막은 벽처럼 그가 무섭고 두렵기만 한 시시였다.

"갑시다. 끝났소!"

내민 손을 무색하게 만들며 시시가 일어나자 외수는 바로 등을 보이고 바깥으로 향했다.

반대쪽으로 물러나 있던 도박장 주인이 나가는 그의 상태를 확인했다.

"외, 외수야, 괜찮으냐?"

"약속이나 지켜!"

외수는 그대로 도박장을 빠져나갔다.

팔뚝을 타고 핏물이 조금씩 똑똑 떨어지고 있었다. 어깨 어디쯤인가 부상이 있는 듯했다.

두려움 속에 뒤따라 걷는 시시는 그것을 보았지만 입을 굳게 다문 채 열지 않았다.

어둠에 젖은 길. 아직 달도 뜨지 않은 길. 한동안 잠자코 앞서 걷기만 하던 외수가 먼저 입을 열었다.

"미안했소. 그러려고 그랬던 건 아닌데, 그 지경이 되어버렸소. 사과하겠소."

역시 시시는 대꾸하지 않았다. 그저 묵묵히 땅만 보고 따라 걸을 뿐.

다시 침묵이 이어졌다. 그러다가 한참을 더 가서 외수가 다시 입을 열었다.

"궁금해도 참고 있었는데, 하나 물어봐도 되겠소?"

"말씀하세요."

어쩔 수 없이 하는 대꾸.

"궁천도…. 도대체 그 인간은 왜 찾아가는 거요?"

"……?"

시시는 외수의 물음에 놀라 자기도 모르게 걸음을 주춤거렸다.

"나이 많은 사람을 그렇게 말씀하시면……."

길을 안내해 주는 사람이었지만 시시는 기분이 나빠졌다. 지금까지 일도 그렇지만, 과거에 가주님을 구해주셨던 분이고, 모시는 주인의 시아버지 되실 분을 아무렇게나 말하니 기분이 좋을 리 없었다.

외수는 다시 입을 닫고 묵묵히 앞만 보고 걸었다. 그런데 문득 시시가 멈춰 섰다. 외수가 빠진 옆길. 산과는 다른 방향이었기 때문이다.

"저기, 저쪽의 산이라고 하지 않았나요?"

무서움이 가시지 않은 탓에 조심스러울 수밖에 없는 시시.

외수가 돌아보고 두 팔을 벌려 보이며 대답했다.

"내 꼴이 이렇잖소? 저쪽에 강이 있소. 당신은 그냥 가도 될지 모르지만, 하루 종일 공사판에서 일하고 한바탕 싸움까지 벌인 난 씻어야 하오. 당신의 시간을 허비했으니 씻을 생각 없거든 그냥 거기서 잠깐 기다리시오. 후딱 가서 씻고 오겠소."

외수는 자기 말만 늘어놓고 바쁘게 걸음을 재촉해 갔다.

시시는 막 달이 뜨기 시작한 길에 서서 멀어지는 외수를 물끄러미 쳐다보다 아니란 생각이 들었는지 급히 뒤쫓아 뛰어갔다.

산자락을 끼고 살짝 굽어 도는 작은 강이었다. 물가에 집채만 한 큰 바위들과 자갈, 모래가 혼재했고, 건너편은 직벽의 암벽인 곳.

"씻을 거요?"

물가에 도착한 외수가 고개만 돌려 물었다.

"네. 저도 처음 뵙는 분을 찾아가면서 이런 꼴로 가긴… 손과 얼굴만이라도 간단히 씻고 싶어요."

"그럼 그러시오."

외수가 돌아서는데 시시가 헛숨을 들이켰다. 눈앞에서 외수가 윗옷을 홀러덩 벗어 던졌기 때문이다.

눈 한가득 들어와 버린 사내의 등판. 칼에 베인 어깨 상처도 보였다. 시시는 얼른 고개를 숙이고 휙 돌아섰지만 놀란 가슴을 진정시키기 어려웠다.

그러는 시시를 의식하지 못한 외수는 곧장 물속으로 첨벙대며 들어가 물을 뒤집어쓰기 시작했다.

시시는 부리나케 뛰어 위쪽 바위 뒤로 돌아갔다. 놀란 가슴. 물론 혼자 놀란 것이지만 화끈거리는 얼굴은 어쩔 수 없었다. 그녀도 사내들이 맨몸으로 일하는 것이야 많이 봤다. 하지만 바로 코앞에서 그렇게 벗어던지는 데야 어찌 식겁하지 않을까.

시시는 가슴을 쓸어내리며 조심스레 주위를 둘러보았다. 둥글고 큰 바위들이 물 밖과 물속에 듬성듬성 있는 곳이었다. 여인네가 몸을 씻기 딱 좋은 곳. 실제 동네 아낙들이 즐겨 이용하는 장소 같기도 했다.

이런 곳에서 씻어본 적이 없는 시시였다. 그녀는 물가에 쪼그리고 앉아 손과 팔부터 씻었다. 그리고 얼굴과 목을 씻으려다가 문득 자신의 꼴이 전체적으로 말이 아닌 걸 그제야 확인하곤 멈칫했다. 찢기고 지저분한 옷. 시시는 망설였다. 온몸이 찝찝한 상태였고, 행낭 안엔 다행히 한 벌의 여벌이 남아 있었다.

'나도 들어가서 씻을까?'

시시는 오래 고민하지 않았다. 자신의 행색을 다시 한 번 살펴보니 고민할 이유가 없었다. 얼른 씻고 나와 새 옷으로 갈아입는 게 낫겠다고 결론을 내린 시시는 소리 나지 않게 물속으로 들어갔다.

'아…….'

옷을 입은 채 물속에 폭 잠겨 앉으니 탄성이 절로 나왔다. 온몸의 먼지와 땀이 손을 대지 않아도 저절로 다 씻겨 내려가는 느낌. 긴장이 풀리며 무서웠던 순간들까지도 모두 쓸려 내려가는 느낌이었다.

시시는 그대로 물 밖으로 목만 내놓고 앉은 채 머리를 감고, 목이며 팔이며 옷 속까지 더듬더듬 힘들고 무서웠던 하루의 흔적을 몸에서 지워 나갔다.

"어딜 간 거야?"

물에서 나온 외수는 따라왔던 그녀가 보이지 않자 던져두었던 상의를 주워들고 주위를 두리번거렸다. 당연히 물가에서 씻고 있을 줄 알았던 사람이 안 보이니 어리둥절했다.

"캄캄한데 어딜… 저 위에 있나?"

외수는 상의를 손에 든 채 큰 바위들이 있는 곳으로 걸었다.

탁 트인 강가에 가려질 곳은 거기밖에 없었기 때문이다.

"여기 있는 거요?"

무심코 바위를 돌아선 외수.

"……?"

그 순간 외수는 그대로 굳었다. 뒤통수를 뭔가에 얻어맞아 강한 충격을 받은 것처럼 뇌 속이 멍했다.

거기 있던 시시도 그랬다.

그녀가 물에서 나와 서둘러 젖은 옷가지들을 막 벗어 내리고 행낭의 새 옷가지들을 찾아 갈아입으려던 그 순간에 외수가 딱 나타난 것이다.

굳은 듯 마주 보고 선 두 사람.

서로가 얼마나 놀랐는지 외수는 돌아서지도 못했고, 시시 역시 비명을 지르지도, 돌아서거나 몸을 가리지도 못했다.

"아, 미, 미안하오! 나, 난……."

외수는 뒤늦게 사과를 하며 정신없이 돌아섰다. 말조차 제대로 나오지 않았다.

외수는 일단 자리를 피하려 했다. 그런데 바위를 돌아가려는 순간 거칠게 튀는 물소리가 들렸다.

첨벙!

이상한 예감. 아니나 다를까, 그녀가 선 채로 뒤로 넘어가 물에 몸을 처박고 있었다. 충격에 그대로 혼절을 한 것인 듯했다.

외수는 허겁지겁 달려가 머리부터 안아 들었다.

"이보시오! 이보시오!"

외수는 다급히 그녀를 바위에 기대어 앉히고 그녀의 옷으로 몸부터 가려주었다. 그리고 양쪽 어깨를 잡아 흔들었다.

"이보시오, 이보시오?"

"으음……."

몇 차례 세차게 흔들자 깨어나는 기미가 보였다.

그러나 눈을 뜨다 자신을 잡고 있는 외수를 확인한 그녀는 기겁부터 했다.

"허어억? 사, 살려주세요!"

동그란 눈에 첫마디가 그것이었다.

"살려주세요, 살려주세요, 제발!"

온몸을 웅크려 벌벌 떨며 눈물을 쏟아내는 그녀. 그 와중에도 무얼 하려는지 벌벌 떠는 손으로 행낭 더듬더듬 헤집더니 무언가를 꺼내 뽑아 들었다.

반짝이는 작은 물체. 앙증맞은 손에 앙증맞은 칼. 은장도였다. 그녀는 외수가 자신을 추행하거나 겁탈할 것이라 여기는 모양이었다.

그것보다 더한 칼도 상대한 외수였는데, 찔러도 피조차 나지 않을 것 같이 꼬챙이 같은 칼로 뭘 보호하겠다는 건지.

외수는 급히 손을 내저었다.

"아니오, 아니오! 난……."

변명을 하고 싶어도 여전히 말문이 막히는 외수였다. 무슨 말을 어떻게 해야 할지 생각조차 나지 않았다.

"우선 옷부터 입으시오."

외수는 고개를 돌리고 손을 뻗어 그녀의 옷을 품에 안겨주었다. 그리고 벌떡 일어나 바위 뒤로 뛰어갔다.

'이, 이런…….'

바위 뒤로 돌아와 기대어 선 채 밤하늘로 고개를 쳐든 외수. 멍한 상태가 사라지지 않았다. 이게 무슨 일인지.

펑펑 울지도 못하고 애처롭게 흐느끼며 주섬주섬 옷가지들을 주워 입는 걸 바위 뒤에서도 감지할 수 있었다.

'멍청이! 멍청이!'

외수는 자신의 머리통을 쥐어박았다. 미리 기척을 하거나 소리를 질러 찾았으면 벌어지지 않았을 일. 손과 얼굴만 씻는다고 했었기에 알몸일 줄은 생각지도 못한 것이 이런 결과를 낳고 말았다.

잠시 뒤 바스락거리는 소리는 없고 애달픈 흐느낌 소리만 남았을 때 외수는 조심스럽게 쑥스런 입을 열었다.

"미안하오. 그러고 있을… 줄은 몰랐소. 안 보이기에 찾아본다는 것이 그만……."

"흑흑, 흐흐흑……."

그치지 않는 흐느낌. 그녀가 어떻게 하고 있을지 눈에 훤했다.

"울지 마시오. 어두운 데다 당황하기까지 해서 아무것도 보지 못했소. 정말이오."

생각해서 한 말이었지만 그 때문에 울음소리는 더 커졌다.

'이런 멍청이!'

외수는 다시 자기 머리를 쥐어박았다. 눈까지 딱 마주쳐 놓고 못 봤다니. 그리고 혼절한 그녀를 건져 옷으로 몸까지 덮어준 인간이.

'젠장!'

어쩔 수 없었다. 기다릴 수밖에.

얼마나 큰 충격이었으면 기절을 해 뒤로 넘어가 버렸을까 싶었다. 마주쳤을 때 놀란 그녀의 눈이 선명하게 뇌리에 남았다. 자신은 그저 한 대 맞은 것처럼 멍했지만, 그녀는 충격으로 이미 의식 자체가 무너져 있던 상태였던 모양이었다.

외수는 그녀가 지독히도 여린 여인이라 생각했다. 동네 종살이하는 춘심이 년이나 음식점에 일하는 봄이 같은 애들이었다면 그냥 고래고래 몇 번 악을 쓰다 말았을 것 같은데, 기절이라니.

'쳇, 아버지가 이래서 주색에 빠져 사는 거였군.'

눈에 박힌 눈부시게 하얀 여인의 알몸… 처음 본 그 아름다움이 머릿속을 떠나지 않았다.

다시 시간이 흘렀고, 외수는 바위에 기대앉은 채 뒤쪽의 기척에 가만히 귀를 기울였다. 이제 흐느낌이 진정되어 있었다. 외수도 냉정을 되찾고 다시 입을 열었다.

"움직일 수 있으면 갑시다. 여기 이러고 있을 순 없으니. 그에게 데려다 주겠소."

아무런 대답도 들려오지 않았다.

"그럼 출발하겠소."

외수는 엉덩이를 털고 일어났다. 그리고 몇 걸음을 우선 걸었다. 기척이 없다.

다시 멀찌감치 걸어갔다. 일부러 들을 수 있도록 외수는 소리를 내며 걸었다.

그러자 바위를 돌아 나오는 그녀를 느낄 수 있었다.

완전히 어둠이 내려깔린 밤길. 제법 달빛도 비추고 있었다.

그제야 안도한 외수는 뒤를 돌아보지 않고 그대로 천천히 앞서서 걸음을 옮겨갔다.

시시는 무섭고 두려웠다. 외수란 사내를 따라가긴 하지만 자꾸만 눈물이 나왔다. 마치 맹수 우리 속에 혼자 던져진 느낌. 금방이라도 어디선가 무엇이 튀어나와 자신을 잡아먹어 버릴 것 같고, 어디론가 끌려가 갈기갈기 찢겨질 것만 같았다.

'아가씨……'

시시는 이 순간 주인 편가연밖에 머릿속에 있지 않았다. 비록 자신보다 더한 공포 속에 방안에 갇혀 떨고 있을 그녀이겠지만 무섭고 두려운 걸 어떡할까.

일단은 따라 걷는다. 그가 당장 돌아서 뭘 어떻게 해버릴지 몰라도 따라 걸을 수밖에 없는 시시였다. 이 어둠 속, 이 낯선 세상 속에서 달리 혼자 할 수 있는 것이라곤 없기 때문이다.

넋 놓고 마냥 따라 걷기만 하던 시시. 갑자기 주위가 환해진 걸 느끼고 퍼뜩 고개를 들었다. 산이 아니었다. 불빛들, 사람들… 그는 다시 마을로 들어온 듯했다.

뒤늦게 정신을 차린 시시는 얼른 주위를 돌아보았다. 분명 마을 어디쯤인 것 같긴 한데 이전과 전혀 다른 분위기였다.

여인들의 진한 화장 냄새. 그리고 끈적한 술 냄새. 화려한 불빛들. 웃음소리가 들렸고, 많은 사람이 보였다.

취객에 매달려 교태를 떠는 여인들.

이곳이 여인들이 술을 팔고 몸을 파는 색주가(色酒街)라는 것을 안 시시는 우뚝 멈춰 섰다. 산이 아닌 엉뚱한 곳에 서 있는 자신. 외수란 사내가 자신을 여기다 팔아 버리려고 이리로 끌고 온 건가 싶어 머릿속이 하얘졌다.

'안 돼!'

속으로 소리를 지른 시시는 도망치기 위해 급히 돌아섰다. 그런데 그때 그의 음성이 들렸다.

"어디 가시오?"

시시는 주춤주춤 물러나며 멀찌감치 우뚝 서서 자신을 보고 있는 외수란 사내를 보았다.

"나, 난……?"

"왜 그러시오?"

"날 여기다… 팔 건가요?"

"그게 무슨 소리요?"

"왜 여기로 날 데려왔죠? 여기가 아니잖아요. 그분이 사는 곳은 산이라고 했잖아요."

"산에 없쇼. 지금 여기 있소."

"네?"

그가 고개를 돌려 한 곳을 가리켰다.

색주가(色酒家)임을 알리는 홍등(紅燈)이 걸려 있었지만 다른 집들에 비해 작고 초라한 집이었다.

시시가 이해할 수 없다는 듯 보고 있는 그때, 대문 안쪽으로부터 한 중년의 여인이 달려 나오며 그를 반겼다.

"외수 왔구나? 호호호, 우리 집 먹여 살리는 물주! 너도 놀다 갈래? 들어와, 들어와!"

예쁘고 요염한 자태를 가진 중년 여인이 무척 반갑다는 듯 그의 손을 잡고 안으로 이끈다. 그러나 꿈쩍도 않는 그의 눈이 엉뚱한 데 박혀 있음을 본 여인이 시시를 쳐다보았다.

"엉? 누구야? 같이 온 사람? 예쁘네. 사귀는 아가씨니?"

외수는 여인을 무시하고 시시에게 말했다.

"안 만날 거요?"

"······?"

시시는 갈피를 잡을 수가 없었다. 어떻게 해야 하는 것인지.

시시는 조심스럽게 여인에게 물었다.

"여기 궁천도라는 분이······?"

끔뻑대는 눈으로 쳐다보는 여인.

"궁 씨? 한창 여흥 중이신데. 그분을 만나러 왔나요?"

"네······."

조심스럽고 또 조심스런 대답.

"호호호, 알았어요. 들어와요. 안내할 테니."

야시시한 웃음을 흘려놓고 먼저 안으로 들어가는 여인. 하지만 시시는 곧장 따라 들어갈 수가 없었다. 외수에게 놀라 무섭고 두려운 마음이 발목을 단단히 잡고 있었다.

시시는 그를 쳐다보았다. 대문 옆 담장에 삐딱하게 기대서서 불만스럽 다는 듯이 팔짱을 끼고 있는 외수라는 사내. 눈이 마주치자 그가 마지못한 듯 먼저 안으로 들어간다.

그제야 시시는 조심스레 대문 앞까지 걸음을 옮겨갔다.

"궁 씨! 잠깐 나와봐. 당신 찾는 사람이 있어."

중년 여인이 안채 기방 문 앞에서 소릴 질렀다.

"누구야, 누가 한참 주흥이 올랐는데?"

거나하게 취한 음성이 튀어나왔다.

"누가 찾아왔다니까. 외수도 왔고."

"그 녀석이 여길 왜 와? 흥 깨지 말고 꺼져!"

"아이 참, 정말 왔다니까! 예쁜 아가씨까지 데리고."

"뭐, 예쁜 아가씨……?"

놀란 가슴을 쥐고 안쪽 상황을 지켜보고 있는 시시는 도대체 긴가민가했다. 지금 중년의 여인과 대화를 주고받고 있는 저 취한 목소리의 주인이 자신이 찾아온 그 사람이라는 건데 도저히 믿음을 줄 수가 없었다.

"문 열어봐!"

집 안으로부터 들려온 목소리.

비로소 문이 열리고 짙은 분 냄새와 주향(酒香)이 확 퍼져 나와 코를 어지럽혔다.

시시는 어쩔 수 없이 좀 더 자세히 보기 위해 조심조심 대문 안으로 들어서 문이 열린 기방 안쪽에 집중했다.

흐릿한 붉은 불빛이 가득한 방 안. 한 중년의 인물이 두 명의 여인과 커다란 침대 위에 있는 것이 보였다.

그 순간 시시는 펄쩍 놀라 어깨를 움츠리며 돌아섰다. 방 안세 사람의 자세와 걸친 옷들이 망측한 탓이었다. 여인들은 속살이 다 비치는 얇은 옷에 양쪽에서 중년 인물에게 안겨 있었고, 사내는 가슴팍이 보일 만큼 앞섶이 풀어헤쳐진 채 무심히 시선을 던져오고 있었다.

시시가 어쩔 줄을 모르고 우물쭈물하는 그때, 불만 가득한 표정으로 돌계단에 걸터앉아 있던 외수가 벌떡 일어나 기방으로 향했다. 그리고 기방의 남은 한쪽 문까지 활짝 열어젖히며 고함을 질렀다.

"손님이 왔으면 좀 나와! 아니면 다들 좀 물러가 있으라 하든지!"

그가 버럭 성질을 부렸지만, 안쪽의 궁천도는 유들유들 장난스럽기만 했다.

"뭐냐, 아들아? 혹시 장가가고 싶어서 납치라도 해온 것이냐?"

그 순간 시시는 번쩍 눈을 치떴다. 아들? 아들이라고? 시시는 급히 자신을 데려온 그를 쳐다보았다.

"그래! 납치해 왔으니까 보기라도 해!"

"흐흐흐, 그래? 그렇담 이 아비가 봐야지. 잘 골라 왔나 못 왔나. 너희는 나가 있어라."

잔뜩 취기에 젖은 목소리.

"들어가 보시오."

화난 외수가 마당으로 내려와 시시 옆을 지나며 한 말이다.

"저기, 저기 잠깐만……."

"미안하오! 그가 내 아버지요. 어쩐 일로 아버질 찾아왔는지 몰라도 가서 볼일 보시오."

시시가 잡으려 했지만 외수는 대문 밖으로 나가 버렸다.

시시는 어쩔 수 없이 다시 기방 안으로 눈을 돌렸다.

"날 보러 왔다고?"

방 안의 중년 인물이 던진 목소리.

그런데 뭔가 달랐다. 조금 전까지 흐물흐물 휘청거리기만 하던 그 목소리가 아니었다.

자세도 달랐다. 침대에 걸터앉아 있지만 마치 태산이 방 안에 들어앉아 내다보고 있는 것 같은 위압감이 시시 자신을 덮치고 있었다.

시시는 용기를 내어 조심조심 기방 문 앞 계단까지 갔다. 방 안에 있던 여인들과 안내를 했던 중년 여인은 이미 물러가고 없었다.

"궁천도 대협이신가요?"

"대협? 내가 궁천도란 이름의 주인인 것은 맞다."

시시는 즉시 한쪽 무릎을 접고 다소곳이 앉으며 인사를 했다.

"처음 인사 올립니다. 소녀는 영흥 극월세가에서 주인의 명을 받고 온 시시라 합니다."

"······?"

시시는 우선 확인부터 해야 했다. 예상했던 사람과 너무도 달라 동명이인일지 모른단 생각이 자꾸만 앞섰기 때문이었다.

"혹시 극월세가를 기억하시나요?

"알지!"

짧고 뭉툭한 대답. 그러나 여유가 넘치는 음성이었다.

"그럼 가주이신 편장엽 님과의 인연도 기억하시는지요?"

"흠, 글쎄? 기억이 나는 것 같기도 하고."

"송구하지만, 제가 찾아온 분이 맞는지 우선 확인을 해야 하니 기억하는 부분을 말씀해 주시면 감사하겠습니다."

"후후후. 예쁜 아가야. 그냥 네 용건을 말해라. 네가 찾아온 사람이 맞을 듯하다. 혹시 오래전 주고받은 종이쪼가리 때문에 온 것이냐?"

시시는 고개를 번쩍 들었다.

"가지고 계십니까?"

"흠, 찾아보면 있기야 있을 테지."

"그것이 무엇이었는지 기억하십니까?"

"아마도 정혼 약속을 한 내용이었던 것 같은데?"

"마, 맞습니다. 틀림없습니다."

"무척 감격하는구나. 그런데 그게 왜?"

"소녀, 그것 때문에 은인을 찾아왔사옵니다."

"그래? 약속을 지키러 왔단 말이냐?"

"그렇사옵니다."

"흠, 그 인간 신의가 있군. 딸을 이렇게도 곱게 키워 여기까지 보내다니."

"아니, 아니옵니다. 저는 편 가주님의 딸이 아니라 그 따님의 몸종…입니다."

"몸종?"

"네. 저는 정혼녀이신 주인아가씨의 말을 전하러 온 시녀일 뿐입니다."

"음, 그것참 아깝구나. 내 눈엔 내 며느릿감으론 네가 딱이거늘."

궁천도가 아쉽다는 듯 입맛을 쩝쩝 다시는 시늉까지 했다.

"그래, 내 며느리 될 아이가 직접 오진 않고 예쁜 너에게 전하라 한 말이 무엇이더냐?"

시시는 자신을 어여쁘게 봐주는 궁천도의 말이 싫지 않았다. 하지만 그게 문제가 아니었다. 편가연이 당부한 말들을 어떻게 빠짐없이 조리 있게 전하고 어떻게 설득을 할 것인가만 생각할 때였다.

밖으로 나온 궁외수(弓外秀)는 바로 대문 앞에 주저앉았다. 화가 났다. 무슨 일로 찾아왔는지 몰라도 자신의 기억 속에 손님이란 처음 있는 일이었다. 한데도 이런 꼴을 보여야 한다는 게 속상했다. 아버지에게도 화가 났고, 아버지에게 화내는 꼴을 보인 자신에게도 화가 났다. 무언가 억눌려 답답한 심정. 터트려 버리고 싶고 날려 버리고 싶을 뿐.

하지만 현실은 그렇지 않았다. 어디 가서 마음대로 소리도 지를 수 없는 상황. 자신의 뜻대로 할 수 있는 건 아무것도 없었다.

"푸허허헛, 으하하하하……!"

시시가 극월세가와 편가연이 처한 상황을 얘기하고 도움을 바라고 있다는 내용까지 모두 전했을 때, 궁천도가 대소를 터트리며 웃기 시작했다.

"예쁜 아이야. 그것참, 미안하게 되었구나. 안타깝기도 하고. 아무래도 너희 주인이 큰 오해를 하고 있는 듯하다."

"무슨 말씀이신지요?"

"후훗, 네가 보기엔 내가 그만한 능력을 가진 사람 같으냐? 아니다. 틀렸다. 난 그냥 주색이나 잡고 노름이나 즐길 줄밖에 모르는 촌부일 뿐이란다."

"예? 이십여 년 전 극월세가 가주님을 구하셨잖아요?"

"그러니까 오해를 했다는 거다. 그래, 당시 내가 멋도 모르고 깝죽대고 다니던 시절에 네 가주를 만나 구해준 건 맞다. 하지만 난 실력이라곤 없는 칼만 든 사람이었고, 그때 그 행렬을 덮쳤던 자들이 허수아비나 다름없는 무지렁이들이었다는 걸 모르는 것 같구나."

"그럴 리가요. 당시 그 자리에 계셨던 저희 세가 총관님께서는 호위무사들까지 당해내지 못해 대부분이 죽었을 만큼 무서운 자들이었다고 했는걸요?"

"흐흐흐, 아마 사전에 수작을 부리고 덮쳤을 거다. 산공독(散功毒) 따월 썼다든가, 미혼산(迷魂散) 따월 썼다든가. 어찌 되었든 내가 겁 없이 뛰어들어 상대했던 그놈들은 모두 별 볼 일 없는 놈들이었고 운 좋게 네 가주를 구하는 꼴이 됐을 뿐이다. 내겐 그런 힘이 없어!"

"믿을 수 없습니다!"

시시는 화가 나 버럭 소릴 질렀다. 스스로도 갖게 되는 의심, 너무도 뜻밖인 궁천도의 모습. 그 모든 걸 강하게 부정하고픈 마음 때문이었을까. 어디서 용기가 나왔는지 알 수 없었다.

"으잉, 어째서?"

"저는 대협께서 소녀에게 거짓말을 하는 것 같습니다."

"무어라?"

"저희 극월세가의 총관님은 팔십 성상(星霜)을 살아오신 분입니다. 당시 그 상황을 모두 똑똑히 기억하고 계셨고요. 그분이 분명히 증언하셨습니다. 그 많은 세월을 살아오는 동안 무수한 무인을 보고 겪었지만 그때 궁 대협처럼 강한 무인을 본 적이 없다고. 그런데 어찌 부정하려 드십니까?"

시시는 격정적이었다. 믿음이 흔들린 탓에 흥분해 있었고, 모든 게 수포로 돌아갈지도 모른다는 생각에 화가 났다.

"너는 내가 정말 그런 사람으로 보이느냐?"

"그렇습니다."

"아니, 어딜 봐서?"

정말 어처구니없다는 표정으로 무너지는 궁천도. 이미 태산 같았던 위압감 같은 건 사라지고 없었다.

"어떤 이유인진 모르겠지만, 본인을 숨기고 계시는 건 아닌지요?"

"허허허, 얘야. 나도 네가 말하는 그런 엄청난 인간이었으면 좋겠다. 그럼 이런 촌구석에서 멸시 받으며 살지 않아도 되고 말이다. 하지만 잘못짚었다. 하나 있는 아들 생고생시키며 놀고 먹는 무림고수도 있다더냐."

"……"

시시는 기어이 두 뺨을 타고 주르륵 흐르는 눈물을 어쩌지 못했다. 극구 부인하는 궁천도. 유일한 희망이 무너진 느낌. 숨도 쉬어지지 않을 것처럼 가슴이 먹먹하고 서럽기까지 했다.

결국 시시는 고개를 떨어뜨린 채 흐느꼈다. 돌아가 이 사실들을 전했을 때 실망할 편가연의 모습이 눈앞에 선했다. 이제 앞으로 극월세가와 그녀는 어떻게 한단 말인가.

"허어, 그것참! 왜 울고 그러느냐. 보는 사람 마음 아프게. 너는 돌아가서 그냥 사실만 전하면 될 것을."

궁천도의 말에 시시는 눈물을 훔치고 다시 고개를 들었다.

"저보고 예쁘고 곱다고 하셨지요. 그러나 아드님과 정혼을 하신 저희 아가씨는 천하에서 가장 아름다우신 분입니다. 예쁘고 고운 것만이 아니라 똑똑한 데다 어질고, 세상에서 가장 돈이 많은 가문의 상속녀이기도 합니다. 간청 드립니다. 제발 저희 아가씨를 살려주세요."

"글쎄, 내가 무슨 재주로? 그렇게 하고 싶어도 능력이 안 되는 일에 무작정 뛰어들 순 없지 않으냐."

"가능하시지 않습니까. 이십 년 전 저희 가주님을 구해주셨던 것처럼 극월세가와 아가씨를 구해주세요. 공자님의 정혼녀이신 아가씨는 이 시간에도 두려움에 떨며 방 안에만 갇혀 지내고 있습니다. 은인께서 구해주지 않으면… 흐흑, 흑흑흑. 제발 부탁드립니다. 도와주세요."

시시는 절절히 매달렸다.

"거참, 말을 해도 통하질 않으니. 사정이야 안타깝지만 돌아가거라. 억지를 부린다고 될 일도 아닌 것을."

쾅.

냉정하게 문이 닫히는 소리.

시시는 더욱 크게 펑펑 울었다. 모든 희망이 사라져 버리는 순간. 시시는 통곡을 참을 수가 없었다.

＊　　　＊　　　＊

춘래원 대문 귀퉁이에 앉아 안쪽의 대화를 듣고 있던 외수는 뒤엉키는 절망감에 한없이 고개를 숙이고 있다가 넋을 놓고 대문을 나서는 시시를 인지하고 천천히 고개를 들었다.

너무나도 무기력한 모습. 축 처진 어깨와 늘어뜨린 손에 들린 행낭이 땅에 질질 끌리고 있었다.

그녀는 어디로 가는지도 모르고 걷고 있는 듯했다.

외수는 시시의 멀어지는 뒷모습에 눈을 붙여둔 채 밖을 확인하러 나온 춘래원 여주인에게 평소 하지 않던 말을 했다.

"술 한 병만 갖다줘, 크고 독한 걸로!"

"어머, 외수 네가 마시게? 술도 마실 줄 알아?"

외수는 대꾸하지 않고 여주인을 노려봤다. 매서운 눈. 이 순간의 화가 고스란히 담겨 있었다.

"아, 알았어!"

여주인이 후다닥 달려 들어가 금방 크고 묵직한 술병 하나를 들고 나왔다. 외수는 낚아채듯 술병을 받아들고 어둠 속으로 사라져 간 시시를 뒤따라 걸었다.

"이봐!"

하염없이 걷고 걷는 시시를 말없이 따라 걷던 외수가 그녀를 불렀다.

비로소 멈추고 돌아보는 시시. 여전히 멍한 눈에 얼이 빠진 모습이었다. 그녀는 자신이 멈춰선 곳이 어딘지도 모르는 듯했다. 몸을 씻었던 강변이 내려다보이는 곳. 아마도 무의식중에 자신이 왔던 길을 되돌아 걸어온 모양이었다.

"이 밤에 어디로 가는 거야? 알고나 가는 거야?"

"그거 술인가요?"

생각도 못 한 엉뚱한 질문에 외수는 자신의 손을 내려다보았다. 마시고 죽으려고(?) 가져온 술이었다. 답답한 가슴이 불이라도 붙이면 날아갈까 해서.

외수는 고개를 끄덕여 주었다.

동시에 슬그머니 내미는 손. 외수는 여인이 한 손으로 들기엔 무거운 술병을 내밀어진 손에 말없이 쥐여주었다.

벌컥벌컥.

받아 들자마자 마치 물 마시듯이 들이켜는 그녀.

그녀는 강이 내려다보이는 둑으로 걸음을 옮겨가 끄트머리에 주저앉아 거듭해서 마셔 댔다.

보고 있던 외수가 천천히 그녀 옆으로 갔다.

"그거 물 아냐!"

못 듣는 것인지 못 들은 척하는 것인지 시시는 술병을 입에서 떼지 않았다.

보다 못한 외수는 와락 술병을 빼앗았다.

멍하니 올려다보는 시시. 그제야 궁외수를 알아본 것인지 바로 보기 시작했지만 올려다보는 눈에 눈물이 고여 오른다.

"공자님⋯⋯."

울먹울먹 글썽대는 눈.

"어떡해요? 정혼녀이신 우리 아가씨는 어떻게 해요? 어엉엉엉! 엉엉엉!"

급기야 얼굴을 감싸 쥐고 울음을 터트리고 마는 시시.

답답한 가슴의 외수였다. 아니, 언제나 터질 듯한 가슴을 억누르고만 살아온 외수였다. 이 순간에도 할 말이 없다. 그래서 더 미칠 것 같았다.

외수는 답답한 눈을 멀리 강물에다 던지며 시시 옆에 앉았다. 그리고 빼앗은 술을 들이켰다. 처음 마시는 술. 그러나 술이 가진 그 어떤 맛과 성질도 지금의 외수는 전혀 느끼지 못했다.

"이름이 뭐야?"

한참 동안 짓눌려 있던 정적을 깨고 외수가 던진 말이었다.

"시시… 입니다."

"시녀라더니 진짜 시녀 이름 같군."

"시녀 이름 맞습니다."

외수가 조금 황당하단 표정으로 그녀를 돌아보았다.

"시녀 이름 따로 있고 본래 이름 따로 있고 그래?"

"네. 그것 말고도 돌아가신 가주님께서 지어주신 이름도 있습니다."

"……?"

물끄러미 보는 외수. 무언가 표현되지 않는 안타까움이 배었다.

"그럼 본래 이름은 뭔데?"

"능… 소… 입니다."

자기의 이름을 말하면서 왠지 자신이 없는 시시였다. 한 번도 스스로 말해본 적 없고 한 번도 불러본 적이 없는 이름. 태생이 노비라 낳아준 부모님마저 시시로만 불렀고, 그저 그러한 본명이 있다는 것만 머릿속에 간직하고 있을 뿐이었기 때문이다.

"더 마실래?"

외수는 여전히 눈물 자국이 붙어 있는 시시에게 술병을 내밀었다.

아니나 다를까, 어김없이 건네받아 입으로 가져가는 시시.

휘황하진 않아도 달빛 별빛에 교교히 흐르는 강물이 반짝였다.

'쳇, 술이란 게 이런 거였군.'

취기라는 게 돈다는 걸 느낀 외수는 혼자 중얼거렸다. 느낌이 묘했다. 가슴속 분노, 답답함이 폭발하기는커녕 오히려 더 깊고 무겁게 가라앉기만 했다.

외수는 연신 술을 마셔대고 있는 시시를 돌아보았다. 비슷한 나이라 그녀도 처음 마시는 것인지 궁금했다. 하지만 아닌 듯했다. 처음이라고 보기엔 그녀는 너무나 잘(?) 마시고 있었다.

외수는 물끄러미 그녀를 보다 눈을 강 쪽으로 돌렸다. 괴로워 술을 마시고 있는 사람을 보는 것도 조금은 힘든 일이라는 걸 그녈 보며 깨달았기 때문이다.

그런데 흘러가는 강물을 보며 상심에 잠겨 있을 때, 무언가 떨어지는 소리가 나 돌아보았다.

구르는 술병. 그리고 넘어오는 시시.

털썩.

외수는 자기 옆으로 픽 쓰러져 버린 시시를 붙잡아 줄 생각도 못하고 어이없단 표정으로 멀거니 내려다만 보았다.

"뭐야, 마실 줄 아는 게 아니었어?"

죽은 듯 숨소리조차 내지 않고 미동도 없는 그녀. 외수는 그녀를 잠시 내버려 두고 그녀가 떨어뜨린 술병을 주워 남은 술이 있는지 흔들어보았다. 다행히 조금 쏟아졌어도 혼자 마실 정도의 양은 남아 있었다.

외수는 혼자 술을 홀짝였다. 그러나 결국 술은 아무런 도움이 되지 못한다는 걸 깨달았다. 머릿속을 비워 버릴까 했는데 도리어 상념의 무게만 더해 갔다.

"젠장!"

외수는 벌떡 일어나 비어버린 술병을 강 쪽을 향해 던졌다. 강까지 날아가지 못하고 떨어져 파삭 경쾌한 소리를 내며 깨지는 술병. 외수는 한동안 그대로 우두커니 섰다가 시시를 돌아보았다.

"쳇, 취해서 뻗었는데도 곱게 쓰러졌네."

외수는 다소곳이 예쁘게(?) 맞이 간 시시를 가볍게 안아 들었다. 밤이슬 맞으며 자도록 내버려 둘 수는 없어서였다.

*　　　*　　　*

아침 햇살과 산새 지저귀는 소리에 시시는 눈을 떴다.

낯선 방 안.

벌떡 일어난 시시는 자신의 상태부터 살폈다. 옷은 입은 그대로였다.

나무 침대, 얇은 홑이불. 그리고 너저분한 실내… 시시는 조심스럽게 침대에서 내려와 문을 열었다.

삐이걱—

허술한 나무문이 그 허술함을 강력히 증명하며 바깥 풍경을 공개했다.

작은 마당. 확 트인 시야. 전혀 엉뚱한 곳에 와 있는 걸 안 시시는 황급히 마당으로 뛰어나갔다. 산 위였다. 멀리 까마득하게 마을이 내려다보였다. 자신이 씻었던 작은 강줄기도 보였다.

"일어났으면 이리 와. 뭐라도 먹게."

뒤에서 들려온 목소리. 시시는 바짝 상기된 얼굴로 급히 돌아섰다.

궁외수… 궁천도의 아들. 그리고 주인 편가연의 정혼자. 그가 지붕에 덧이어 길게 지붕을 낸 처마 아래 혼자 주섬주섬 무언가를 차리고 있었다.

시시는 이곳이 궁천도의 거처라는 것을 알 수 있었다.

"고, 공자님… 제가 여길 어떻게……?"

"뭐가 어떻게야? 술 먹고 뻗은 걸 들쳐 업고 왔지."

"저 먼 거리를……?"

시시가 다시 산 아래를 내려다보았다.

"뭘 걱정하는 건데? 내가 힘들었을까 봐? 아니면 업고 오는 동안 무슨 짓이라도 했을까 봐? 걱정 마. 힘들지도 않았고 아무 짓도 안 했으니까. 어서 와서 앉아."

"……?"

시시는 그가 차려놓은 작은 탁자 위의 음식들을 보았다. 꽤 오래 준비한 것인 듯 이것저것 적지 않은 음식이 차려져 있었다.

"먼 길 다시 가야 할 텐데 이거라도 먹고 가야지."

시시가 앉자 그가 맞은편에 앉으며 툭 던진 말이었다.

그 바람에 시시는 또 눈시울이 뜨거워졌다. 아무것도 얻지 못하고 돌아가야 한다는 생각에 서러움이 북받치는 것이다. 참고 음식을 먹으려 애를 써보지만, 뚝뚝 떨어지는 눈물을 어쩔 수 없었다.

"이봐, 능소!"

시시가 당황하며 퍼뜩 고개를 들었다. 시시가 아닌 부모님이 지어주신 이름으로 불렸기 때문이었다.

"난 이해가 안 되는데 말이야."

"어떤? 무슨 말씀이신지?"

"네가 속해 있다는 그 집, 그리고 네가 모신다는 그 주인 아가씨 말이야. 엄청난 부자고 돈이 많다며."

"그렇습니다만?"

시시는 무슨 말을 하려는지 궁금했다.

"그런데 자기 몸 하나 못 지킨다는 게 말이 돼? 경호하는 사람들 없어? 없으면 사다가 쫙 깔면 되잖아. 뭐가 문제야?"

"있습니다. 그것도 많이! 하지만 위협이 어느 곳에 있는지 몰라 두려운 것입니다. 적이라곤 없던 가주께선 그 숱한 호위무사들의 경호 속에서도 살해당하셨습니다. 세가주를 살해했다는 건 극월세가 전체를 노린 범행이란 뜻입니다. 즉, 유일 혈육인 아가씨께도 곧 범인들의 마수가 뻗칠 것이란 뜻이죠. 극월세가에 연계된 주변 세력들은 셀 수 없이 많습니다. 그것도 상계(商界), 관계(官界), 황성(皇城), 무림세가, 문파, 방파 등등. 어느 하나 힘을 갖추지 않은 곳이 없고, 내부인지 외부인지, 아니면 내외부가 연계한 음모인지 전혀 감조차 못 잡고 있습니다. 이렇게 위협은 안팎으로 있고 기존에 있던 사람들도 믿기가 힘든 상황인데 어찌 돈으로 산 사람들을 믿을 수 있겠습니까."

"음!"

외수가 이해했다는 듯 고개를 천천히 끄덕거렸다.

"그래서 이십여 년이나 된 희미한 인연의 끈을 찾아 여기까지 왔던 거군."

"희미하단 말씀은 좀… 문서에 인장까지 찍어 맹약한 약조를 어찌 불분명하단 뜻으로 말씀하시는지."

시녀이긴 해도 무척이나 똑똑하고 지혜로운 시시였다.

"……."

가만히 시시를 응시하는 궁외수.

그가 노려보고만 있자 시시는 괜히 어색해져 눈 둘 곳을 찾지 못했다. 똑똑하긴 해도 여자의 부끄러움은 어쩔 수 없는 듯했다.

"어찌 그렇게 보고만……?"

"그 여자 잘생겼어?"

"네?"

외수의 뜬금없는 물음에 시시가 눈을 껌뻑였다.

"내 정혼녀라는 그 여자 말이야. 그러니까 네가 주인으로 모신다는 그……."

"네. 아름답고 눈부십니다. 세상에서 제일 예쁘고 고운 분이시죠."

"이름이 뭐야?"

"가연입니다. 편… 가연!"

"…좋아, 밥 먹어!"

"네?"

"내가 지켜줄 테니까 이제 밥 먹으라고."

"예에?"

시시의 눈이 휘둥그레졌다.

"왜 그렇게 놀라? 내가 그녀와 그 집안을 지켜주겠다는데."

"공자님께서요?"

"왜? 내가 내 정혼녀 하나 못 지킬 것처럼 보여?"

"아니, 아닙니다!"

시시는 급히 두 손을 내저었다.

"그럼 밥이나 먹어! 먹고 바로 떠나게."

"……."

멍한 시시. 끔뻑이는 눈으로 쳐다보기만 하는데, 빠르게 뒤엉키는 생각을 정리하려 시시는 일단 호흡부터 가다듬었다.

궁외수. 궁천도 대협의 아들. 그리고 그 놀라웠던 힘. 도박장에서의 싸움. 당연히 어릴 적부터 많은 가르침을 받았을 테고, 그렇다면 궁천도 대협만큼은 아니더라도 대단한 능력을 지니고 있을 건 빤한 일이었다.

이미 나이도 아버지의 대부분을 물려받았을 나이.

아니, 아직 능력이 모자란다고 해도 상관이 없었다. 그가 극월세가로 떠나고 나면 그의 아버지 궁천도 대협도 따라올 수밖에 없을 것이었기 때문이다.

어찌 안 오겠는가. 유일 혈육이 혼인하기 위해, 그리고 위기의 처가를 지키기 위해 스스로 위험을 무릅쓰는데.

시시는 생각이 거기까지 미치자 조금 전까지만 해도 절망감에 빠져 있던 가슴이 한순간에 뻥 뚫리는 느낌이었다. 정혼자인 그만이라도 먼저 가준다면 솟아날 구멍을 다시 찾은 셈이었다.

"이봐, 능소!"

"네, 네? 공자님!"

생각에 빠져 있다 황급히 대답하는 시시.

"혹시 글 쓸 줄 알아?"

"네? 당연히……."

"그럼 밥 먹고 나서 안방 문에다 커다랗게 '가출(家出)'이라고 써 붙여줘!"

第四章

생긴 대로 살겠소

궁천도? 알지. 인간적으로 정말 멋진 인간이지. 인품도 뛰어나
고.

그런데, 칼만 들면 그놈은 악마야. 꿈에 나타날까 무섭지.

—어느 마도문파 사천 지부장

부풍재.

이 고개를 넘어서면 곤양 땅을 벗어난다는 걸 외수는 안다. 한 번도 곤양을 벗어나 본 적이 없는 그였다. 아버지를 혼자 두고 와버린 무거운 마음이 있지만, 처음 만나는 세상에 대한 미묘한 설렘도 있었다.

"이봐, 능소!"

"공자님, 시시라 불러주십시오."

시시의 대답에 외수가 엉뚱하단 듯 돌아보았다.

"내 시녀도 아닌데 왜 그렇게 불러?"

"마찬가지입니다. 공자님께서는 가연 아가씨의 정혼자이시고, 서약서대로 공자님께서 원하기만 하신다면 틀림없이 혼인하게 될 것인데 당연히 소녀의 주인이나 다름없습니다."

"됐어!"

"물론 싫은 것은 아닙니다. 하지만 세가로 돌아갔을 때……."

"왜? 눈총이라도 받나?"

"사용해선 안 됩니다. 하녀가 본명을 사용한다는 건 주인에 대한 반항으로 받아들여질 수도 있는 문제입니다."

"……."

외수는 시시를 쳐다보다 고개를 끄덕였다.

"알았어!"

"그런데 하려던 말씀이?"

"극월세가와 내 정혼녀라는 그녀에 대해 말해봐!"

"아, 네!"

시시는 외수와 산길을 나란히 걸으며 극월세가가 하는 수많은 사업과 규모, 그리고 편가연에 대해 하나하나 상세히 설명해 나갔다.

"공자님, 잠깐만!"

문득 외수의 발길을 잡는 시시.

"……?"

"돌아서 가면 안 될까요?"

"돌아가다니?"

"올 때 저 산 너머에서 산적들을 만났었습니다. 저를 호위해 왔던 무사님이 그들을 퇴치하긴 했지만 많이 다쳤고, 또 잔당들이 있을지 모르니까."

시시의 말에 외수는 가고 있는 방향의 산을 쳐다보았다.

"그런데 돌아가는 길이 없을 듯한데?"

"그럼 어쩌죠?"

거친 봉우리들이 첩첩이 솟은 산중. 당연히 우회하는 길 따위가 있을 리 없다.

"어쩌긴. 그냥 가야지. 산적들 따위 있으면 어때. 무슨 대수라고."

"여기라고?"

"네."

외수가 묻자 시시는 겁먹은 얼굴로 주변을 돌아보며 대답했다. 산적들을 부딪쳤던 장소. 싸움의 흔적들은 있었으나 온조에게 당한 시체들은 없었다.

"치웠나 봐요. 그들이!"

시시는 산적들이 보이지 않아 다행이라 생각했다. 하지만 언제 나타날지 몰라 어서 산을 내려가고 싶을 뿐이었다. 그런데 그때.

"이봐! 숨어 있는 거면 나와!"

외수의 고함. 산속이라 쩌렁쩌렁 메아리가 쳤다.

시시는 화들짝 놀랐다.

"고, 공자님? 왜?"

"왜라니? 곤양으로 가는 길에 산적 따위가 설치고 있도록 내버려 둘 순 없잖아."

"그, 그래도 굳이 불러내서 그럴 필요까지야……."

난감한 시시.

"같이 왔던 호위무사도 다쳐 돌아갔다며?"

"그, 그러지 말고 그냥 가요."

시시는 외수의 소맷자락을 붙들고 재촉을 했다. 시시는 외수의 무공실력을 확실히 보진 못했지만, 전혀 거리낌 없이 산적들을 불러내리려는 것이나 도박장에서의 일로 보아 분명 대단한 실력을 지녔을 것이라 확신했다.

"공자님, 마을이 보이네요. 배고프시죠? 저기서 뭘 좀 먹고 다음 큰 마을에서 묵고 가는 게 좋겠어요."

외수는 시시가 가리킨 마을을 쳐다보았다. 곤양보다 그리 클 것도 없었지만 늦은 오후의 햇살 속 고즈넉한 풍취를 자아내고 있는 마을이었다.

어쨌든 외수에겐 처음 맞는 곤양 밖 세상. 감정의 미묘한 일렁임이 있었다.

"바쁜 길이잖아. 난 노숙을 해도 상관없으니 길을 재촉해도 괜찮아."

"호호, 아니에요, 공자님! 저는 괜찮지가 않아요. 여자라 많이 걸을 수가 없답니다. 그리고 극월세가가 있는 영홍까지는 아주 먼 거리라 걸어선 무리예요. 일단 다음 마을에서 묵으며 타고 갈 마차 등을 알아보고 그 외에 다른 채비도 갖춰 출발해야 해요."

"마차?"

"예, 공자님! 마차뿐 아니라 공자님 의복과 신발 등도 준비하도록 하겠습니다."

"그건 왜? 내가 지저분해?"

"지저분한 건 아니지만, 많이 낡긴 했죠. 저희 아가씨와 혼인을 하실 분이고 극월세가의 주인으로 곧 세상에 알려지실 분인데 아무래도 지금 모습으로 모시긴 소녀가 죄스럽고 민망하여……."

외수는 시시가 무엇을 말하는지 알아들었다. 극월세가. 천하가 다 알아주는 대부호라 하지 않았던가. 자신과는 전혀 다른 환경과 삶을 사는 사람들. 뜻과 다른 부분이 있어도 인정할 건 인정해야 했다.

외수는 시시가 시녀답다고 생각했다. 언제나 한 걸음 뒤에서 걸었고, 그 간격을 잃지 않으려 노력했으며, 자기보다 항상 상대를 먼저 배려하는 자세가 몸에 배어 있다는 걸 오는 동안 확실히 알게 되었다.

'운래(雲來)' 란 이름이 붙은 객잔. 호북과 사천을 잇는 험난한 여정을 가져가야 하는 여행객들에겐 적소에 자리한 더없이 좋은 휴식처인데, 모두 삼 층으로 되어 있고 전체적인 규모 또한 작지 않았으나 오랜 세월을 증명하듯 많이도 낡은 건물이었다.

손님은 많이 있었다. 호북에서 사천으로 넘어가는 길에 마지막으로 있는 객잔이었고, 반대로 사천에서 넘어오는 여행객들에겐 첫 번째 쉼터이기도 했으니.

"엉? 할머니, 뭘 그렇게 응시해?"

객잔 이 층 노대 난간 쪽으로 자리한 세 명의 여인 중 무척이나 화려한 차림의 어린 소녀가 예쁜 눈망울을 반짝이며 마주 앉은 늙은 비구니에게 물었다.

"음……."

멀리 길이 이어져 올라간 산 쪽에 눈을 둔 늙은 비구니는 짧고 옅은 신음만 흘릴 뿐 대답하지 않았다.

그러자 동석한 중년의 비구니가 그녀의 기색을 살피며 재차 물었다.

"사부님? 무슨 일이 있습니까?"

"으음, 바람이 꿈틀대며 소용돌이치고 있어."

혼자 중얼거리듯 대답하는 노년의 비구니. 자연변화까지 감지하는 것을 보면 보통 늙은이가 아닌 듯한데.

사천 대(大) 아미파(峨嵋派)의 일대제자인 의정사태(義淨師太)는 그런 스승 명원신니(明元神尼)의 알 수 없는 행동에 고개를 갸웃거렸다. 그녀와 함께 어린 제자를 데리고 무당파에서의 무림 정례행사에 참석하고 아미산으로 돌아가는 길이었다.

"마치 아우성치며 들끓는 듯해! 결코 상서로운 조짐이 아니야!"

명원신니가 벌떡 일어섰다. 몹시 긴장하고 상기된 모습이었다.

그 바람에 의정사태와 그녀의 제자인 주미기(朱美器)도 같이 놀라 일어났다. 아미파 최고 존장이 긴장해 일어서는데 어찌 앉아 있을까.

"사부님?"

"할망구, 왜 그래?"

두 사람도 처음 보는 모습이었다. 지닌 내력이 인간의 한계를 넘어 신화지경(神化之境)에 들어섰다는 그녀가 이처럼 당황하고 놀라는 모습이라니.

두 사람은 명원신니가 바라보는 곳을 같이 응시해 갔다.

"뭐야, 뭐가 들끓고 소용돌이쳐?"

아미파 속가제자이자 열여섯 살의 어린 소녀 미기가 당최 알 수 없단 듯 커다란 눈만 껌뻑거렸다.

"쉿! 조용! 모두 앉아라!"

명원이 제자 의정과 미기를 자제시키며 먼저 아무 일도 없었다는 듯 자리에 앉았다. 그녀의 시야에 뭔가 잡혔기 때문이었다.

잠시 후 길에 두 사람의 젊은 남녀가 보였다. 명원의 시선은 분명 그들에게 꽂혀 있었다.

"저들이 왜? 뭔데, 할망구?"

"미기야!"

제자 미기가 버릇없는 말투를 연발하자 의정이 화를 냈다. 그래도 미기는 호기심 가득한 눈을 떼지 않았다.

"알았어, 알았어! 할머니, 저들이 왜?"

"음……."

속가 사손 미기의 성화에도 명원은 시선을 고정한 채 답답한 신음만 거듭할 뿐이었다.

"오섭셔!"

객잔으로 다가서자 활기찬 점소이 하나가 뛰어나와 인사를 한다.

"안으로 드시겠습니까?"

"아니에요. 간단히 요기만 하고 갈 테니 밖에 앉겠어요. 공자님, 이쪽으로!"

시시가 객잔 바깥에 내어진 자리들 중 하나로 외수를 안내해 앉히고 바로 주문을 했다.

"공자님, 뭘 드시겠어요?"

"아무거나."

"이 객점에서 가장 잘하는 음식들로 내어주세요."

"알겠습니다, 손님! 잠시만 기다립셔!"

시시는 점소이가 들어가고 난 뒤에도 자리에 앉지 않고 외수 옆에 서서 찻물을 따라주었다. 외수가 차를 마시는데도 그녀가 그대로 있자 외수가 올려다보며 물었다.

"왜 서 있어?"

"저는 잠시 뒤에 앉겠습니다."

"왜?"

"저는 시중을 들어야 하는 시녀입니다. 어떤 자리에서도 명령 없이 주인과 같이 앉을 순 없습니다."

"명령? 그럼, 명령이야! 앉아!"

외수가 짐짓 인상을 쓰자 그제야 손을 가지런히 모으고 섰던 시시가 조심스럽게 움직여 맞은편으로 앉았다.

"이봐, 시시! 부탁인데, 난 누군가의 시중을 받는 것에 익숙하지 않아. 그러니까 옆에 서 있는 것 따위 하지 마! 극월세가에 도착할 때까지 만이라도!"

"알겠습니다, 공자님!"

시시는 아무렇지도 않게 복종을 하고 산에서부터 계속하던 이야기를 이어갔다.

"아가씨께선 스물두 살이고요, 키도 크세요. 음, 성격이 좀 까칠한 편이긴 하지만 무척 합리적이죠. 어릴 땐 울보였고요. 호호호, 아가씨가 울 땐 내가 더 크게 울어서 울음을 그치게 한 적도 있었지요. 아가씨는 꿈이 아주 멋지고 잘생긴 남자에게 시집가는 거였어요. 여자라면 누구나 갖는 그런 평범한 꿈이요. 호호호."

시시는 편가연에 대한 이야기를 하는 것만으로도 즐겁다는 듯 쉼 없이 조잘거렸다.

"공자님은 꿈이 뭐였어요?"

갑작스런 시시의 물음에 외수는 슬며시 객잔을 둘러보며 대답했다.

"특별히 없었어. 그냥 돈 모아서 이런 객점 같은 거 하나 할 수 있으면 좋겠다고 생각했을 뿐."

"애걔, 겨우요? 무인의 자제분이 장사를?"

외수는 시시를 보았다. 그녀는 아직도 아버지가 고수라 믿고 있는 듯했다. 외수는 그녀가 믿는 아버지에 대해 말을 하려다가 혼자 고개를 젓고 말았다. 아무런 도움도 되지 않을 쓸데없는 말일 것 같아서였다.

"호호호, 곧 꿈이 바뀌시겠네요. 마음만 먹으면 이런 객잔쯤은 수천 개, 아니 수만 개도 가질 수 있을 테니 말이죠."

"무슨 소리야?"

"공자님이 아직 세가를 보지 못하셔서 그럴 거예요. 그렇잖아요. 가연 아가씨를 갖는다는 건 그녀를 포함한 세가의 모든 것을 갖는다는 것인데, 이까짓 객잔 따위가 부럽겠어요?"

시시를 보는 외수의 눈빛이 깊어졌다.

"시시! 혼인이 당연하다는 것처럼 말하는군."

외수의 말에 시시가 깜짝 놀라는 반응을 했다.

"네? 그럼 공자님께선 안 할 수도 있다고 말씀하시는 거예요?"

"그렇고말고. 사람의 일, 일어나지도 않은 일을 어떻게 알아."

"하지만 엄연히 정혼 문서가?"

"그깟 종잇조각이 중요해? 종이에 적힌 몇 글자가 사람의 마음을 우선하진 않잖아. 난 아직 그녀를 보지도 못했어. 그녀도 마찬가지고. 지금까지 네가 설명한 대로라면 그녀는 이 세상 부러울 것이 없이 자랐고, 갖추지 못한 것이 없는 눈부신 여인인데, 먼 과거의 약속 하나로 마음의 울림도 없이 나 같은 사내와 혼인하려 하겠어? 시시, 그건 너무 불쌍하잖아."

"하지만 아가씨께서 저를 곤양으로 보낼 땐 혼인 약조를 이행할 결심으로……."

"그건 급해서 지푸라기라도 잡는 심정이었을 테고. 세가와 그녀를 위협하는 것들이 사라지고 안전이 보장되면 그땐 또 다를 거야."

"아닙니다. 그럴 순 없습니다. 선대의 약조인걸요. 생명을 구원받은 은혜로 맺은 약조를 지키지 않는다면 세상의 조롱과 멸시를 받게 됩니다. 특히 저희 세가 같은 경우엔 더욱더."

발끈하는 시시.

그러나 외수는 빙긋이 웃었다.

"후후, 시시! 너무 고정적인 틀에 매여 사는군. 세상의 눈 따위보다 아가씨를 먼저 생각해야 하는 것 아냐? 선대의 약속 때문에 자신의 인생을 결정할 수 없다니, 슬프잖아. 난 그런 걸 강요하고 싶지 않아."

"……."

시시는 멍하니 외수를 쳐다보았다. 지금까지 자신이 생각하던 사내들과는 다른 사람. 다른 사내들은 서로 편가연을 얻지 못해 안달인데, 엄연한 정혼 약조까지 손에 쥔 사람이, 더구나 상대가 먼저 정혼 약조를 이행하겠다고 나온 마당이기까지 한데 작은 탐욕조차 갖지 않다. 시시는 외수가 세상 물정 모르는 멍청이거나 배포가 아주 큰 사람이거나 둘 중의 하나일 거라고 생각했다.

객잔의 이 층. 아미파 명원신니는 여전히 긴장한 상태를 유지한 채 아래를 내려다보고 있었다.

"기이한 일이로다."

"사부님, 아래 저들에게 문제가 있습니까?"

같이 난간 사이로 내려다보고 있는 의정사태가 물었다.

"저기 사내놈! 의정아, 네 눈엔 저 아이가 어떻게 보이느냐?"

"……?"

스승의 말에 의정은 다시 한 번 유심히 살폈다.

그러나 미기가 먼저 끼어들었다.

"보이긴 어떻게 보여. 딱 봐도 촌놈, 그 이상 그 이하도 아니고만."

"미기 넌 시끄럽다. 입 닫고 있지 못하겠느냐."

명원이 사손 주미기에게 짐짓 쌍심지를 치켜세워 보였다.

미기는 불만으로 튀어나온 입을 실룩이면서도 난간 아래 남녀 보기를 그만두지 않았다.

"사부님, 제자의 눈에도 별 특별한 게 없어 보입니다만."

"으음, 아니다. 아니야!"

명원신니가 강하게 부정하며 고개를 흔들었다.

"저 아인 '천품(天品)'이다."

"예에?"

의정이 까무러칠 듯이 놀랐다.

"하늘이 점지한 무재(武才)를 타고난다는 '천골(天骨)', 혹은 '천공(天功)'을 말씀하시는 것입니까?"

"그래, 바로 그렇다. 하늘의 조화로 빚은 '천공지체(天功之體)'!"

"그, 그럴 리가요? 제자의 눈엔 무공을 익힌 흔적조차 안 보입니다만?"

"그거야 배우지 않았다면 당연히 그럴 테지."

"사부님, 이해가 안 됩니다. 도대체 무엇을 보고 저 아이가 그러한 무골(武骨)이라는 것인지?"

"선천지기(先天之氣) 때문이다."

"선기요?"

"그래. 인간은 본디 자신만의 기운을 갖고 태어나게 마련. 저 아인 그 선기가 주변에 흐르는 대자연의 기운을 스스로 요동치게 만들 만큼 강력하다. 만약 내공을 수련하고자 한다면 그 흡수 능력은 상상을 초월할 것이고, 무공을 익히고자 한다면 최단시간에 엄청난 고수가 될 것이다. 무공뿐 아니다. 하늘이 허락한 천재. 저 아이가 배우고 익히고자 하는 것들은 그것이 무엇이든 간에 최단시간에 이루어질 것이야."

의정사태는 벌어진 입을 다물지 못했다. 스승의 말이 곧이곧대로 들리지 않는 까닭이다. 아무리 자연의 조화를 읽고 사람의 자질까지 파악해 내는 놀라운 능력을 가진 스승이지만, 방금 말한 타고난 몸뚱이만으로 그런 능력을 지닐 수 있다는 게 믿어지지 않았다.

"그, 그것이 정녕 가능한 것입니까? 아무리 천공의 은혜를 받은 몸이라 해도 무공을 배우기엔 너무 늦은 나이가 아닙니까?"

"확인해 보면 알겠지. 천공지체는 그 어떤 후천지기에도 임독이맥(任督二脈), 즉 생사현관(生死玄關)이 열려 있게 마련이니까. 확인해 보겠다. 내 눈에 띈 이상 무슨 수를 써서라도 저 아이를 아미산으로 데려가야겠어!"

"네?"

의정은 바로 명원의 뜻을 알아차렸다. 아미의 제자로 거두겠다는 말.

그런데 뛰어내리려 일어서던 명원신니가 멈칫 날카로운 안광을 발하며 다시 조용히 앉았다.

"왜 그러십니까, 사부님?"

"쉿! 엉뚱한 곳에서 저들을 향한 살기가 있다."

명원신니가 감지한 살기.

그들 세 사람 말고도 외수와 시시를 뚫어지게 보고 있는 자들이 있었다. 아래층 객잔 안쪽에 둘러앉은 자들이었다.

"틀림없어?"

"예, 두령! 말씀드렸던 그놈과 같이 있던 계집이 틀림없이 맞습니다."

험상궂은 인상에 무척이나 큰 체격을 가진 인물의 물음에 족제비같이 생긴 자가 대답했다.

모두 열두 명 남짓. 부풍령 산적들이었다.

그들은 시시를 호위해 왔던 온조에게 당해 절반에 가까운 동료를 잃은 후 더 이상 산채를 유지할 수 없게 되자 깨끗이 정리하고 내려와 술과 음식을 잔뜩 시켜놓고 앞으로 해먹고 살 일에 대해 서로 궁리하던 중이었는데, 마침 그때 한 놈이 시시를 알아본 것이었다.

"그럼 같이 있는 놈은 누구야?"

"모르겠습니다. 그놈은 아닙니다."

원래 보잘것없던 산적들이었다. 실력도 특별할 게 없는 데다 인원도 적었고, 산채를 꾸리기엔 모든 면이 덜떨어졌다. 그러던 차에 정통무인을 만나 동료들마저 잃게 되자 비로소 자신들 못난 것도 알게 되었는데, 하필이면 화풀이할 곳도 없는 그들 눈에 또다시 시시가 띄었던 것이다.

"잘됐군, 잘됐어! 떠나는 마당에 앙갚음을 할 기회를 얻다니. 같이 있는 놈은 죽이고 계집은 우리가 끌고 다니며 실컷 즐

기자고."

우두머리가 지그시 음흉한 웃음을 흘렸다.

"그런데 두령? 설마 저놈도 그때 그놈 같은 실력을 지니고 있는 건 아니겠죠?"

"보면 모르냐. 칼도 없는 그냥 촌놈이잖아."

외수와 시시는 전혀 몰랐다. 자신들을 보고 있는 눈들이 여럿 있을 줄은.

두 사람이 주문한 음식을 먹고 객잔을 떠나 다음 마을로 향하던 중이었다. 한적한 들녘. 한가로운 전원 풍경이 멀리 보이는 길을 걷고 있을 때 뒤에서 사람들이 따라오고 있는 것을 발견했다.

처음엔 그들이 자신들을 따라오는 자들일 것이라곤 생각지 않았다. 그저 지나는 행인들이겠거니 했는데, 갑작스레 달려오는 그들의 행동과 사나운 기세에 나쁜 직감이 뇌리를 두들겼다.

모두 무기를 지닌 자들. 생긴 꼴들도 하나같이 지저분한 자들. 외수는 걸음을 멈추고 그들을 보았다.

"공자님, 저들이 왜?"

"우리에게 볼일이 있는 모양이군."

바짝 얼어버린 시시. 그에 반해 전혀 흔들리지 않는 외수.

"꼼짝 마라!"

달려온 자들이 쭉 둘러서며 칼을 뽑는데도 외수는 눈 하나 깜빡하지 않고 이죽거렸다.

"그러고 있잖아!"

그때 시시가 그들 중 두 놈을 알아보았다.

"사, 산적들이에요."

"산적?"

삐딱하게 드러눕는 외수의 눈초리.

"오호, 역시 우릴 알아보는군. 그때 그놈은 어딜 가고 이런 촌 놈과 나타났을꼬?"

외수는 느물대는 산적을 노려보며 손을 뻗어 길옆에 박힌 말 뚝을 잡아 뽑았다. 짐승 따위가 들어가지 못하도록 밭에 쳐놓은 말뚝이었다.

말뚝을 뽑아 밑동에 붙은 흙을 옆의 말뚝에 툭툭 쳐서 터는 외수를 보고 있던 우두머리가 비웃음을 지었다.

"꼬마야, 그것으로 뭘 하려고? 설마 우리와 맞서려고?"

"왜? 칼이라도 한 자루 쥐어주게?"

[사부님, 어떡하죠? 그냥 둬선 안 될 것 같은데?]

[가만 있어봐! 지켜보자!]

[하지만 칼을 든 자들인데 다치기라도 하면?]

[저 녀석을 봐! 열둘이나 되는 놈들이 달려와 포위하고 칼을 들이댔는데 전혀 겁먹은 얼굴이 아니잖아. 마치 태생적으로 그 런 건 모른다는 것처럼.]

[그래도 저들 중 두어 놈은 꽤나 실력이……?]

[괜찮아. 기다려! 급할 때 나서면 돼!]

의정사태는 스승 명원의 말에 입을 닫았다. 뒤쪽 길모퉁이에 몸을 가린 채 지켜보는 그들이었다.

"그러잖아도 내버려 두고 가는 게 마음에 걸렸는데, 왜 쫓아온 건지나 말해!"

외수의 대담한 자세에 우두머리 사내가 조금 주춤했다. 뭔가 있는 게 아닌가 싶은 것이다. 그러나 그는 산전수전 다 겪은 사십 후반의 인물. 자신의 경험을 믿었다.

"죽여!"

산적들로선 시간을 끌 이유가 없었다. 장소가 행인이 오가는 길바닥. 재빠르게 해치우고 계집만 낚아채 산속으로 사라져야 했다.

우두머리의 명령에 네 명의 사내들이 비릿한 웃음과 함께 슬금슬금 앞으로 나섰다.

외수는 다가서는 자들을 보며 말뚝을 쥔 손에 힘을 주었다. 싸움이야 크면서 수차례 해보고 칼을 든 자들과도 싸워보았다. 하지만 이렇게 위협스런 칼을 지닌 자들과는 처음. 동네 양아치들의 싸움과는 다른 것이다.

손에 쥔 나무 말뚝의 감촉이 좋았다. 손아귀에 딱 맞게 쥐어졌고, 단단한 감촉에다 말뚝으로 사용한 지 얼마 되지 않았는지 촉촉한 무게감도 느껴졌다.

묘한 흥분. 싸울 때 외수는 늘 그랬다. 분명 피가 끓어 긴장감을 자극하는데, 또 한편으론 아주 차갑게 가라앉는 기분.

"죽어라! 형제들의 복수다!"

네 명이 동시에 공격을 감행해 온다.

그 순간 외수는 등 뒤의 시시를 돌아보지도 않고 팔만 휘둘러

길옆의 밭으로 휙 밀쳤다. 그녀가 가까이 있으면 방해가 되고 위험했기 때문인데, 그 바람에 시시는 길가에 쳐진 새끼줄에 걸려 발라당 넘어지며 흙구덩이를 굴러야 했다.

휘익!

빠악! 빡! 빡! 빠악!

순식간이었다. 끔찍하리만치 소름끼치는 타격음들이 네 명의 산적 머리통으로부터 터져 나온 것은.

"헙!"

우두머리 사내가 자기도 모르게 한 발짝 물러서며 토한 헛숨. 그것이 벌어진 상황을 잘 설명해 주고 있었다.

비호(飛虎) 같은 움직임. 시시를 밀쳐 버리고 덮쳐오는 자들을 마주쳐 간 외수는 그야말로 맹수의 감각을 보는 듯 전광석화였다. 맨 앞에 덮쳐온 자의 칼날을 옆으로 슬쩍 몸을 비틀어 피하는가 싶더니 바로 몸을 휘돌려 상대의 손목을 움켜잡고 그의 이마빡을 말뚝으로 후려쳤다.

빠악. 그 섬뜩한 소음을 남긴 첫 번째 타격이었고, 머리통이 깨지거나 피도 튀지 않았다. 그래서 내적 충격은 더 컸던 것인 듯 첫 번째 사내는 그 자리에서 의식이 끊어져 허물어지고 말았다.

두 번째와 세 번째 사내는 제대로 칼질(?)을 하기는 했다. 그런데 그들의 칼이 베고 꿰뚫은 것은 외수의 몸뚱이가 아니었다.

그 긴박한 찰나, 외수는 손목이 잡힌 채 고꾸라진 첫 번째 사내를 그대로 들어 올려 방어수단으로 활용했고, 썩은 짚단처럼 쳐올려진 그의 몸뚱이가 두 사내의 칼과 시야를 어지럽히는 사이, 외수는 그를 방패삼아 어깨부터 밀고 들어가 여지없이 말뚝을 선사했다.

그야말로 부싯돌이 번쩍인 것처럼 한순간에 해치워진 상황이었다. 마지막 네 번째 사내는 앞선 동료들이 나동그라지자 '어어' 하며 주춤대다 머리통을 내주고 말았다.

"뭐, 뭐야, 이 새끼?"

나머지 산적들이 크게 동요했다. 그들 눈에도 외수의 힘과 움직임이 예사롭지 않았기 때문이다.

특히 무섭도록 동물적이었던 두 다리와 발목의 움직임을 간과할 수가 없었는데, 한 번 움직일 때마다 그 탄력이 바로 속도로 직결되며 휘두른 칼들이 허공을 갈랐고, 거기에 축 늘어진 사람을 공깃돌 다루듯 쳐올린 힘과 한 방에 개구리 뻗듯 쫙쫙 뻗게 한 타격은 모두를 경악하게 만들기에 충분했다.

[뭐였지, 할멈? 방금 쟤가 펼친 초식이 뭐였어?]

주미기. 그녀는 왕방울만 해진 눈으로 명원신니에게 물었다.

[무공초식이 아니다. 본능적 응수였을 뿐이야.]

[그런데 저렇게 매끄러워?]

[그래. 너무 매끄러워서 무공초식처럼 보이긴 했지. 하지만 순전히 순간적 판단에 의한 본능의 발현이었다.]

미기뿐 아니라 대답을 하는 명원신니도, 입을 다물지 못하고 있는 의정사태도 자못 놀란 모습이었다.

[사부님, 우두머리가 나서는데 괜찮겠습니까?]

[음······.]

의정의 말에 명원이 깊은 신음을 삼켰다. 제자 의정이 본 대로 마구잡이로 휘두르는 졸개들과 달리 우두머리는 어느 정도 무공수위를 갖춘 자라는 걸 알아보고 있었기 때문이다. 아무리 출중한 재능을 지닌 재목이라 해도 초식이란 걸 배운 적이 없는 자가 공격과 수비, 진초(眞招)와 허초(虛招)를 병행해 사용하는 숙달된 무인을 상대하기란 어려운 법. 명원은 다소 걱정이 되었지만 이번에도 인내하며 일단 지켜보기로 했다.

"네놈이 막싸움을 하는 재주를 어디서 주워 배우긴 했나보다만!"

쓰르릉!

육중한 발도(拔刀) 소리. 산적 두목의 칼은 그의 체구에 어울리게 크고 길었다. 오십 정도 나이에 사방으로 마구 뻗쳐진 산발(散髮). 이마의 흉터까지. 한눈에 보아도 매섭고 사나워 보이는 자였다.

그가 나서자 졸개들이 다시 기세를 얻었다.

"탐나는 칼이군. 마침 하나 필요했던 참인데, 그게 좋겠어! 어차피 오늘부로 산적질도 못할 테니 내게 양보해!"

외수가 먼저 성큼성큼 다가갔다.

"……?"

마치 맡겨둔 물건 찾으러 오는 것처럼 외수가 거침없이 다가서자 우두머리가 어처구니없다는 듯 눈깔을 희번덕거렸다.

"나무토막 따위로 칼에 맞서려는 천둥벌거숭이 같은 놈!"

슈악!

우두머리의 칼이 장쾌한 파공성을 일으키며 내려쳐졌다. 단숨에 두 쪽을 내겠다는 의지가 갈라지는 바람 소리에 그대로 실렸다.

그런데 그의 칼은 목적을 이루지 못했다.

캉!

외수가 맞대응을 하지 않고 슬쩍 말뚝만 내민 채 내려쳐진 칼의 동선에서 비켜섰기 때문이다.

영리한 대응이었다. 성큼성큼 다가서던 기세를 한순간에 죽여 헛손질을 하게 만든 몸놀림. 만약 그대로 마주쳐 갔더라면 어김없이 두 쪽이 나고 말았을 것이었다. 오히려 허식(虛式)을 사용한 쪽은 외수였다.

"이놈이!"

너무나도 단순한 동작에 속아버린 우두머리는 눈에 쌍불을 켰다.

캉! 쾅! 쾅! 쾅!

우두머리는 미친 듯이 달려들었다. 그러나 외수는 기막힌 발놀림으로 우두머리의 도격(刀擊)을 피해 다니며 퍼붓는 칼날을 비껴 쳤다.

외수라고 강한 상대를 몰라볼 리 없었다. 외수도 충분히 상대를 인지했다. 그렇다고 두려움 따위를 가진 건 아니었다. 그에 맞춰 상대하는 것일 뿐.

"이런 쥐새끼 같은 놈! 네놈들도 협공해!"

열불이 뻗친 우두머리가 외수의 움직임에 제약을 걸기 위해 수하들을 다그쳤다.

졸개들이 한꺼번에 퇴로를 차단하며 공격을 감행했다. 그러나 외수에게 졸개들 따위야 칼만 들었을 뿐 몽둥이를 든 막싸움꾼과 같았다. 그리고 그런 막싸움꾼은 항상 외수의 무력(?)에 피떡이 되곤 했었다.

빠박! 퍽퍽! 빠악! 따닥!

또 끔찍한 타격이 연달아 터지기 시작했다. 오히려 한꺼번에 달려든 졸개들은 자기들끼리 행동반경이 좁아져 허술함을 노출했고, 그 틈을 놓치지 않고 파고든 외수의 말뚝이 머리통, 늑골, 정강이 따위 등을 마구 부수어놓았다.

정말 놀라운 몸놀림. 웅크리는가 싶더니 뛰어오르고, 물러서는가 싶더니 어느새 눈앞에 다가와 말뚝을 내려치고 있었다.

말뚝만 사용하는 것이 아니었다. 외수는 거의 모든 신체 부위를 다 활용해 타격하고 있었는데, 어깨로 상대 가슴팍을 들이받는가 하면 다리 관절을 걷어차 균형을 무너뜨리기도 했고, 팔꿈치와 주먹, 무릎으로 지르고 찍고 꺾어버렸다.

일정한 형식도 없는 막싸움이었지만, 외수의 막싸움은 경지에 달한 것처럼 보였다.

"이런 등신 같은 놈들!"

우두머리가 나자빠지는 수하들을 제치고 외수의 등판을 향해 칼을 내려찍었다. 졸개들이 맥없이 당하긴 했어도 여럿이 달라붙은 효과는 있었다. 미처 빠져나가지 못한 외수의 등판을 갈라 결정타를 먹을 수 있을 듯했다.

"가라, 놈!"

슈아아악!

장쾌한 파공성이 내려찍혔다. 우두머리가 가장 자신 있어 하는 초식 '일도단참(一刀斷斬)'이었다. 비슷한 초식인 직도단혼(直刀斷魂)과 같이 세상에 흔히 알려진 초식이었고, 상대가 흐트러졌을 때 가장 빠르고 확실하게 끝낼 수 있는 초식이기도 했다.

그러나 커다란 칼이 내려찍히는 그 순간에 낮은 자세의 외수 몸이 돌아섰고, 말뚝이 쳐들렸다.

콱!

내려찍히던 칼날이 말뚝에 박혔다. 다행히 치명타가 될 수 있었던 일격을 막는 듯했다. 하지만 온전히 막은 것이 아니었다. 너무 급히 돌아선 탓에 자세가 좋지 못했고, 예리하게 날이 선 칼에 나무 말뚝이 버틸 수 없다는 것도 확인할 수 있었다.

전력을 다해 내려친 우두머리의 칼은 외수가 막은 말뚝의 끝부분을 잘라내며 그대로 외수의 어깻죽지를 훑었다.

피가 튀었다. 깊진 않았으나 긴 상처. 외수는 그대로 바닥을 굴렀다. 그리고 세차게 굴러 튕겨지듯 일어나는 상황에서 졸개의 일격까지 허용했다.

등판의 뜨거운 느낌. 외수는 몸을 휘돌려 등판을 그은 졸개를 향해 말뚝을 휘둘렀으나 잘려나가 짧아진 말뚝은 허공만 가를 뿐이었다.

"……."

외수는 멍했다. 머릿속이 복잡하게 얽히며 어지러웠다. 처음 당해보는 꽤 깊은 상처. 뜨겁게 흘러내리는 피. 심장이 끓었다. 무언가 형언할 수 없는 감정이 심장을 폭발 직전으로 이끌었다.

외수는 바로 말뚝을 놓았다.

툭.

우두머리는 떨어뜨린 말뚝을 보며 외수가 항복을 하는 것이라 생각했다. 하지만 자신을 노려보는 눈을 확인하곤 그 판단이 틀렸음을 알았다. 이글거리는 눈. 내공고수처럼 안광 따위가 뿜어지는 것이 아닌데도 온몸에 소름이 돋을 지경이었다.

스윽.

외수가 한 발 옆에서 자기가 눕혀놓은 자의 칼을 주워 들었다.

우두머리가 즉시 비웃었다.

"몽둥이가 더 어울리는 놈이 칼은 집어 들어 무엇 하게?"

외수가 대꾸 없이 입꼬리만 비시시 찢었다.

"죽여 버려!"

우두머리의 성깔 돋친 고함에 남은 자들이 두서없이 칼을 휘둘러간다. 그러나 양상은 직전과 같지 않았다.

콰콰콱! 퍼억! 칵!

무자비하고 끔찍한 장면이 눈알을 튀어나오게 했다. 뿜어지는 피, 떨어지는 목, 갈라지는 몸뚱이.

칼을 든 외수와 말뚝을 든 외수는 완전히 달랐다. 그러잖아도 빠른 몸놀림이 마치 폭풍이 휘몰아쳐 휩쓰는 것 같았다.

우두머리는 입이 쩍 벌어졌다. 말뚝을 휘두를 때와는 너무도 달랐다. 제법 도법 초식들을 연결하고 있다는 것. 그것도 지금까지 자신이 사용했던 초식들과 비슷한 형태로.

"이, 이게 무슨?"

무공을 아는 놈이었던가. 아니면 따라 흉내를 내는 것인가. 놀랄 틈도 없었다. 졸개들을 순식간에 도륙해 버린 그가 자신을 향해 뛰어올랐기 때문이다. 거기다 놈의 동작은 자신이 마지막에 사용했던 직도단혼! 아니, 일도단참 초식이었다.

우두머리는 급히 뒷발에 힘을 주고 칼을 쳐들었다.

쾅!

입장이 바뀌었다. 외수가 내려치고 우두머리가 방어하는.

쾅! 카앙! 캉! 카앙!

무지막지한 힘. 외수는 연거푸 내려찍었고, 손아귀가 저릴 정도인 우두머리는 반격할 기회조차 갖지 못하고 뒷걸음질을 쳐야 했다.

튀는 불꽃이 금방이라도 머리통을 쪼개 버릴 것 같은 그 순간, 귀가 먹먹할 정도의 고함이 급박한 찰나를 방해하며 끼어들었다.

"멈춰랏!"

주변 모든 초목이 떨고 땅바닥 먼지가 풀썩일 정도의 엄청난 고함. 숨어 지켜보던 명원신니가 뛰쳐나오며 터트린 아미파의 '항마후(降魔吼)'였다.

외수도 우두머리도 귓속 고막이 터져 버릴 것 같은 충격에 몸을 떨며 물러났다.

그런 두 사람 사이로 날아 내리는 명원신니. 외수가 갑자기 나타난 그녀를 노려보았으나 명원신니는 눈살을 찌푸린 채 참혹히 도륙된 시체들부터 돌아보았다.

"이… 런!"

애가 타는 듯한 모습.

"하필이면 '영마(靈魔)'라니, 하필이면 '영마지신(靈摩之身)'
이라니!"

외수는 갑자기 나타나 혼자 중얼거리는 그녀가 누구인지 알
수 없었다. 명백한 아미파의 비구니 복장을 하고 있긴 했으나
그로선 직접 본 적도 없고 주워들은 것도 없기에 그저 웬 비구
니인가 싶을 뿐이었다.

"사부님?"

"할멈!"

의정사태와 주미기가 바로 뒤따라 달려왔다. 그러나 명원신
니는 그들을 돌아보지 않았다. 그녀의 눈은 오로지 외수에게로
만 향해 있었다.

"한패는 아닌 것 같고, 당신들은 뭐지?"

외수가 맘에 들지 않는 눈초리로 째려보며 물었다.

"난 아미산의 명원이라 한다."

"……?"

헛숨이 토해진 건 산적 우두머리 쪽이었다. 아무리 산적질 따
위나 하는 존재라도 칼밥을 먹는 그가 아미파의 명원신니를 모
를 리 없었다.

혼자 남은 그는 자기도 모르게 슬금슬금 뒷걸음질을 치며 도
망갈 준비를 하고 있었다. 하지만 외수가 그 눈치를 채고 고함
을 질렀다.

"어딜 가? 사람 건드려 놓고?"

외수는 앞에 갑자기 나타난 명원이란 비구니가 있건 말건 신

경 쓰지 않고 우두머리 사내를 덮쳐 갔다.

그러나 명원이 노성(怒聲)과 함께 달려들며 내쳐가는 외수의
칼을 빼앗았다.

"멈추지 못하겠느냐!"

파곽! 픽!

외수가 인지하지도 못하는 사이에 칼은 명원의 손으로 넘어
갔고 가슴팍에 일 장(掌)까지 격타 당했다.

고통스런 얼굴로 두어 걸음 물러나는 외수. 놀란 표정이 확연
했다.

그러는 사이 산적 두목은 걸음아 나 살려라 미친 듯이 달아나
고 있었는데, 이미 그는 외수와 명원, 두 사람의 안중엔 있지 않
았다.

몹시 격앙된 채 외수를 노려보는 명원.

"네놈 이름이 뭐냐? 집은 어디며, 낳아준 부모는 누구냐?"

외수는 얻어맞은 가슴을 잡은 채 명원을 노려보았다.

"그딴 걸 할멈이 왜 물어?"

"너! 네놈은 나를 따라 아미산으로 가야 한다."

"그 무슨 밑도 끝도 없는 소릴 하는 거야? 아미산은 뭐고 내
가 왜 할멈을 따라가?"

방해를 받았다고 생각하는 데다 한 방 얻어맞기까지 해서 외
수도 다소 격앙되어 있었다.

의정이 스승의 조급함에 끼어들었다.

"사… 부님, 우선 지혈부터 해야 될 것 같습니다."

당연히 외수의 상태를 두고 하는 말이었다. 외수의 상처는 명

원의 일 장까지 더해져 출혈이 심해지고 있었다.

명원이 자신이 급했던 것을 인정하고 감정을 누그러뜨리며 고개를 끄덕였다.

의정이 즉시 외수에게로 다가갔다.

"젊은이, 잠시 앉게. 상처를 봐주겠네."

그러는 사이 경사진 흙구덩이 밭에 처박혔던 시시도 올라왔다.

"공자님, 등에서도 붉은 액체가……."

붉은 액체? 외수가 시시를 돌아보았다. 자신의 상태보다 밀쳤을 때 다치지 않았는지 걱정스러운 외수였다.

"괜찮아?"

"저, 저는 괜찮아요. 그보다 공자님 어깨와 등이……?"

안타까워 어찌할 바를 모르고 발만 동동 구르는 시시였다.

"앉아보게. 내가 일단 피를 멎게 해줄 테니."

외수는 몰라도 시시는 아미파와 명원신니에 대해 안다. 그리고 고수들이 어떻게 손을 써 지혈을 하는지도. 시시는 얼른 외수를 재촉했다.

"앉으세요, 앉으세요, 공자님! 어서요!"

외수가 재촉하는 시시와 다가선 의정을 번갈아 보다 내키지 않는 척 일단 원하는 대로 앉았다.

"조금 아플 테니 참게."

외수를 마주 보고 앉은 의정사태. 그녀는 목에서 가슴까지 이어진 몇 군데의 혈도를 쳐서 앞쪽 상처 부위로 흐르는 체내의 피를 막은 다음, 등 뒤로 돌아가서도 같은 방법으로 지혈을 했다.

외수는 의정의 타혈하는 손이 아프긴 했어도 흐르는 피가 눈에 띄게 줄어드는 것을 보고 의아해했다. 손가락으로 몇 번 두들겼을 뿐인데 흐르는 피를 멎게 하다니, 혈도와 무림인들의 타혈법을 모르는 외수로선 신기할 수밖에 없었다.

"미기야, 지혈제와 붕대를 더 꺼내라."

의정은 베인 옷을 더 찢어 상처 부위가 완전히 드러나도록 벗겨놓고 자신이 지니고 있던 지혈가루를 앞뒤 상처에 골고루 뿌렸다. 그리고 제자 미기가 행낭에서 꺼내 내민 지혈제로 보충을 한 후 붕대를 둘러 꼼꼼히 싸매주기까지 했다.

"당분간은 움직이지 않는 게 좋네. 벌어진 부위가 어느 정도 붙을 때까진 말일세."

외수의 상체 대부분을 붕대로 감다시피 해놓은 의정사태가 치료를 마치고 일어섰다. 주의를 받았지만 외수는 개의치 않고 바로 따라 일어났다.

제자 의정이 치료하는 것을 내려다보며 냉정히 마음을 가라앉힌 명원신니가 다시 질문을 시작했다.

"말했듯이 난 명원이라 한다. 네 이름이 무엇이냐?"

"궁외수!"

심드렁한 표정의 외수는 스스럼없이 대답했다.

"집은?"

"곤양이오."

"부모님은 뭘 하시는 분이고, 지금은 어딜 가는 길이냐?"

"……"

외수의 눈초리가 다시 휘어졌다.

"도대체 그런 것은 왜 묻는 것이요?"

"말했듯이 너를 아미산으로 데려가기 위해서다."

"아미산이 뭣 하는 곳이오? 느닷없이 나타나 다짜고짜 날 데려가겠다니. 누구 맘대로 그런 결정을 하는 거요?"

"설명하자면 길다만 너는 세상에 나와서는 안 되는 인간이다."

"······?"

외수의 표정이 비틀어지며 번뜩이는 날을 세웠다. 마치 깊은 굴속에 바짝 독이 오른 채 웅크린 맹수가 뛰쳐나오기 일보직전의 으르렁거리는 표정과 같았다.

명원은 외수의 표정이 어떻든 상관 않고 말을 이었다.

"너는 아주 좋지 않은 천성(天性)을 타고난 아이다. 세상의 해악(害惡)이 될 수밖에 없는 기운과 운명을 가졌다. 그것을 내가 바꿔주려는 것이다."

"당신이 뭔데 내 운명을 바꾼단 말이오. 그리고 아직 살아보지도 않은 남의 운명을 할멈이 어떻게 알고?"

"나쁜 기운을 타고났다고 하지 않았느냐. 그 기운을 누르고 다스릴 수 있는 자는 나를 비롯해 세상에 몇 되지 않는다. 네가 방금 벌여놓은 짓들을 보아라!"

팔을 펼쳐 도륙된 시체들을 가리키는 명원.

"······."

"너는 한순간에 돌변해 이 같은 끔찍한 잔혹성을 보였다."

외수의 눈초리가 점점 심상찮아졌다.

"그럼 나를 죽이려는 자들을 다소곳이 어여쁘게 상대했어야 한단 말이오?"

"그게 아니라 잠재된 네 본성이……."

"됐소!"

명원의 말을 거칠게 끊는 외수.

"그딴 말 듣고 싶지도 않고, 믿지도 않소. 그리고 당신 말대로 본디 내 타고난 운명이 세상에 해를 끼치고 사는 악인이라면, 그렇게 살겠소."

외수의 말에 명원이 노성을 질렀다.

"멍청이! 고집을 부릴 일이 아니다. 만약 고집을 부린다면 너는 얼마 못 가 죽임을 당하게 될 것이다. 아니, 지금 이 자리에서 내가 널 죽일 수도 있다!"

"그렇소?"

"그렇다!"

마주 보는 두 사람 눈에서 불꽃이 일었다.

"그럼 죽여 보시오!"

전혀 눌리지 않는 외수.

외수는 돌아서 낚아채듯 시시의 손목을 잡고 길을 가기 시작했다. 바닥에 꽂혀 있던 산적들의 칼 한 자루를 챙겨 들고서.

대단한 배짱이었다. 명원신니가, 손가락 하나로도 자신을 죽일 수 있는 사람인 걸 알고 있는 것일까.

"서라! 멈춰!"

명원이 고함을 질렀지만 외수는 전혀 반응하지 않았다.

기어이 명원이 날아올라 외수의 앞을 막고 목에 칼을 들이댔다. 외수가 들고 있던 산적 졸개의 칼이었다.

허공을 획획 마음대로 날아다니는 늙은 비구니. 그녀가 내질 렀던 고함. 가슴팍에 가한 일 장. 외수는 그녀가 고수라는 것을 충분히 인지하고 있었다.

노려보는 외수.

"도대체 이해가 안 되는군. 할멈이 뭔데 이러는 거지?"

"나는 세상을 악으로부터 지켜야 할 의무가 있는 사람이다."

"풋! 악으로부터 세상을 지킬 의무가 있는 사람은 아직 세상을 살지도, 악행을 저지르지도 않은 사람을 맘대로 죽여도 되는 건가? 그 개뼈다귀 같은 의무가 악의 운명을 가진 놈과 다른 게 뭐지? 수작 떨지 말고 비켜! 나이 든 할멈이라고 봐주는 거 없으니까!"

"이… 이놈!"

명원의 동공이 심하게 흔들렸다. 그대로 손에 힘을 줘 베어버려야 할 것인지 말아야 할 것인지 심각하게 갈등하는 중이었다.

외수가 그런 그녀를 노려보다 들이댄 칼을 툭 쳐 걷어내 버리고 다시 시시와 함께 길을 재촉해 갔다.

결국 결정을 내리지 못한 명원은 얼이 빠졌다. 외수와 시시가 길모퉁이를 돌아 사라질 때까지도 그녀는 꼼짝도 못 하고 그 상태였다.

"사부님, 사부님?"

의정이 달려와 스승을 붙잡았다.

"의정아!"

넋이 빠진 표정으로 제자를 돌아보는 명원.

"네, 사부님!"

"무당산으로 달려가 태극검제(太極劍帝) 무양(戊亮) 영감에게 기별을 넣어라. 당장 달려오라고."

"예에?"

"난 저 녀석을 쫓을 테니 넌 무양진인을 데리고 와! 아마도 아직 점창(點蒼)의 그 거지 영감과 같이 있을 것이다. 둘 다 데리고 와! 그들이라면 해결책이 있을 것이야."

"무, 무슨 해결책 말씀이십니까?"

"의정아!"

"예, 말씀하십시오."

스승의 이런 모습을 평생 처음 보는 의정사태였다.

"천공지체이긴 하나 영마였다."

"예? 영마요?"

"그래, 영마! 천살(天殺)의 기운과 악마의 심장을 갖고 태어난다는 그 영마지신! 너도 보았지? 놈이 상대방 무공을 그대로 따라하는 것을. 놈은 틀림없는 천공지체이면서 악마의 심장과 눈을 가진 영마다. 이걸 어쩌면 좋으냐. 놈을 죽여야 하는 것이냐?"

의정은 충격으로 아무 말도 할 수 없었다. 이제야 왜 스승이 이처럼 광분했는지, 왜 이처럼 정신을 놓았는지 이해가 되었다. 영마! 그것에 대해 의정 자신도 알고 있었다. 기운이 강하고 약함에 따라 다르겠지만, '달마(達磨)'와 정반대의 사상을 전개했던 천마신교의 창시자 '천마(天魔)'가 그러하단 설이 있고, 백여 년 전 복수를 위해 무려 삼천여 명을 학살한 산서의 살인마 '초천풍(超田豊)' 역시 영마였으며, 가까이는 마도의 오랜 숙원이었던 마도통일을 피로써 이뤄낸 천마신교의 후신 일월천교의 '첩혈사왕(牒血死王) 뇌정(雷晶)'이란 자 역시 그와 같다 했다.

그리고 육십여 년 전 정파 쪽에도 그 기운을 타고난 자가 한 사람 있었다. 무당파의 '무진(戊眞)'이란 제자가 무공에 대한 욕심과 영마의 기운을 이기지 못해 스승과 사형제들을 무차별 난도질하는 끔찍한 죄악을 저지른 뒤 사문을 뛰쳐나간 것.

그로 인해 전 무림이 발칵 뒤집혔고, 무당파인들을 비롯한 숱한 강호 고수들이 수년에 걸쳐 뒤쫓았다. 그는 도주하는 와중에도 잔혹한 살상을 계속했으며, 군웅들에 둘러싸여 죽어가던 마지막 순간에도 살성을 버리지 않았다던 악마였다.

그런데 방금 자신이 치료한 그 아이가 그와 같은 살성을 지닌 영마일 뿐 아니라 하늘이 점지한 무골이기까지 하다니. 만약 그가 무공을 익히고 영마의 기운을 발현시킨다면 그것은 정말로 걷잡을 수 없는 최악의 재앙을 초래하게 될 것이었다.

의정은 뒤쪽의 시체들로 저절로 눈이 돌아갔다.

시시는 외수의 손에 끌려가면서 자꾸 뒤를 돌아보았다.

무림문파들에 대해 알고 명원신니가 어떤 사람인지 알기에 그들이 쫓아올까봐 걱정이 되어서였다.

시시는 명원이란 그 아미파 고수가 한 말과 행동들을 이해할 수가 없었다. 세상에 해악을 가져올 사람이라니. 그리고 다짜고짜 아미산으로 데려가겠다니. 자신이 본 외수는 그렇지 않았다. 성실하고 욕심도 없는 바른 사람. 물론 좀 전의 싸움에서 조금

잔혹하긴 했어도 그땐 죽이지 않으면 죽는 판국 아니었던가. 더구나 큰 부상까지 당한 바에야.

시시는 얼른 벗어나고 싶었다. 외수를 극월세가로 데려다 놓아야 안심할 수 있을 것 같았다.

"공자님, 괜찮으세요?"

시시가 조심스럽게 물었다. 묵묵히 고개만 끄덕이는 외수. 시시는 문득 자신의 손목이 아직도 잡혀 있는 걸 알고 이제 그만 좀 놓아달라고 말하려다가 그만두었다. 묵직하고 든든하게 움켜잡은 느낌이 싫지 않았기 때문이었다.

第五章

나쁜 짓 했어?

피는 못 속여. 아들놈만 보면 절대 안 그럴 것 같은데,
그 피가 어디 가겠어?
언젠가는 그 녀석도 여자깨나 후리고 다닐 거야. 틀림없어.

        —궁 씨 부자를 기억하는 마을 주민

"죄송합니다, 손님! 객방은 하나밖에 남지 않았습니다."

무량현(無量縣)이란 곳에 도착해 객잔을 찾아들었을 땐 이미 날이 저문 후였다.

"어쩔 수 없죠. 공자님을 방으로 안내해 주세요. 그리고 가까운 약방이 어디죠?"

시시는 외수를 객방에 들게 하고 점소이에게 길을 물어 약방부터 찾아 뛰어갔다 왔다.

"으휴, 으휴! 공자님, 많이 아프고 쓰리시죠?"

약과 붕대를 한 꾸러미나 사들고 객방으로 돌아온 시시는 외수의 몸에 조심스럽게 약을 바르고 새 붕대를 감으며 바짝 인상을 구긴 채 탄식을 연발했다.

"시시, 네가 더 쓰려 보인다."

"공자님, 내일 제가 일찍 공자님의 옷을 준비하겠어요."

시시가 벗겨놓은 외수의 상의를 챙겨 들고 일어서며 말했다. 이 밤에 옷을 살 곳이 없는 탓이다.

들었는지 못 들었는지 묵묵부답인 외수는 침대 끄트머리에 앉은 채로 집어 들고 온 산적의 칼을 들어 물끄러미 응시했다.

거무튀튀한 도면(刀麵). 특별할 것도 없는 싸구려 칼이었지만 처음 대하는 살상무기의 느낌이 이채로웠다.

그러는 사이 피 묻고 찢긴 옷과 풀어낸 붕대를 한쪽으로 치운 시시가 외수의 행동을 궁금해하며 물었다.

"뭘 그렇게 보고 계셔요, 공자님?"

"묘해! 이걸 잡고 있으니."

"혹시 아까 아미파 명원신니가 한 말이 신경 쓰이는 거예요?"

"명원신니? 그 비구니에 대해 알아?"

"네. 워낙 유명한 이름이라."

"누군데?"

"아미파의 최고 존장이고, '아미검후(峨嵋劍后)'라 불릴 만큼 초극의 고수에 무당파의 태극검제, 점창파의 '우치(愚癡)선생'과 더불어 '무림삼성(武林三聖)' 또는 '무림삼봉(武林三峯)'으로 불리는 인물이라 들었습니다."

"그런 대단한 할망구였어?"

"네. 전혀 몰랐나요?"

"어떻게 알아. 그런 촌구석에서. 나머지 두 이름도 몰라."

"……."

"자자!"

외수가 신경 끊었다는 듯 침대에 벌렁 두 팔을 베고 누워버렸다.

"네, 공자님!"

시시가 황급히 일어났다. 왜 일어나나 했더니 그녀는 바로 부랴부랴 침대를 정리했다. 잠자리를 챙기는 것이야 익숙하다는 듯 바쁜 그녀였다.

잠시의 분주함 뒤에 조용해지자 문득 드러누웠던 외수가 무심코 눈을 떠 그녀를 돌아보았다. 방바닥에 요를 깔고 그 위에 앉은 시시. 외수는 벌떡 일어났다.

"생각 못 했군. 일어나!"

"네?"

시시가 우뚝 선 외수를 올려다본다. 붕대를 감았지만 힘줄이 불끈불끈 솟은 우람한 어깨와 팔뚝. 그리고 가슴. 봐선 안 되는 걸 봤다는 듯 시시는 얼른 눈을 떨어뜨렸다.

"침대에서 자! 내가 아래에서 잘 테니."

"아, 아닙니다, 공자님! 어찌 공자님께서 바닥에서……."

두 손을 한꺼번에 내저어 보이고, 또 부끄럽고 수줍어 얼른 시선을 떨어뜨리는 시시.

"일어나라니까! 넌 여자잖아. 난 이런 데 익숙해서 괜찮아."

외수가 역정을 내는 듯하자 그제야 시시가 머뭇머뭇 일어났다. 확실히 명령에 익숙한 그녀. 외수는 그녀가 일어나자마자 바닥의 이불 위로 벌러덩 누워버렸다.

어쩔 수 없다는 듯 침대 위로 엉금엉금 기어 올라간 시시. 폭신한 이불에 들어가 앉긴 했지만, 마음이 영 편치 않았다.

"저기 공자님, 그렇게 맨몸을 내놓고 주무시면, 이불을 덮고……."

"잠이나 자! 내가 알아서 할 테니."

외수는 눈을 감아버렸다. 부상에다 피곤한 몸. 금방 잠이 들어버릴 것 같은 외수였다.

시시도 이불 속에 누웠다. 그러나 내놓은 눈은 말똥거리기만 했다.

그렇게 맨송맨송한 둘만의 시간이 흘러가고 있을 때 갑자기 아래층에서 '우당탕! 꽈당!' 요란한 소리가 들려와 신경을 곤두세웠다.

벌떡 일어난 시시. 외수가 잠든 것 같아 부르지도 못하고 아래층의 요란함에 귀를 기울였다. 탁자 나자빠지는 소리, 사내들의 성난 고함소리, 어린 여자아이가 우는 소리, 사람들이 피해 몰려나가는 소리. 온갖 잡다한 소리가 자극적으로 들려오고 있었다.

시시는 더럭 겁이 났다. 혹시 아미파 사람들이 쫓아와 자기들 방에 들이닥치는 게 아닌가 싶어 온몸이 오돌오돌 떨렸다.

그때 잠든 것 같던 외수가 슬그머니 일어나 앉았다.

"공자님, 왜?"

"시시, 배고프지 않아?"

"네?"

이 상황에 웬 허기 타령인가 싶었다.

외수는 시시의 표정은 상관 않고 천천히 일어나 한쪽 구석에 치워둔 자신의 옷을 집어 어깨에 아무렇게나 걸치더니 말했다.

"나오지 말고 여기 있어. 먹을 걸 가져올 테니."

외수는 문을 열고 시끄러운 밖으로 나갔다. 먹을 걸 가지러 간다는 사람이 칼까지 챙겨 들고서.

외수는 위층 복도에서 상황이 벌어진 아래층을 물끄러미 내려다보았다. 도검을 뽑아 든 열댓 명의 장한이 겁에 질려 울음이 터진 어린 소녀를 데리고 있는 젊은 여인을 둘러싼 채 윽박지르고 있었다.

그러거나 말거나 느긋이 앉아 술을 마시고 있는 여인. 탁자 위엔 그녀의 것인 듯한 가느다란 칼 한 자루가 정중앙에 보란 듯이 꽂혀 있었고, 울고 있는 열두 살 남짓한 추레한 소녀는 여인에게 의지한 채 바짝 붙어 눈조차 들지 못하고 있었다.

"네년이 누구인지 몰라도 감히 이 바닥에서 왕 대인의 행사를 방해하고도 온전할 듯싶으냐? 죽기 싫으면 그 아이를 내놓고 물러가라!"

고함을 들어보아 그들은 이미 어디선가 한바탕을 하고, 당한 사내들이 동료들을 모아 뒤쫓아 온 것인 듯했다.

열다섯 모두 똑같은 복장.

주위는 엉망이었다. 여인과 소녀를 포위하기 위해 밀쳐낸 탁자와 의자들이 제멋대로 구르고 있었고, 점소이들과 객잔 주인은 말릴 생각도 없이 한쪽 구석에 웅크리고 숨어 있었다.

"그 아이는 빚을 지고 이미 팔린 아이다. 아무 상관도 없는 네가 끼어들 것이 아니란 말이다."

"흥! 네놈들이 끌고 갈 때 울며 매달리던 이 아이 할머니의 말론 종살이가 아니라 늙은 영감 침소에 들 동녀(童女)로 끌고 가는 것이라 하던데, 아니냐?"

"그게 무슨 상관이냐? 빚지고 팔렸으면 그만이지, 종살이든 침소 수발할 동녀든 노비 주제에 뭘 따지겠다는 것이냐?"

"웃기고 자빠졌네. 아무리 돈에 팔린 노비라 해도 허드렛일 따위 시키는 게 고작이거늘, 누가 성노예로 유린해도 괜찮다고 그러던? 시끄럽고. 이 아이 할미가 진 빚은 내가 갚아줄 테니 당장 눈앞에서 꺼져!"

입이 거친 여인.

"정녕 네년이 목이 떨어지고서야 후회를 할 모양이구나!"

사내들의 기운이 살벌해졌다.

내려다보고 있던 외수는 지금까지의 소란으로 모든 사정을 유추할 수 있었다. 일촉즉발의 살기가 팽배한 그때, 외수는 천천히 계단으로 걸음을 내디뎠다. 누더기가 된 옷은 그대로 어깨에 걸친 상태였고, 거꾸로 잡은 칼 역시 아무렇게나 늘어뜨린 상태였다.

외수가 등장하면서 미묘한 기운이 감돌자 시선이 모였다. 계단을 내려가는 외수의 발소리 외엔 어떤 소리도 들리지 않았다.

무언가 잔뜩 가시가 돋친 듯한 무거운 외수의 인상.

외수는 팽팽한 침묵 속에 전혀 거리낌 없이 아래층으로 내려와 사내들 바로 옆에 넘어진 탁자 하나를 일으켜 세우더니 느닷없이 탁자 중앙에 자신의 칼을 내리꽂았다.

쾅!

그 바람에 객점 안의 정적이 산산이 깨어져 흩어졌다.

"점소이!"

의자마저 일으키고 털썩 몸을 주저앉힌 외수는 몹시 짜증 난 고함으로 다시 한 번 정적을 깨트렸다.

"예, 손님!"

부름을 받은 점소이가 가까이 다가오진 못하고 주인 옆에 붙어 몸을 웅크린 채 대답했다.

"여기 술 한 병 가져오고 구운 닭도 한 마리 가져와!"

"알겠습니다."

이때다 싶었는지 점소이는 황급히 뒤꼍으로 뛰어갔다.

다시 이어지는 침묵. 울던 소녀도 울음을 뚝 그쳐 있었고, 열다섯 사내의 눈들도 온통 외수에게 박혀 있는데, 오직 한 사람, 소녀를 데리고 있는 여인만은 아랑곳 않고 술잔만 기울이고 있었다.

객잔 안을 휘도는 긴장감이 터져 폭발할 것 같았다. 순전히 외수 때문이었다. 나 건들면 다 죽여 버린단 태도. 그게 열다섯 명이나 되는 장한들을 눈알만 굴리고 있게 만든 원인이었다.

사내들의 눈에도 외수는 어린 사내다. 그러나 기세에서 이미 한풀 꺾였다. 계단을 내려올 때부터 그랬다. 시끄러워 잠을 못 자 몹시 짜증스럽단 얼굴, 거꾸로 쥔 칼, 어깨에 걸친 피 묻은 누더기, 가슴팍과 등판으로 칭칭 감은 붕대. 누가 봐도 살벌할 수밖에 없었다.

거기다 상황을 보고도 버젓이 바로 옆의 탁자를 세우고 떡하니 걸터앉은 배짱. 마치 말이라도 걸면 미친 듯이 달려들어 모조리 다 갈아 마셔 버릴 태도이지 않은가.

결국 사내들은 자기들끼리 눈치를 보지 않을 수 없었다. 누구냐 물음, 모른단 표정. 그게 결과였다. 그렇다고 그들이 여인을 다그쳐 갈 수도 없었다. 싸움이라도 벌어져 자칫 바로 옆의 그를 건드리기라도 한다면 틀림없이 폭발해 버릴 것 같았기 때문이다.

결국 이러지도 저러지도 못한 채 경직된 정적만 흐르고 있을 때 그들을 향해 여인이 먼저 입을 열었다.

"안 꺼져?"

사내들이 머뭇댔다.

두 곳의 탁자에 꽂힌 두 개의 칼. 모양은 전혀 다른 칼이지만 결국 그들에겐 감당할 수 없는 칼들이란 결론밖에 나지 않았다.

마지못해 한 사내가 나섰다.

"오늘은 그냥 가겠다. 그러나 네가 그 아일 끼고 있는 한, 이곳 무량현을 결코 빠져나갈 순 없다. 내일 다시 오겠다!"

그 말을 끝으로 열다섯 사내들 모두가 우르르 빠져나갔다.

술잔을 기울이던 여인이 그 꼴을 보고 피식 웃었다.

"내일? 후후, 과연 내일이 있을까?"

무슨 뜻인지 알 수 없었지만 어쨌든 상황은 종료되었고, 계산대 뒤에 웅크리고 있던 주인도 안도의 한숨을 내쉬며 일어섰다.

그렇지만 정적은 이어졌다. 팔짱을 낀 채 의자에 기댄 외수는 꿈쩍도 하지 않았고, 여인 역시 외수를 돌아보지 않았다.

주인이 쓰러진 것들을 정리하는 사이 뒤꼍으로부터 달려온 점소이가 외수의 탁자 위에 주문했던 것들을 가져다놓았다.

외수는 그것들을 물끄러미 내려다보았다. 술과 구운 닭 한 마리. 자신과 어울리지 않는 음식이었다. 외수는 그제야 픽 웃고 일어나 꽂아두었던 칼을 수습한 뒤 술병과 닭을 들고 이 층으로 향했다. 외수 역시 뒤돌아보지 않았고, 아래층엔 쪼르르 여인의 술잔 채우는 소리밖에 남지 않았다.

방 안에 들어선 외수. 뻘쭘하기가 이를 데 없다.
"시시, 술 한잔할래?"
"네?"
"닭도 있어. 구운 걸로."

*　　*　　*

시시는 아침부터 분주했다. 밤새 잠을 제대로 자지도 못한 것 같았는데 아침부터 살금살금 일어나 밖을 쏘다녔다.

상처 입은 몸에다 어젯밤 생애 두 번째 술까지, 피곤하기만 했던 외수가 눈을 떴을 땐 날이 밝고도 해가 제법 높이 뜬 상태였는데, 시시가 창문의 휘장을 걷지 않아 더 늦게 일어날 수밖에 없었다.

"으음, 날이 밝았던 거였어?"

외수는 방 한쪽 의자에 시시가 다소곳이 앉아 생글거리고 있는 것을 보며 일어났다.

"왜 깨우지 않았어?"

비스듬히 일어나 앉아 눈을 비비는 외수.

"곤히 주무시는 주인을 깨우는 시녀는 없답니다."

시시의 대답에 외수는 어처구니없다는 듯 쳐다보았다. 반질
반질 방긋방긋 웃기만 하는 그녀.

"뭐야, 어젯밤 술과 닭을 잘못 먹었어? 왜 그러고 있어?"

그러자 시시가 일어나 다가왔다.

"이제 일어나세요. 떠날 차비를 하서야죠. 씻고 옷부터 갈아
입으셔요."

"옷?"

시시가 창문 휘장을 걷고 이불을 개는 바람에 외수는 어쩔 수
없이 일어서야만 했다.

침대 위에 펼쳐놓은 화려한 옷들. 외수는 그것이 자기의 옷이
라는 걸 바로 알아보았다. 그러고 보니 시시가 앉아 있던 작은
탁자 위엔 물이 담긴 대야와 수건이 나란히 놓여 있었다.

"여기서 씻으라고?"

"그럼 어디서 씻나요? 귀한 분께서 여러 사람과 부대끼며 씻
을 순 없잖아요."

"……."

말문이 막힌 외수였다. 부유한 사람들이 사는 방식에 대해선
들어보긴 했었다. 부유할수록 손가락도 까딱 않는다는 것. 지금
시시가 딱 그랬다. 전혀 부유하지 않은 자신을 손가락도 까딱
않게 만들려 하고 있었다.

외수는 침대 위 옷들에 눈길을 주었다.

"시시!"

"네, 공자님!"

"이 옷, 너무 화려해! 난 이런 옷 못 입어, 어색해서."

시시는 그럴 줄 알았다는 듯 빙긋이 웃으며 침대로 다가오더니 한쪽에 놓여 있던 또 하나의 보자기를 풀었다.

"걱정 마세요. 부담스러워하지 않을 만한 옷도 준비했습니다. 이 비단옷이 마음에 들지 않는다면 가는 길에 바꾸도록 하겠어요."

보자기에서 새로 꺼내놓은 옷은 조금 수수하긴 했다. 하지만 한 번도 입어보지 못한 비싼 옷이긴 마찬가지였다. 시시는 내의와 가죽신까지 꺼내놓고 활짝 웃었다.

"타고 가실 마차도 알아보고 왔습니다. 세가로 전서구(傳書鳩)도 보냈고요. 식사 후에 출발하시면 됩니다."

"……"

외수는 더 할 말이 없었다. 시중을 들며 즐거워하는 사람, 그걸 천직으로 아는 사람을 말릴 수도 없는 일. 결국 외수는 그녀를 옆에 세워두고 얼굴을 씻어야 했고, 옷을 갈아입은 후에도 마무리 손길까지 받아야 했다.

식사를 마치고 객잔을 나왔을 때는 아침 시간이 훌쩍 지나고 있었다. 외수는 앞서 안내하는 시시를 따라 걸으며 자세가 영 어정쩡하기만 했다.

입어보지 못한 재질에다 옷자락과 소맷자락에 누군가의 정성으로 화려한 수까지 놓인 옷, 그리고 최상품의 가죽신. 분수에 맞지 않은 것을 걸친 것처럼 외수는 쑥스럽고 신경이 쓰이는데, 속도 모르는 시시는 '멋져요', '너무 잘 어울려요'를 연발하며 칭찬을 해대고, 거리의 모든 사람이 자기만 쳐다보는 것 같았다. 참새가 봉황의 탈을 쓰게 된 느낌이 이럴까.

외수는 신경을 안 쓰려고 거리 풍경에 집중했다. 곤양에선 볼 수 없는 풍경들. 수많은 상점, 건물, 인파, 품질 좋은 상품들.

하지만 거리 중심부로 접어들었을 때 걸음을 멈추는 일이 벌어졌다. 시시가 옷을 샀던 집에 들러 비단옷을 교환한 뒤 마차를 예약해 두었다는 역관(驛館)으로 가던 참이었다.

"비켜라! 비키시오!"

수많은 인파를 헤집고 있는 사람들. 모두 같은 복장을 한 대략 삼사십 명의 무인이었는데 누군가를 쫓고 있는 것인지 각자 도검을 빼들고 골목과 상점 등을 흉흉한 기세로 뒤지고 다녔다.

"자객을 보지 못했느냐? 시커먼 무복(武服)과 두건을 쓴 자를 보거든 즉시 알려라! 왕 대인께서 살해되셨다."

분주히 움직이는 중에도 상점 주인과 행인들을 잡고 일일이 확인하며 다그치는 자들. 당하는 사람들이 앞에선 알아들었다는 듯 굽실거렸지만 돌아서선 표정들이 좋지 않았다. 왕 대인이란 자가 살해되었다는 사실이 전혀 동정이 가지 않는다는 듯.

자객(刺客).

외수는 그들이 하는 일을 알고 있었다. 청부금을 받고 대신 사람을 죽여주는 자들. 필요악처럼 어쩔 수 없이 요구되는 자들이고, 가진 힘이 없어 억울하게 당하는 사람들에겐 꼭 필요한 존재들이기도 하다고 들었다.

외수는 거리를 어지럽히는 자들이 뒷북을 치고 있다고 생각했다. 자객이라면 주도면밀하게 어둠 속을 움직이는 자인데, 이

시각까지 잡지 못했다면 도망갈 시간은 충분했을 것이란 생각 밖에 들지 않았다.

"가지!"

그러거나 말거나 외수는 시시를 데리고 유유히 소란스런 거리를 빠져나갔다.

역관은 분주한 거리를 벗어난 지점, 건물들이 둘러선 넓고 둥그런 광장에 있었다.

"저기예요. 저기 보이네요, 우리가 타고 갈 마차!"

시시가 가리키는 곳에 제법 큰 역관이 있었고, 한쪽으로 따로 내어진 이두마차(二頭馬車)가 보였다.

시시는 앞서 외수를 이끌며 바로 역관으로 향했다.

그런데 그때, 외수의 눈에 언뜻 무언가가 띄었다. 굉장히 날쌘 동작으로 움직인 시커먼 인영 하나.

건물과 건물 사이에서 튀어나온 그림자 하나가 마차 밑바닥으로 숨어들어 찰싹 달라붙는 것을 외수의 눈이 놓치지 않고 포착한 것이다.

잠시 걸음을 늦춘 외수.

"공자님, 잠깐만 마차로 가서 기다리세요. 사용료를 마저 지불하고 마차 몰 분을 데리고 올게요."

끄덕.

"아! 잠깐만, 시시!"

말없이 고개를 끄덕였던 외수가 다시 시시를 불러 세웠다.

"왜요, 공자님?"

뛰어가던 시시가 돌아본다. 외수는 잠시 그녀를 쳐다보고 있다가 말했다.

"행낭 속에 네 옷 들었지?"

"네? 네!"

시시가 어리둥절한 얼굴로 대답한다.

"행낭 주고 가. 내가 가지고 있을 테니."

알 수 없단 표정의 시시. 하지만 거절할 수 없으니 눈치만 보며 행낭을 건넸다.

외수는 시시가 다시 역관으로 가는 것을 보며 잠시 그대로 서있다가 천천히 마차 쪽으로 움직여 갔다. 그리곤 마차 앞에 도착해 물끄러미 내려다보다 문득 마차 밑부분을 발로 가볍게 툭툭 걷어차며 말했다.

"이봐, 그래서 탈출하겠어?"

"……."

당연히 마차 밑 인영에게 한 말이었고, 대꾸 또한 없다.

외수는 한술 더 떴다.

"늘어진 옷자락 멀리선 다 보여. 피도 떨어지고."

"……."

마차 밑 인영에겐 섬뜩했을 말이었다.

"빠져나가고 싶으면 마차 안으로 올라타!"

여전히 반응이 없었지만 외수는 능청스럽게 계속 중얼댔다.

"올라타라니까! 그렇게 매달려 가다 들키면 이 마차를 타고 가야 하는 우리도 피해를 보게 돼!"

고민이라도 하는 것인지 마차 밑 인영은 마차에 올라타지도, 도망을 가지도 않았다.

말을 끝낸 외수는 일단 기다렸다. 그리고 짧은 시간 뒤 움직임을 감지할 수 있었다. 반대편 마차 문을 조심스레 열고 기어드는 소리.

　외수는 바로 시시의 행낭을 마차 안으로 던져 넣으며 말했다.

　"갈아입어! 피 따위 묻히지 말고!"

　외수는 느긋이 마차에 기대어 섰다. 누가 봐도 동료를 기다리는 자세일 뿐이었다.

　잠시 뒤 시시가 역관 안에서 나왔다.

　"타십시오. 다음 역관까지 모시겠습니다."

　시시와 같이 온 마부가 인사를 하고 마부석에 올라앉는다.

　"공자님, 오르세요."

　"시시!"

　외수는 마차 문을 열려고 하는 시시를 살짝 붙들었다. 그러곤 귀 가까이 낮게 속삭였다.

　"시시, 안에 사람이 있어도 놀라지 말고 조용히 타."

　"……?"

　휘둥그레진 눈으로 쳐다보는 시시. 꿀꺽 마른침까지 삼키며 한참이나 외수를 쳐다보던 그녀는 일단 시키는 대로 차분히 마차에 올랐다.

　그러나 마차를 탄 시시는 다시 한 번 놀랐다. 자기의 옷을 입고 있는 여인. 시커먼 옷 뭉치를 둘둘 말아 다급히 행낭 속으로 밀어 넣고 있었는데, 무척이나 상기된 얼굴에 땀까지 뻘뻘 흘리고 있었다. 시시는 그녀와 눈이 마주쳤지만 신음 소리 하나 흘리지 않고 가만히 맞은편 좌석으로 앉았다.

반대편 문으로 외수가 올라탔고, 행낭 속에 옷 뭉치를 완벽히 갈무리한 여인이 노려보듯 외수와 눈을 마주했다. 왜 그가 자신을 돕는 것인지 이유를 파악하기라도 하려는 듯 뚫어지게 노려보는 그녀였다.

하지만 외수는 눈길 대신 짧게 한마디를 던졌다.

"치워!"

발밑에 있는 그녀의 자객도(刺客刀)를 가리킨 말이었다. 여인이 옷을 갈아입느라 미처 인지하지 못했던 것인지 얼른 집어 의자 뒤쪽으로 감추었다.

마차는 바로 출발했고 누구도 입을 열지 않았다.

시시는 두근두근 심장이 떨렸지만 대강 짐작을 할 수가 있었다. 여인은 거리를 뒤집던 무인들이 쫓는 사람이고, 외수가 어떤 까닭에서인지 그녀를 돕고 있는 것이라는 걸.

시시는 외수에게 시선이 고정된 그녀를 힐끔힐끔 살폈다. 자신의 옷을 입고 있어 그런지 몰라도 도저히 자객으론 보이지 않는 여인이었다. 나이는 자신보다 한두 살 정도 많아 보이는데, 차가운 눈매가 매섭긴 했으나 올림머리를 해 목선이 드러난 단아한 얼굴과 농염한 자태가 여인으로서의 매력을 한껏 풍겨내고 있었다.

시시는 그녀가 옷 뭉치를 감춘 자신의 행낭을 뒤져 작은 수건을 꺼내 내밀었다. 땀을 닦으라는 뜻이었다.

짧은 목례를 던지며 수건을 받아 든 그녀는 침착하게 흐르는 땀을 수습한 뒤 수건을 옷 속의 옆구리로 가져가 꾹 눌렀다. 고통스러운 표정. 시시는 그제야 그녀가 부상을 안고 있음을 알

왔다.

서서히 움직이는 마차. 다행히 마차는 자객을 쫓는 자들과는 길이 어긋났는지 부딪치지 않았고 아무런 문제도 발생하지 않았다. 마차는 현을 벗어나 거친 관도를 유유히 달렸다.

시간이 흐른 뒤, 어느 정도 안심하게 된 여인이 손으로 턱을 괸 채 바깥 풍경에만 눈을 두고 있는 외수에게 비로소 물음을 던졌다.

"왜 나를 돕는 거지?"

그녀 입장에선 당연한 질문이었다. 알지도 못하는 그가 왜 자신을 도왔는지.

여인의 물음에 돌아볼 만도 하건만 외수는 단 한마디로 끝냈다.

"하는 꼴이 불쌍해서!"

시시는 외수의 그 말이 무슨 뜻인지 몰랐지만, 마차 밑에 매달렸던 것을 두고 한 말이었다.

여인의 표정이 살짝 일그러졌다. 이유가 너무 터무니없었기 때문이다.

"이름은?"

"알아서 뭐하게?"

여전히 무심하고 냉담한 외수.

머쓱하고 어이가 없는 탓인지 여인이 시시를 돌아보았다. 그러나 시시 역시 빙긋이 웃고 말뿐이었다.

여인은 독특하기 짝이 없는 외수를 보며 다시 대화(?)를 시도했다.

"내가 나쁜 짓을 했으면 어쩌려고 구했지?"

그러나 외수의 대답은 여전했다.

"자객이 원래 그런 짓 하는 인간들 아니었어?"

"그걸 알면서 구했단 말이냐?"

그때 처음으로 외수의 눈이 여인을 향해 슬그머니 돌려졌다. 차갑게 식은 눈이었다.

"나쁜 짓 했어?"

여인이 외수가 어떤 자인지 파악이라도 해보려는 듯 잠시 마주 노려보다 짧게 대답했다.

"아니!"

"그럼 됐네."

콧방귀를 뀌며 또다시 턱을 괸 채 바깥으로 눈을 돌려 버린 외수. 퉁명스럽기가 그지없다. 그런데 어색한 침묵이 다시 시작되려는 그때 문득 외수가 먼저 혼잣말처럼 중얼거렸다.

"말하지 마. 아프면서 뭘 자꾸 말하려고 해. 안 그래도 흔들리는 마차, 출혈만 더 심해져."

"……."

그게 끝이었고 더 이상 대화(?)는 이어지지 않았다.

거의 한 시진 가까이 마차가 달렸을 즈음, 창밖을 확인하던 여인이 입을 열었다.

"세워줘!"

내리겠단 의사였다. 외수가 망설임 없이 마부에게 소리쳐 마차를 세우게 하고 문 쪽에 앉은 자신이 먼저 내렸다.

여인이 감춰두었던 자신의 칼을 챙겨 내리며 시시와 잠시 눈을 마주했다.

"이 옷, 네 것 같은데?"

"괜찮습니다."

시시가 방긋 웃었다.

"이름이?"

"시시… 아니, 능소라 합니다."

시시는 처음으로 모르는 사람에게 자신의 본명을 말했다. 그래도 될 것 같아서였고, 문득 외수 때문에 거듭 상기하게 된 자신의 본명을 써먹어보고 싶어서였다.

"밖의 저 무뚝뚝한 인간은?"

이번에도 시시는 바로 대답했다.

"궁외수 공자님이십니다."

시시의 얌전한 미소를 여인은 묵묵히 쳐다보다 밖으로 내려섰다.

갈림길이 있었고, 멀리 큰 도시가 보이는 들녘 한복판이었다. 여인은 부상 중인 옆구리를 잡은 채 몇 걸음 걸어가다 등을 보인 그대로 멈춰 서서 말했다.

"난 '곽영지(郭瑛智)'라고 한다."

마차 문에 팔을 걸친 뻐딱한 자세의 외수가 먼 산에 눈을 두고 픽 웃었다.

"뭐 그다지 예쁜 이름도 아니구만."

여인이 돌아섰다.

"고마웠어, 두 번이나!"

"······."

슬그머니 고개를 돌려 그녀를 마주 보는 외수. 감사인사를 받아들이겠다는 의미였고, 처음으로 먼저 질문도 던졌다.

"소녀 때문이었어?"

"아니! 청부였어! 이유야 다를 게 없었지만."

"그랬었군."

외수는 묵묵히 고개를 끄덕였다.

잠깐의 침묵. 그리고 여인이 말했다.

"행낭의 옷 속에 작은 옥패(玉牌)가 하나 들어 있다. 도움이 필요할 때, 하남 구룡현(九龍縣) 동쪽 묘림(墓林) 스물여덟 번째 비석 위에 올려놓고 기다려라! 반드시 옥패가 있어야 한다. 없으면 날 찾을 수 없다."

여인은 그 말을 끝으로 돌아섰다.

외수는 조금은 불편한 자세로 걸어가는 그녀를 잠시 지켜보다 들녘 너머로 완전히 사라지는 것을 확인한 뒤에야 천천히 마차에 올랐다.

시시가 마차를 출발시키고 호기심을 번뜩이며 행낭 속에서 곽영지란 그녀의 옷을 꺼냈다.

피와 땀 냄새가 확 풍기는 옷. 그녀가 밤사이 무슨 일을 벌였고 얼마나 다급하게 쫓겼는지 알 만했다.

"여기 있네요."

시시가 옷 속에서 그녀가 말했던 물건을 꺼내 들었다. 손바닥 안에 꼭 쥐어지는 크기의 옥패. 글자가 붉게 새겨져 있었지만 외수가 알 리 없었고, 어차피 관심도 없단 듯 바깥으로 눈을 돌렸다.

시시가 외수의 문맹을 바로 해결했다.

"귀살문… 주(鬼殺門主)?"

"……."

"그럼, 그녀가?"

"무슨 뜻이야?"

시시가 놀라움을 일으키자 외수는 그제야 슬며시 관심을 보였다.

"이건 귀살문의 문주 표식이에요. 분명 그녀의 패찰(牌札)일 것이고, 그렇다면 그녀가 귀살문의 문주란 뜻인 거죠."

"문주가 직접 살행을 해?"

외수의 물음에 뜻밖이란 표정의 시시가 마주 보며 대답했다.

"그럴 수도 있어요. 몇 년 전 멸문에 가까운 화(禍)를 당했다고 들었거든요. 그래서 지금은 소수의 몇 명만이 겨우 활동을 이어간다고 들었어요."

"멸문? 왜?"

"살행을 잘못했다는 것 같았어요. 엉뚱한 사람을 죽였다고."

"대단한 사람을 죽였나 보군. 멸문까지 간 걸 보면."

"그런데 그게 말이 많아요. 귀살문을 무림에서 지우려는 세력들의 음모라는 소문도 있고, 같은 살수(殺手)문파인 '비영문(秘影門)'의 소행이라는 설도 있고요."

"음……."

관심 없는 것처럼 듣고 있던 외수가 처음 듣던 무림비사 때문인지 슬며시 눈길이 깊어졌고 시시의 설명은 이어졌다.

"원래는 비영문, 비천도문(飛天盜門), 독곡(毒谷)과 함께 일컬어지는 무림 '사대비문(四大秘門)' 중에서도 귀살문의 위상이 가장 크고 위협적이었죠. 그런데 그들의 갑작스런 몰락 이후 비영문이 가장 큰 혜택을 입었고 그 위상까지 고스란히 얻어갔죠. 그런 소문이 날 만해요."

줄줄이 늘어놓는 시시. 외수가 신기하다는 듯 물었다.

"시시, 어떻게 그런 걸 잘 알지?"

시시는 빙긋이 웃으며 대답했다.

"제가 상가의 시녀잖아요. 상가는 별 잡다한 소문들까지 다 굴러 들어오거든요. 호호! 어쨌거나 이건 도움이 필요치 않아도 돌려줘야 할 물건 같은데요?"

시시가 옥패를 두 손으로 내밀었다.

"왜?"

"문주 표식이잖아요. 일반 청부패하고는 차원이 달라요."

"됐어! 실력도 없는 자객의 패찰 따윌 내가 왜 가지고 있어? 너나 가져!"

"실력이 없다고요?"

"그렇잖고. 실력 있었으면 다쳤겠어? 없으니까 다치고 쫓겼겠지."

다시 창밖으로 고개를 돌려 버리는 외수. 어쩔 수 없이 시시는 내밀고 있던 손을 거두었다.

"알겠어요. 그럼 공자님께서 그분을 다시 만나게 될 때까지 제가 보관하고 있을게요."

　　　　　*　　　　　*　　　　　*

　풀린 눈, 흐트러진 옷, 비틀거리는 걸음.

　"커억, 취한다."

　산길을 오르는 궁천도는 누가 봐도 주정뱅이였다.

　"역시 술맛은 춘래원이 최고지. 그럼 그렇고말고. 으하하핫!"

　우거진 숲, 혼자 웃고 떠드는 소리에 놀라 간간이 날아가는 산새들뿐. 그런데도 궁천도는 만취한 자신의 기분을 마음껏 떠들어댔다.

　"나 좋아하는 춘래원엔 이쁜 것들도 많지! 매월이, 춘심이, 향단이! 나는야 착한 아들 덕분에 세월에 젖어 사는 천하제일 주색가! 세상 그 무엇도 부러울 것 없이 산다네."

　제멋대로 노래까지 읊어가며 이리 휘청 저리 휘청 산을 오르는 그다.

　"에구에구, 힘들구나. 이제 집에 오르는 것조차 힘드네."

　산길에 천지사방 갈지자를 그려놓고 기어이 산 중턱 초옥에 도착한 궁천도는 풀린 눈을 들어 주방부터 살폈다.

　"어디 보자. 착한 우리 아들이 아비 밥은 잘 챙겨놓고 일을 나갔나?"

　비척비척, 집 한쪽 부엌으로 향하는 걸음. 그러나 두 족장도 떼지 못해 궁천도는 우뚝 멈추어 섰다.

　천천히 돌아가는 고개.

　방문 옆에 크고 선명하게 쓰인 두 글자가 그의 취한 눈에 들어왔다.

'가출(家出)!'

숯으로 시커멓게 쓴 글을 확인한 궁천도는 후다닥 마당 끝으로 가 멀리 마을을 내려다보았다. 그런다고 떠난 외수가 보일리가 없다.

서서히 펴지는 허리.

푸스스. 우뚝 선 그의 몸에서 독한 주향이 확 뿜어져 나오며 조금 전까지 취해 벌겋던 얼굴은 온데간데없고 치떠진 눈이 무섭도록 번들거렸다.

움켜쥔 주먹이 부들부들 떨렸고, 마을 너머 먼 산을 뚫어지게 응시하는 그의 시선은 금방이라도 이글이글 불길이 타오를 듯했다.

그때, 퍽 하는 소리와 함께 방문 옆 벽이 터져 나왔다. 시커먼 숯검정으로 쓴 가출이란 글자 선명히 박힌 바로 그 자리였다.

벽에 커다란 구멍을 뚫고 튀어나온 것은 한 자루 칼이었다. 마당을 가르며 궁천도를 향해 일직선으로 날아간 칼은 그의 머리통 뒤에서 멈추었다.

외수가 보았다던 그 칼이었다. 그러나 그것은 엄연히 도(刀)가 아니라 양면의 날을 가진 검(劍)이었다.

허공에 뜬 채 멈춘 검. 폭발할 것 같은 기운을 내뿜으며 우뚝선 궁천도.

움직임이 없었다. 팽팽한 긴장감만 흘렀다. 바람에 흔들리는 나뭇잎 소리도, 지저귀던 산새 소리도 모조리 움직임을 멈추고 숨을 죽였다.

금방이라도 무언가 터질 것 같았다. 하늘이 무너져라 괴성을 내지를 것 같기도 했고, 허공을 섬전처럼 날아 쫓아갈 것 같기도 했다.

그러나 긴 장검을 뒤에 띄워놓은 채 꿈쩍도 않고 부들부들 떨기만 하던 궁천도는 한순간 몸에 힘을 풀더니 긴 한숨과 함께 허물어지듯 제자리에 털썩 주저앉고 말았다. 그 바람에 떠 있던 검도 철그렁 소리를 내며 바닥에 떨어져 모양 나쁘게 뒹굴었다.

마치 신발이라도 벗어들고 땅바닥을 두들길 듯 낙심하고 좌절한 모습.

"아이고, 이런 우라질 놈의 새끼! 내 그렇게 눌러놓았건만 기어이! 이걸 어쩐다냐, 어떡해? 아무리 타고난 제 놈 운명이라지만 이렇게 대책 없이 가버리다니. 아이고, 아이고, 때려죽일 놈의 새끼!"

원래(?)의 모습으로 돌아간 궁천도는 마당 끄트머리에서 넋놓고 퍼질러 앉은 채, 절절한 탄식만 끝없이 토해놓고 있었다.

第六章

맘대로 해

내 앞에 그 새끼 얘긴 꺼내지도 마!

무서운 놈, 말로 해도 될 걸 꼭 배대기에 칼부터 쑤셔 넣고 본다

니까! 끔찍한 새끼!

—그런 놈 잡아가지 않는 귀신을 원망하는 동네 건달

"아가씨, 아가씨! 소인 들어가겠습니다."

바쁜 걸음의 설순평이 급히 편가연의 거대한 방문을 열고 들어섰다.

넓은 방 한쪽 구석진 책상에 앉아 무언가를 보고 있던 편가연이 차분히 돌아앉으며 그를 맞이했다.

"무슨 일이죠?"

"아가씨, 시시에게서 전서가 왔습니다."

밝고 환한 표정의 설순평. 편가연은 좋은 소식을 직감했다.

"그래요? 내용은? 찾았대요?"

조급해 보이는 그녀였다.

"여기 있습니다. 찾긴 했으나 불행히도 궁천도 대협을 모시고 오진 못 하고 대신 그의 아들을 데리고 온다는 전갈입니다."

"아들?"

궁천도가 오지 못한다는데도 설순평이 여전히 좋은 표정이라 편가연은 잠깐 의아했다. 그녀는 얼른 서신을 받아 펼쳐 보았다. 꽤 긴 내용이 적힌 서신.

그녀가 읽어 내려가는 동안 설순평은 잠시 기다렸다가 흐뭇한 미소를 머금은 채 말했다.

"공자의 성함이 궁외수라는군요."

편가연은 뭔가 성에 차지 않는 것이 있는지 두 번, 세 번 내용을 반복해 읽는 모습이었다.

"궁외수? 그가 나와 세가를 지켜주겠다 했다고?"

"그랬답니다. 목숨까지 걸고서요. 후후후."

거듭 웃음을 흘리는 설순평.

"그가 나와 세가를 지켜낼 능력이 될까요? 나이도 아직… 어린 사람인데?"

"내용에 있듯이 궁 대협을 찾아가는 길에 내원 호위무사 온조가 감당하지 못했던 산적들을 그 우두머리까지 열둘이나 한꺼번에 해치웠다지 않습니까. 그리고 그 아들이 오고 나면 아버지인 궁천도 대협도 세가로 올 것이 예상된다지 않습니까. 허허허, 시시가 머리를 아주 잘 쓴 듯합니다. 궁 대협이 거절했는데 그 아들을 데려와 끝내 궁 대협까지 모셔올 생각을 하다니. 허허헛!"

"음…….."

그래도 미심쩍은 듯한 편가연의 표정.

설순평이 설명을 덧붙였다.

"뭘 걱정하십니까, 아가씨! 사내 나이 스물이면 깊이의 문제만 남았을 뿐, 웬만한 무공은 다 전수받았을 나이입니다. 지금 상황에 그만큼 믿을 만한 사람이 또 어디 있습니까. 어딜 가든 한시도 떨어지지 않고 아가씨를 바로 옆에서 지켜줄 텐데요."

"머리도 좋을까요?"

"당연히 그럴 거라 확신합니다. 고수 중에 명석하지 않은 사람은 없습니다. 머리 나쁜 사람은 고수가 될 수 없고, 고수가 되면 머리 또한 열리는 것으로 알고 있습니다."

"그… 런가요?"

설순평의 설명에 편가연의 안색이 조금씩 펴지기 시작했다.

"아가씨! 지금은 시시 말대로 궁외수 공자만 오는 것이지만, 예정대로 혼사가 진행되고 공자가 세가에 눌러앉게 되면 어쩔 수 없이 궁천도 대협도 오게 될 것이니 결국 두 분을 다 세가에 모시는 결과가 되지 않습니까. 흐흐훗, 거기다 궁외수 공자가 궁천도 대협을 닮아 풍채 헌앙한 데다 잘생기기까지 했다 하니 금상첨화라 생각됩니다만."

"……"

완전히 설득을 당한 듯 편가연의 큰 눈이 비로소 반짝반짝 빛을 발했다.

다시 한 번 서신의 내용을 찬찬히 확인하던 그녀가 갑자기 벌떡 일어섰다.

조금 상기된 듯한 그녀의 기색에 설순평이 긴장하며 물었다

"왜 그러십니까, 아가씨?"

"음, 시녀들을 좀 불러주세요."

"시녀들은 갑자기 왜?"

"방의 분위기를 바꿔야겠어요. 꽃도 좀 갖다놓고 장식들도 모두 바꾸라고 해주세요. 아니, 아니, 이 방뿐만 아니라 본채와 내원 전체를 다시 단장하라고 하세요."

그제야 편가연의 마음이 열렸다는 걸 확인한 설순평이 기쁜 마음으로 복명했다.

"그리하겠습니다, 아가씨!"

"도착 예정 날짜가 언제라고 했죠?"

"사흘 후입니다."

"좋아요. 설 총관님, 지금부터 시작해 주세요. 전 그분을 맞을 준비를 하겠어요. 가만히 앉아서 맞이할 순 없지요."

"알겠습니다, 아가씨!"

설순평은 편가연이 과연 대상인의 딸답다고 생각했다. 의심도 하고 이리 재고 저리 재어 보기도 하지만 한 번 결정하면 뒤도 돌아보지 않고 밀어붙이는 점은 아버지 편장엽을 그대로 빼다 박은 그녀였다.

설순평이 나가자 편가연은 여전히 상기된 얼굴로 시시의 서신을 재차 확인했다. 특히 궁외수에 대해 열거한 부분들을 열심히 읽었는데, 사뭇 가슴이 뛰는 그녀였다. 그건 설렘 같은 것이었다. 정혼 약조 문서엔 다른 것이 있었지만 자신의 마음먹기에 따라선 지아비가 될 수도 있는 사람. 어차피 그가 오면 세가와 자신은 그에게 의지해야 하는데, 편지 내용과 설순평의 말처럼 정말 그같이 멋지고 훌륭한 사람이었으면 좋겠다고 생각했다.

"궁외수! 후훗, 어딘지 고집스런 이름부터 마음에 드네."

＊　　　＊　　　＊

　마차는 극월세가를 코앞에 두고 달리고 있었다. 역관을 몇 번이나 거치고 몇 번이나 마차를 갈아탔는지 몰랐다.

　시시는 연신 창밖을 확인하며 들떠 있었다.

　"이제 다 왔어요. 얼마 안 남았어요. 정말 찾아갈 땐 그렇게 힘들고 오래도 걸리더니 돌아가는 건 이처럼 빠르고 쉽네요."

　무척이나 상기된 모습. 세가로 돌아온 기쁨을 이루 감출 수 없는 모양이었다.

　"공자님, 어디 봐요."

　시시가 갑자기 외수의 소매를 잡아끌며 재촉하더니 외수의 옷차림, 머리 모양 등을 챙긴다.

　"호호, 멋져요!"

　자기 마음에 쏙 드는지 시시는 반질반질 웃었다.

　"몸은 이제 제법 괜찮으신 거죠?"

　끄덕.

　"고생하셨어요."

　"뭐가?"

　"그 먼 길을 오셨잖아요. 산도 넘고 강도 건너고. 그리고 이 좁은 마차 안도 갑갑하셨을 텐데, 훌쩍!"

　"왜 울어?"

　"기뻐서요. 떠날 땐 그처럼 막막할 수 없었는데, 이렇게 공자님을 모시고 돌아오니 감개가 무량해요."

시시는 얼른 마차 창밖으로 얼굴을 내밀었다. 부딪치는 바람에 눈물이라도 날려 버리려는 듯.

"정말 다 왔어요. 세가가 보여요!"

얼굴을 내밀고 있던 시시가 소리치고 잠시 후 마차는 정말 서서히 속도를 줄였다. 그리고 잠시 후 완전히 멈추어 서는 마차. 시시는 행낭을 집어 들고 바로 뛰어내리더니, 반대편으로 달려와 외수가 앉은 쪽문을 열고 활짝 웃었다.

"공자님, 여기예요. 여기가 공자님의 정혼녀가 계신 극월세가예요."

구석에 굴러다니던 칼을 챙겨 든 외수는 천천히 마차에서 내렸다. 그러나 눈앞에 우뚝 선 우람한 성벽. 시야가 가로막힌 느낌의 극월세가를 보며 외수는 움찔했다. 높이뿐 아니라 좌우를 돌아봐도 끝 간 데 없이 뻗어 나간 웅장함. 외수는 뭔가 잘못된 게 아닌가 싶어 시시에게 다시 한 번 확인했다.

"이게 극월세가라고?"

"네! 저기 쓰여 있잖아요."

시시가 손을 뻗어 성문 위를 가리켰다. '극월세가(極月世家)' 네 글자가 검붉은 바탕에 황금 광채를 번뜩이며 선명하게 내려다보고 있었지만, 외수는 읽지 못했다.

그뿐만 아니었다. 성문 위에는 경계를 서는 위사(衛士)들 사이로 수많은 깃발이 나부끼고 있었고, 아래로는 세가의 문장(紋章)인 듯한 만월과 초승달이 새겨진 크고 긴 휘장이 드리워져 있었다.

"음......"

침음을 흘리는 외수. 상가(商家)가 아니라 숫제 왕성(王城) 같은 느낌인 탓이다.

"공자님, 어서 들어가서요. 아가씨께서 전서를 받았을 테니 기다리실 거예요."

마차를 몰아 온 마부에게 인사를 마친 시시가 앞서 이끌며 사람들이 붐비는 정문으로 향했다.

세가를 드나들기 위해 사람들이 안팎으로 긴 대열을 형성하고 있는 게 보였다. 짐을 가득 실은 수레가 줄줄이 늘어섰고, 그들의 출입을 일일이 점검하고 확인하는 자들 역시 적지 않았다.

시시는 사람들이 줄을 선 곳을 지나 수문장으로 보이는 자가 있는 곳으로 외수를 이끌었다.

"안녕하세요, 태 위장님!"

"오, 시시로구나."

출입하는 대열에 눈을 두고 있던 인물이 그녀를 알아보며 반색을 했다. 육중한 체구에 시커멓고 덥수룩한 수염. 커다란 칼을 허리에 찬 자세까지. 보기에 험상궂고 위압적인 중년의 인물인데, 시시를 대하는 태도는 다정하기 그지없었다.

그를 비롯한 모든 위사들은 그들만의 복장을 했는데, 직급에 따라 모자로 구분을 둔 듯하고, 하나같이 왼쪽 가슴 상단에 '극월(極月)'이란 표식과 성벽에 드리워진 것과 같은 달 문양의 문장이 박혀 있었다.

"내원으로부터 연락을 받으셨나요?"

"그래. 네가 도착할 것이라며 같이 온 분을 무조건 통과시키란 지시가 어제부터 내려와 있었다. 고생한 얼굴이구나. 그 예뿐 얼굴이 많이 그을리고 까칠해졌어. 먼 길 다녀온 게냐?"

"네, 아저씨!"

위장의 걱정에 시시가 괜찮다는 듯 방긋이 웃었다.

"같이 온 분은, 저 젊은 분이시냐?"

"네."

"그래, 어서! 어서 모시고 들어가거라!"

"고마워요, 아저씨!"

마치 거대한 굴 같은 정문을 외수는 시시를 따라 통과했다. 그러나 눈앞으로 펼쳐지는 광경에 외수는 다시 한 번 주춤했다. 성안에 하나의 도시가 들어앉아 있는 모습 때문이었다. 드넓은 광장을 중심으로 하늘 높은 줄 모르고 치솟은 전각(殿閣)들과 창고로 보이는 긴 건물들이 수도 없이 늘어섰고, 이리저리 오가는 사람, 말, 수레 따위 등은 북적대는 도심의 거리를 연상케 하고도 남음이 있었다.

바닥은 전체가 박석(薄石)과 자갈이 깔려 흙먼지 따윈 보이지도 않았고, 중앙대로를 표시하는 길엔 값비싼 청석(靑石)을 깔아 구분했다.

미처 놀라움을 추스르지 못한 외수가 다시 한 번 시시에게 확인했다.

"시시, 이 전체가 다 세가라는 거야?"

"네, 공자님! 성안에 있는 것은 모두 다 세가가 이룩한 것이고, 세가의 소유죠. 말씀드렸듯이 이것만이 아니에요. 여긴 총단일 뿐, 전국에 퍼져 있는 지부와 사업장들까지 합치면 더 방대하죠."

"이걸 다 한 사람이 관리해?"

"그렇진 않아요. 한 사람의 소유이긴 해도 관리하는 분들이 분야별, 단계별로 아주 많아요. 가주님은 그 많은 단계를 거친 사안에 대해서만 결정을 하고 관리하시는 거예요."

"……."

"그리고 여긴 사업에 대한 모든 업무가 이루어지는 외원이고요, 돌아가신 가주님과 아가씨께서 머무는 내원이 따로 있어요. 공자님께선 지금 그리로 가는 중이셔요."

외수는 상상의 한계를 뛰어넘는 엄청난 규모에 말문이 막혔다. 자신이 생각하던 '집', 또는 '장원', '저택' 따위의 개념과는 차원이 달랐다.

외수는 마음이 무거워졌다. 자신이 생각했던 것보다 훨씬 버거운 문제가 될 듯했기 때문이다. 이렇게 거대한 가문을 노리는 적은 또 얼마나 크고, 또 강할 것인가. 편가연이란 여자를 지켜주는 것만이 아닌, 적을 발본색원할 근본적인 해결책이 필요했다.

시시를 따라 중앙로를 걷다가 외수는 정면에 또 하나의 높은 담장을 볼 수 있었다. 외성의 정문보다 더 많은 위사들이 늘어서 있는 것도 보였다. 저곳이 내원인가 하고 생각하는 그때, 시시가 기쁨의 탄성을 발했다.

"어머! 아가씨께서 나오셨나봐요."

외수는 위사 무리 속으로 시선을 던졌다.

"맞아요, 공자님! 아가씨예요. 아가씨께서 직접 여기까지 마중을 나오셨어요."

커다란 차양산(遮陽傘)이 드리워진 곳, 노소(老少)의 시종, 시녀들과 함께 차분히 서 있는 한 여인이 보였다. 유독 눈에 띄는 그녀. 화려한 의자가 같이 있는 것으로 보아 일찍부터 나와 꽤 긴 시간을 기다린 모양인 듯했다.

시시가 외수와 나란히 보조를 맞춰 어느 정도 거리까지 걷다가 서로 얼굴 표정까지 확인할 수 있는 거리에 도달하자 먼저 달려갔다.

족히 백여 명은 될 듯한 위사 속에서 시시를 맞이하는 여인. 그녀는 멀리서 봐도 단연 눈에 띄었는데, 머리부터 발끝까지 눈처럼 하얗게 갖춰 입은 데다 늘씬한 몸매, 뚜렷한 얼굴. 마치 천상의 여인이 지상에 내려와 서 있는 것 같은 느낌이었다.

외수는 그녀가 시시와 반가움을 나누는 것을 보며 도열한 위사들 속으로 걸어갔다. 그리고 그녀의 발밑부터 이어진 붉은 빛깔의 주단(紬緞)이 깔린 곳까지 왔을 때 그녀가 시시의 손을 놓고 조용히 걸어오기 시작했다.

대단한 기품이 느껴지는 여인.

외수가 걸음을 멈추고 서자 그녀는 바로 앞에서 한쪽 무릎을 다소곳이 굽히고 앉으며 인사를 했다.

"은인의 아드님께 소녀, 인사 올립니다. 편가연입니다."

정결한 목소리. 자세를 낮춘 그녀이지만 그녀의 아름다움과 기품은 오히려 더 가미되었다.

외수의 선입견이 깨지는 순간이었다. 자신과는 비교조차 불가한 집안. 어느 정도는 차고 도도할 것이라 여겼는데 그녀는 오히려 아랫사람처럼 자신을 낮추어 맞이하고 있었다.

도리어 더 고고함을 빛나게 하는 예의. 외수는 갖지 못한 품
격이었다.

　"궁외수요!"

　역시 뭉툭한 대꾸.

　"먼 길 오시느라 고생하시었습니다. 세가의 문밖에서 맞이하
지 못함을 용서해 주세요."

　"……."

　"소녀가 안내하겠습니다. 이쪽으로."

　조용히 일어나 돌아서 걷는 그녀. 역시 말 한마디, 동작 하나
하나에 외수는 경험하지 못한 고고함이 있었다.

　외수는 앞서 걷는 그녀를 따라 내원의 문을 들어섰다.

　"……?"

　다시 한 번 놀라는 외수. 위압적(?)이던 외원과는 전혀 다른
풍경이 펼쳐져 있었기 때문이었다. 눈이 확 열리는 풍경. 푸른
수목과 화원, 초모(草茅)가 깔린 정원과 연못, 누각… 별유천지
(別有天地)가 여기인가 싶었다.

　그뿐만 아니었다. 발아래 밟히는 하얗고 매끈한 바닥은 너무
나도 깨끗하고 고급스러워 차마 내딛기도 미안할 정도인데, 그
길의 끄트머리에 우뚝 선 성채(城砦)는 하늘마저 찌르고 있었
다.

　"푸흐흐……."

　외수가 느닷없이 웃음을 흘렸다.

　앞서 걷던 편가연이 살며시 돌아보며 궁금해했다.

　"어떤 웃음인가요, 공자님?"

"후후, 갑자기 엉뚱한 생각이 나서 그렇소. 여길 보니 나 살던 곤양촌의 거만하던 부자들은 거지였다는 생각! 흐흣!"

편가연도 싱긋이 웃으며 대꾸했다.

"기준의 차이라고 생각합니다. 어떤 기준을 두고 맞춰 사는가에 따라 만족도, 자만도 하는 것이라 생각됩니다."

"당신은 만족하고도 남음이 있겠구려."

"그렇지 않습니다, 공자님. 저는 아쉽게도 부자라고 생각해 본 적이 한 번도 없습니다. 저는 극월세가의 주인이지만 극월세가에 딸려 종사하는 이들과 거래로 먹고사는 이들, 또 전국 각지에 구호를 기다리는 이들을 위해 이 모든 것을 어떻게 유지하고 지킬 것인가 고민하는 사람일 뿐입니다. 그러니 만족이란 것은 당연히 해보지 못했고 알지도 못합니다."

똑 부러진 편가연의 대답.

외수는 바로 알아들었다. 단순히 돈이 많은 사람과 많은 돈을 어떻게 운용해야 하는지 고민하는 사람의 차이.

생각해 보면 그랬다. 그녀는 재어놓고 누리는 사람이 아니었다. 업무량만 해도 엄청날 터. 만약 그녀를 지키지 못할 경우 그로 인해 벌어질 파장은 외수로선 상상조차 할 수 없었다.

선입견과 편견이 거듭해서 깨지고 있는 외수였다.

별채 안.

편가연이 안내한 곳이었다. 별채 전담 시종과 시녀들인지 하나의 복장으로 통일한 사내 둘과 여인 여섯이 한쪽으로 단정히 줄지어 서 있었다.

"여기 별채를 궁 공자님을 위해 비워 두었습니다. 별채이긴 하지만 본채와 연결되어 있어 하나의 생활공간이나 다름없습니다. 생활하시면서 불편하시거나 필요한 것은 언제든 하인들에게 말씀하시면 됩니다."

외수는 실내를 둘러보며 솔직한 감탄을 감추지 않았다. 모든 것이 '크고 높은' 것으로 시작해 '눈부신 화려함'으로 끝나고 있었다. 외수는 집 안의 공간이 이렇게도 넓고 크게 만들어질 수 있다는 걸 처음 알았고, 이처럼 화려하게 장식될 수 있다는 것도 처음 확인했다. 바닥이며, 벽이며, 천장. 도대체 무슨 재료를 가져다 붙였는지 윤이 흐르지 않는 곳이 없었다.

그녀 말대로 본채와 통한 복도가 있었다. 타고 왔던 이두 마차로 달려도 될 듯한 폭과 거리였는데 본채 쪽은 문이 닫혀 있어 그쪽은 보이지 않았다.

"그럼 둘러보시며 잠시라도 쉬고 계셔요. 식사가 준비되는 대로 다시 모시겠습니다."

편가연이 인사를 하고 사람들을 줄줄이 매단 채 복도를 통해 본채로 이동해 갔다.

시시를 포함한 그녀가 건너가고 나자 시녀 하나가 다가와 물었다.

"공자님, 침소(寢所)부터 보시겠어요?"

아직 앳된 목소리. 열예닐곱 살 정도로 보이는 소녀였다. 외수는 도열해 있는 하인들을 돌아보았다. 나이가 천차만별이었다. 노년, 중년, 시시보다 어린 시녀도 있고, 비슷하거나 몇 살 많아 보이는 시녀도 있었다. 이 큰 저택을 관리하려면 그 정도 인원은 있어야겠다고 생각했지만, 외수는 낯선 그들이 조금 거북하고 불편하기만 했다.

어린 시녀가 외수의 두 배는 됨직한 커다란 문을 조심스레 열어젖혔다.

외수는 열린 문 앞에 우뚝 선 채 멀거니 안쪽을 쳐다보았다. 이게 한 사람이 쓰는 방인가 싶었다. 아버지와 쓰던 초옥의 열 배는 될 듯했고, 그 화려함은 말할 것도 없었다. 외수는 갑자기 궁금해져 시녀에게 물었다.

"이봐, 도대체 이 건물에 이런 방이 몇 개나 있는 거지?"

"크기가 다르긴 하지만 본채와 반대편 별채까지 합치면 백여 개 정도는 될 것 같습니다만."

"배, 백?"

외수는 기가 막혀 말을 잃었다. 왠지 자신의 무지함에 살짝 화까지 나려고도 했다.

"공자님, 안을 둘러보시지 않겠어요? 마음에 들지 않거나 원하시는 것이 있으면 교체를 하겠습니다."

"됐고! 저쪽 방은 뭐야?"

"의상실입니다."

"의상실? 그 옆은?"

"욕실입니다."

점점 어지러워지는 외수.

"그럼 씻고 옷부터 갈아입으시겠어요? 욕실 물이 준비가 되었습니다."

"……"

결국 외수는 적응해 보려던 것을 포기했다.

"옷도 됐고, 씻는 것도 알아서 할 테니까 다들 나가서 일 봐! 잠시 혼자 있고 싶으니까!"

"알겠습니다, 공자님! 부르실 땐 저기 있는 줄을 당겨주세요."

소녀가 예쁜 미소로 벽 앞에 늘어져 있는 줄을 가리키곤 다른 시녀들과 함께 뒷문을 통해 빠져나갔다. 아마도 줄은 그들의 공간으로 연결되어 있는 모양이었다.

외수는 그들이 나가고 난 뒤 역시 엄청난 시설의 욕실로 가 감탄을 거듭하며 간단히 손만 씻고 나왔다. 그러곤 창가에 있는 긴 의자 등받이에 엉덩이를 걸치고 앉아 바깥 풍경을 내다보았다. 집 둘레는 물론이고 멀리 보이는 곳까지 각 요소마다 경계를 서는 무사들이 보였다.

"흠, 이러고도 안심이 안 된단 말이지?"

외수는 집을 둘러싸고 띄엄띄엄 서 있는 호위들을 물끄러미 내다보며 혼자만의 깊은 생각으로 빠져들었다.

＊　　　＊　　　＊

"극월세가잖아? 그놈이 여기로 들어갔다고?"

작달막한 키에 마치 누더기를 걸친 듯 추레한 늙은이가 사람들이 붐비는 극월세가의 정문을 바라보며 말했다. 그는 추레한 행색뿐 아니라 생긴 몰골 또한 그와 같았는데, 마구 풀어헤쳐진 백발에 듬성듬성 웃자란 듯한 수염도 제멋대로였고, 눈 코

입 조화 역시 우스꽝스럽기 짝이 없었다.

"그렇다니까요?"

"나오진 않았고?"

"네. 오라버니!"

"그럼, 어쩐다지? 들어가 보기도 그렇고 불러낼 수도 없고. 잡아놓지 그랬냐."

"행선지가 여길 줄 알았나요. 그리고 잡아놓을 수도 없었어요. 차라리 죽이라며 대항하던 놈이에요, 그놈이! 그렇다고 진짜 죽일 수도 없고."

"왜 못 죽여? 비구니 양심 때문에?"

"오라버니! 오라버니가 그놈 눈을 보지 못해서 그래요. 전혀 거리낌 없이 딱 쏘아보던 그놈의 눈!"

화를 내며 받아친 사람은 무량현에서부터 궁외수를 뒤쫓아온 명원신니였다. 그리고 그녀와 말을 섞는 추레한 늙은이. 그가 바로 스스로 '못난 미치광이' 우치(愚癡)라 불리기를 원했다는 희대의 괴짜, 무림삼성 중의 한 사람, '점창일기(點蒼一器) 구대통(具大通)'이란 인물이었다.

구대통. 그는 추레한 몰골만큼이나 유명한 특징이 또 있었는데, 항상 두 줄의 끈으로 묶어 두르고 다니는 유난히 목이 길고 울림통이 작은 등 뒤의 비파(琵琶)와 허리춤에 덜렁덜렁 달고 다니는 커다란 호리병이었다.

그리고 그들 두 사람만 있는 것이 아니었다. 그들 뒤쪽에서 묵묵히 극월세가를 바라보고 있는 쭉 뻗은 키의 한 사람. 그는 명원신니의 연락을 받고 구대통과 함께 무당산으로부터 달려온 태극검제 무양진인이었다. 허연 눈썹과 수염을 길게 늘어뜨린 그는 등에 장검을 두르고 회색 도복까지 갖춰 입어 전신에 흐르는 풍모가 마치 도교팔선 중 '검선(劍仙)'이라 일컫는 '여동빈(呂洞賓)'을 연상케 했다.

그들은 모두 육칠십 대의 노인으로 보였으나 실제 나이는 구십 전후의 인물들이었다. 명원신니가 여든다섯, 구대통과 무양은 아흔하고도 한 살이나 더 먹은 노괴들이었다.

그들 세 사람이 극월세가를 바라보며 궁리에 빠져 있을 때 마치 작은 못 하나가 툭 튀어 올라오는 것처럼 튀는 목소리 하나가 끼어들었다.

"할머니, 왜 들어가면 안 되는데? 죄졌어?"

의정사태와 같이 서 있던 주미기였다. 당최 이해를 못하겠단 표정. 어째서 천하의 무림삼성 세 사람이 다 못 들어가서 발만 구르고 있는 것인지 그녀는 거듭 고개를 갸웃거리며 궁금하단 표정을 보였다.

"거참, 세상 두려울 게 없는 노인네들인 줄 알았는데 그렇지도 않은가 봐? 무림삼성씩이나 되는 괴물들이 똥 마려운 강아지처럼 구는 걸 보면?"

"뭣뭣, 똥? 강아지? 내 저걸 그냥!"

깐족거리는 미기를 보며 구대통이 당장 요절을 내버릴 듯 팔을 걷어붙였다.

"야, 이놈아, 극월세가는 상가이지 않느냐. 무림문파도 아닌 곳에 무슨 이유를 대고 우리가 들어간단 말이냐. 더구나 두어 달 전 가주가 살해당했다는 곳에."

"어라? 그러면 못 들어가는 거야? 그냥 궁외수란 이상한 놈 만나러 왔다고 하면 되잖아. 극월세가 사람들이 무림삼성을 못 알아보겠어?"

"만나면? 그들 앞에서 우리가 이놈 죽이러 왔다고 할까?"

"그럼 몰래 들어가서 푹 찔러 버리고 나오든가! 그럴 능력도 되잖아!"

말이나 못하면 밉지나 않지. 콧방귀를 풍풍 뀌어가면서 말대꾸를 하는 열여섯 살 꼬마 아가씨, 미기 때문에 구대통이 자기 머리를 쥐어뜯고 말았다.

"으이그! 야, 의정아! 뭐하냐? 네 제자년 주둥이 좀 콱 찢어버리지 않고! 아니다, 아니야. 아예 저 주둥이 데리고 돌아가라!"

구대통이 상대해 봤자 골치만 아프다는 듯 어서 데려가라고 손을 팔랑거렸다.

명원신니도 거들었다.

"그래, 의정아! 넌 미기 데리고 아미로 먼저 돌아가거라. 네 장문사형에겐 나 여기 있을 테니 신경 쓰지 말라 전하고."

"알겠습니다, 사부님!"

의정이 복명을 하자 미기가 즉시 항명(?)을 했다.

"싫어! 난 안 가!"

"미기야!"

의정사태가 눈을 부라렸지만, 미기는 막무가내 고집을 세웠다.

"딱 보아하니 할머닌 한동안 못 돌아올 것 같은데 나만 아미산에 가서 뭐해. 싫어, 안 가! 같이 있을래. 그리고 나도 그 괴상한 인간이 어찌 되는지 궁금하단 말이야. 사부 혼자 돌아가!"

억지 쓰고 떼쓰기 시작하면 아무도 못 말리는 미기였다. 팔짱을 끼고 주둥이는 내밀고 홱 돌아 뻣뻣하게 서 있는 그녀를 보면 골이 지끈거렸다.

"으이그, 내 저 조막만 한 놈을 그냥?"

구대통이 다시 팔뚝을 걷어붙이지만 쥐어박을 데가 없는 조그만 꼬맹이, 결국 구대통은 아무것도 하지 못했다.

"좋다. 맘대로 해라. 대신 다시 한 번만 더 그 주둥이 나불대면 확 찢어버리든지 꿰매버리든지 할 테니까 그렇게 알아?"

"알았어, 알았어! 주둥이 꼭 다물고 있을게. 이렇게! 읍! 됐지?"

입을 잠그는 시늉까지 하며 두 손 두 발 다 들게 만드는 미기. 끝내 의정사태 혼자만 돌아가고 말았다.

*　　　*　　　*

외수가 안내하는 시녀를 따라 본채로 건너왔을 때 편가연과 시시는 또 다른 옷으로 갈아입고 있었다. 편가연의 곱고 화려함이야 다를 게 없었는데, 시시의 변화가 외수의 눈길을 잡아끌었다. 그녀는 소매와 등이 없고 목에 걸 수 있는 얇고 까만 배자(褙子) 같은 것을 덧입어 허리 뒤로 묶었는데 그게 공통된 내원 시녀들의 차림인 듯했다. 외수는 그녀가 노비였었다는 사실을 새삼 깨달았다.

외수는 가볍게 본채를 둘러보았다. 일 층엔 시녀들의 방인 듯한 것 외엔 특별한 것이 없었고, 이 층에서부터 너른 계단이 펼쳐지듯 아래로 내려와 있는 게 인상적이었다.

"공자님, 우선 내원의 주요 종사자들부터 소개해 드리겠습니다."

편가연의 손이 향하는 곳에 십여 명의 사람이 정중한 자세로 도열해 있었다.

"우선 내원의 내, 외무를 모두 맡아 봐주시는 설순평 총관님과 그 아드님!"

그녀가 소개를 시작하자 외수는 한 사람, 한 사람 유심히 머릿속에 집어넣었다. 난제를 해결하기 위해 지금부터 보고 듣는 모든 것은 작은 것도 놓칠 수 없었기 때문이다.

"공자님을 이렇게 다시 뵙게 되어 감개무량합니다. 공자님이 젖먹이일 때 아버님 품에 안겨 있던 걸 뵈었지요. 당시 가주님과 함께 구명지은을 입은 총관 설순평입니다."

지긋한 나이의 총관이 허리까지 숙여 인사를 했다. 그리고 옆의 아들도 바로 이어 머리를 숙였다.

"재무와 출납을 담당하는 설노정입니다. 모시게 되어 기쁩니다."

아버지와 달리 차가운 인상. 눈꼬리가 찢어져 올라간 탓에 반항적인 인상이 강한 중년의 인물.

"그리고 내원 호위장님과 시종장님!"

"호위책무를 맡은 '담곤(譚坤)' 이라 합니다."

사십 중반 언저리. 듬직한 체구와 두툼한 코가 우직한 충성심을 느끼게 하는 자였고.

"시종장 '상희(祥熙)'라 합니다."

비쩍 마른 갈대 같은 느낌을 주는 사람이었다.

편가연의 소개는 계속되었고, 주방의 요리장들까지 모두의 소개와 인사가 끝나자 외수는 문득 호위장 담곤이란 자 앞으로 다시 향했다.

"괜찮다면 호위장님 칼을 구경해도 되겠습니까?"

뜬금없는 외수의 요청에 담곤이 어리둥절해하며 편가연을 쳐다보았다. 편가연도 뜻밖의 상황에 깊은 눈빛을 보이며 원하는 대로 할 것을 지시했다.

쓰르릉!

담곤이 박력 있는 자세로 허리춤의 칼을 뽑아 두 손으로 눕혀 건네었다. 그의 칼은 길지는 않았으나 도면이 넓고 두꺼워 무게 또한 적잖이 나가는 직도 형태의 칼이었다.

모두의 눈이 집중되는 건 말할 것도 없다. 그가 무엇을 하려고 그러나 모두가 궁금해하는 그때, 외수는 칼을 받아 들고 한 번 아래위로 흔들어보더니 특별할 것도 없이 다시 건네었다.

"이것도 아니군."

혼자 중얼거리는 외수.

"궁 공자님, 무엇이 아니라는 말씀이신지?"

심각한 눈빛으로 보고 있던 편가연이 의아해하며 묻자 외수가 대답했다.

"칼을 하나 구하려고 하오. 좀 묵직하고 큰 걸로."

나름 긴장했던 편가연이 안도의 한숨을 내쉬며 궁금해했다.

"칼은 가지고 오시지 않았나요? 그리고 그 호위장님의 칼도 꽤 크고 무거워 보이는데요?"

"가법소. 그리고 가져온 칼은 임시방편이었을 뿐 내 칼이 아니오."

"그런가요? 음, 외원에 대장간이 있긴 하나 무기제작을 하는지는 모르겠군요."

편가연이 호위장 담곤을 쳐다보며 아는 바를 요구하자 그가 얼른 대답을 대신했다.

"하긴 합니다만 질 좋은 도검까지 나오진 않습니다. 갓 들어온 초급 위사들이 연습용으로 가져다 쓰는 정도이고, 제작보단 주로 수리만 해주는 일을 하고 있습니다."

"음, 뛰어난 도검 장인(匠人)이 없다는 뜻이로군요. 그럼 어떡해야 하죠?"

간단명료하고 정확하면서도 외수가 원하는 것을 척척 짚어가는 편가연이었다.

"저희는 무기상점을 이용합니다만, 과연 제가 사용하는 칼보다 더 크고 무거운 게 있을지는 모르겠습니다. 제 칼은 무기상점에서도 가장 크고 무거운 축에 드는 것이라 말이죠."

담곤이 의심스럽단 눈치로 외수를 보며 대답했다. 외수가 자기보다 체격도 작고 근력도 더 나아 보이지 않는 데다 나이조차 어려 과연 그런 칼을 소화할 수 있을지 심히 의심이 가는 모양이었다. 하지만 담곤은 그런 생각을 입 밖으로 꺼내놓진 않았다. 내가공력을 쌓은 고수는 얼마든지 가능한 일이었고, 외수가 그런 고수일지도 모른단 생각이 들었기 때문이었다.

"알아봐 주세요. 상점에선 장인들과 거래를 할 테니 맞춤 제작을 할 방법도 있겠지요."

"알겠습니다."

지시와 복명이 이루어지는 그 순간에 외수가 바로 끼어들었다.

"아니오. 그럴 필요 없소. 내가 사용할 칼이니 직접 알아보겠소."

편가연이 바로 응대했다.

"그러시겠어요? 알겠습니다. 그럼 모두 잘 들으세요. 다들 이미 대총관님께 언질을 받으셨겠지만 여기 궁외수 공자님은 저희 세가의 은인이시고 저의 정혼자이십니다. 앞으로 궁 공자님을 대함에 있어 저를 대하듯 한 치의 소홀함도 없도록 하세요."

"명심하겠습니다, 아가씨!"

편가연이 마무리를 하자 다들 각자의 자리로 흩어져갔다.

"공자님, 음식이 마련되었습니다. 이쪽으로!"

외수는 편가연이 가리키는 일 층의 또 다른 공간으로 그녀와 이동했다. 붉은 보(褓)가 깔린 긴 탁자 위에 갖가지 진귀한 음식들이 차려져 있었고 숙수와 주방 시녀들이 계속 오가며 요리를 더하고 있었다. 외수는 구경조차 해보지 못한 음식들. 그렇다고 구경만 하고 있을 외수는 아니었다. 안내된 자리에 앉으며 외수가 문득 혼잣말을 지껄였다.

"보는 눈들을 세워두고 밥을 먹다니, 코로 들어갈지도 모르겠군."

"크큭!"

외수의 혼잣말에 시녀들과 같이 서 있던 시시가 웃음을 터트렸다.

편가연이 바로 그녀를 돌아보았다. 외수는 그녀가 시시를 혼내려고 그러는 줄 알았다. 한데 그게 아니었다.

"시시, 거기서 뭐 해? 어서 이리 와 앉지 않고?"

그러자 웃음을 떨치지 못하고 있던 시시가 조금 얼굴이 발그레해진 상태로 대답했다.

"아가씨, 이제 궁 공자님께서 계시니 저는……."

외수는 상황을 빠르게 이해했다. 그동안 편가연이 항상 시시와 같이 식사했다는 것을. 하긴 어릴 땐 한 이불, 한 침대에서 같이 자고 놀기도 했다던 그녀들이니 늘 바빴을 편장엽을 대신해 시시가 그녀와 많은 시간을 같이했을 것이라는 건 어렵지 않게 짐작할 수 있는 부분이었다.

"궁 공자님, 괜찮으시죠? 시시와 저는 자매나 다름없는 사이라."

편가연이 의사를 묻자 입에 음식을 넣고 있던 외수가 뭘 그런 걸 묻느냐 듯 고개를 끄덕였다.

"거봐. 괜찮다고 하시잖니. 어서 이쪽으로 와서 앉아."

편가연은 기어이 자신의 옆자리에 시시를 앉혀 같이 식사를 시작했다.

어느 정도 식사를 마쳐가던 중에 외수가 먼저 말을 던졌다.

"앞으로 내가 해야 하는 일이 뭐요?"

고개를 들고 외수를 본 편가연이 진지해졌다. 그리고 가슴 속의 말을 곱씹어보듯 잠시 머뭇거리다가 입을 여는데.

"우선 혼사문제부터 진행을 해야 하지……."

"잠깐만!"

편가연의 말을 자르는 외수.

"그건 전 가주께서 돌아가신 지 얼마 되지도 않았고 하니 세가를 둘러싸고 있는 위협부터 해결하고 난 뒤 천천히 합시다."

편가연의 얼굴에 화색이 번졌다. 믿음직했기 때문일까. 다소 들뜨는 마음을 확인하며 편가연은 말을 받았다.

"저희 극월세가가 처한 저간의 사정을 들으셨겠지만 이렇게 위험한 일에 공자님을 내세우게 되어 염치가 없고 죄스럽습니다. 그러나 이 시점 믿을 수 있는 사람이 공자님뿐입니다. 저는 세가 내부 일정뿐 아니라 외부 일정도 많이 가져야 하는데 지금은 그 모든 게 정지된 상태입니다. 저는 무섭고 두렵습니다. 아버지는 위사들의 호위 속에서도 살해되었고, 범행을 한 자들이 누구이고 목적이 무엇인지 드러난 게 전혀 없습니다. 하지만 언젠가는 반드시 드러나겠지요. 그때까지 저를 보호해 주시고, 그들을 척결할 방안을 모색해 주시길 바랍니다."

솔직한 편가연. 그녀는 간절했고 궁외수는 묵묵했다.

애타는 눈빛의 편가연이었다. 외수가 노려보듯 마주 보는 상태에서 한마디를 던졌다.

"날 믿을 수 있겠소?"

간결했지만 많은 것을 포함한 의미 깊은 물음.

"믿어요! 믿겠어요!"

편가연이 다급히 대답했다.

외수의 고개가 천천히 끄덕여졌다.

"좋소! 그럼 이 시간 이후 당신에겐 위협 따윈 없는 거요."

"무슨 말씀이신지?"

"당신 하고 싶은 대로 하란 거요. 위협 따윈 신경 쓰지 말고. 내가 다 막아주겠소."

"……."

편가연은 말을 잇지 못했다. 감격해서였다. 이보다 미더울 수 없었다. 사건 이후 처음으로 믿음이란 걸 주는 사람. 편가연은 외수에 대해 남아 있던 일말의 의심마저 걷어버렸다. 저렇게 자신 있게 말할 수 있는 사람, 스스로의 확신 없이는 절대 불가능한 일이란 믿음 때문이다.

편가연은 너무나 기쁘고 들뜬 나머지 바로 설순평을 돌아보았다.

"대총관님! 당장 밀려 있던 일정들을 확인해 주세요."

숙수들과 같이 서 있던 설순평도 기쁘게 복명을 했다.

"알겠습니다, 아가씨!"

외수가 먼저 말을 꺼냈다.

"그리고 두 가지 부탁이 있소."

"무엇입니까, 말씀하세요."

"여기 위사들 급료가 어떻게 되오?"

뜬금없는 질문에 갑자기 어벙해진 편가연.

"그… 건 왜?"

"혼자 두고 온 아버지가 신경 쓰여 그렇소. 여기 위사들이 매월 받는 급료만큼만 곤양으로 보내주었으면 좋겠소."

편가연의 얼굴에 어이없단 미소가 번졌다. 그리고 다시 설순평을 불렀다.

"대총관님?"

명을 받은 설순평이 식탁으로 다가와 무언가를 꺼내 내려놓자 그것을 편가연이 다시 외수 앞으로 밀어놓았다.

전낭(錢囊). 즉, 돈주머니와 수술이 달린 작은 패찰이었다.

"말씀하신 것은 그리하도록 하겠습니다. 그리고 이건 필요하실 때 쓰실 돈과 신분패찰입니다. 돈은 사용하시고 모자라면 언제든 아랫사람들을 통해 여기 대총관님이나 아까 인사 받으셨던 재무총관에게 요구하시면 됩니다. 그리고 신분패는 저희 월가인을 증명하는 패찰입니다. 급하실 때 우리 전국 어느 전장에서든 출금할 수 있습니다. 특급신분 패찰이라 굳이 우리 극월세가의 전장이 아니더라도 급전융통이 가능합니다."

"알겠소."

외수는 두말없이 전낭과 패찰을 챙겨 넣었다. 안의 액수 따윈 확인하지도 않았다.

"그리고 또 한 가지는 무엇입니까?"

"시시를 당분간 별채에 있도록 해주시오."

"그건 또 어째서인지 여쭤도 되겠습니까?"

"음, 모든 게 낯설고 불편하오. 그녀가 편하기도 하고 또 여러 가지 도움을 받을 게 있어 그러오."

편가연은 망설임이 없었다.

"시시?"

편가연이 돌아보자 바로 알아들은 시시가 조용히 일어서며 외수의 뜻을 받들었다.

"그리하겠어요, 공자님!"

편가연도 일어났다.

"공자님, 이 층으로 가서요. 차는 제 방에서 드시는 게 좋겠어요. 이 층 구조도 확인하실 겸."

넓은 계단을 따라 위층으로 올라온 외수는 텅 빈 느낌의 공간을 확인할 수 있었다. 화려하고 번쩍이는 온갖 장식으로 꾸며진 일 층과는 전혀 달랐다. 넓고 매끈한 바닥에 미끄럼을 방지하기 위한 주단이 각 방을 향해 깔렸을 뿐, 작은 장식을 위한 꽃병 하나조차 없었다.

전 가주 편장엽이 썼던 것으로 보이는 방과 서재, 집무실 등이 보였으나 사람 온기가 느껴지는 방은 양쪽으로 위사들이 기립해 있는 곳뿐이었다.

공허함마저 느껴지는 거대한 공간. 편가연의 방 안도 마찬가지였다. 한쪽에 침대와 화병, 책상 등 몇몇 가구와 장식이 있었지만, 그것으로 공간을 채우기엔 부족했다. 창가의 응접탁자와긴 의자가 놓인 곳까지도 한참(?) 걸어야 했다.

"마치 요새 같구려."

낮은 응접탁자를 두고 다시 마주 앉은 외수가 방을 둘러보며 혼잣말처럼 중얼거리자 편가연이 빙긋이 웃었다.

"어떤가요?"

"내부 배신자만 없다면 외부의 침입자가 들어오긴 힘들 것 같소."

"지금까지 세가 내에선 문제가 발생하지 않은 걸 보면 내부의 적은 아닌 듯싶기도 해요."

외수는 견고하기 이를 데 없는 천장과 벽, 창문을 다시 한 번 쳐다보며 고개를 끄덕였다.

잠시 후 차가 올라왔다. 차를 마시는 사이 대총관 설순평도 올라왔다.

"대총관님, 가장 가까운 일정이 뭐죠?"

"금릉(金陵)의 사업장 시찰과 열흘 후 '대륙천가'에 열리는 오대상회(五大商會) 간 연합회의가 있습니다."

외수는 몰랐지만, 오대상회는 십대 부호 중에서도 특히 막대한 금력으로 거대 사업을 벌이는 다섯 가문을 따로 일컫는 말이었다. 그들 다섯 가문은 일 년에 두 번씩 돌아가며 모임을 주최하고 있었는데, 이번이 안휘성(安徽省) 회령(回岺)에 위치한 대륙천가가 주관하는 회의였다.

"열흘 후라. 그럼 최소한 사흘 안에는 출발해야 된다는 뜻이로군요."

"그렇습니다, 아가씨! 하지만 그들도 우리 상황을 아는 터라 이번엔 굳이 아가씨께서 참석하지 않으셔도 이해할 겁니다. 외원의 수뇌 중 몇을 보내려 계획하고 있습니다."

설순평의 말에 편가연이 심각하게 고민을 하는 듯하더니 결연한 눈빛을 번뜩이며 말했다.

"아니에요. 참석하겠다고 통지해 주세요. 언제까지 이렇게 놈들이 나타나길 기다릴 순 없어요. 움직여 보겠어요. 제가!"

편가연은 바로 외수를 돌아보았다.

"공자님, 괜찮으시겠어요? 대륙천가는 안휘에 있어 오가기엔 상당한 시일이 소요되는 거리입니다."

비스듬히 기대앉아 있던 외수가 슬며시 상체를 세우며 대꾸했다.

"편가연 소저! 다시 한 번 확인시켜 드리겠소. 나에게 그런 질문 하지 마시오. 그냥 하고 싶은 대로 하시오."

"……"

어떠한 상황에서도 무조건 지켜주겠단 뜻. 편가연은 다시 한 번 감동했다.

외수가 자리를 털고 일어났다.

"흠, 바쁘겠군. 시시, 나 좀 따라가지!"

편가연도 놀라 따라 일어서며 물었다.

"공자님, 어딜……?"

"나도 준비를 해야지 않겠소. 누가 안내를 해줘야 돌아다니지."

외수는 편가연과의 사이에서 어쩔 줄을 모르고 있는 시시가 따라오는지 확인하지도 않고 편가연의 방을 빠져나갔다.

第七章

첫날

잔인?

난 당신들만큼 고수가 아냐. 급소나 혈도 따위도 모르고.

어느 정도 찔러야 죽는지 어떻게 알아. 단칼에 죽일 능력이 없는 걸 어떡해! 죽이지 않으면 죽는 판에 자를 가지고 다니며 치수 재가며 찌를까?

당신들은 그렇게 죽여?

—꾸짖는 무림 명숙들을 향한 궁외수의 항변

'화평(和平)' 이란 깃발이 걸린 객잔. 극월세가 정문에서 바로 바라보이는 곳인데, 극월세가를 드나드는 사람들 덕분에 손님이 많은 것인지 아래위로 꽤 큰 규모를 자랑하는 그 객잔 노대에 네 명의 남녀노소가 마주앉아 하는 일 없이 무료한 시간만 보내고 있다.

다들 늘어져 지루한 모습. 그런데 객잔 멀지 않은 곳에서 그들을 보고 있던 한 사람이 조심스럽게 다가섰다.

"저기, 혹시 세 분 존장들께서는 무당, 아미, 점창의 '삼성' 어르신들이 아닌지요?"

등에 검을 멘 중년의 인물이었다.

"누가? 우리가?"

가장 무료하게 늘어져 있던 추레한 늙은이가 펄쩍 뛰는 시늉을 하며 손사래를 쳤다.

"에이, 아니야. 그냥 하고 있는 꼴이 비슷할 뿐이지. 잘못 봤어!"

아니라는데 어쩔 것인가. 몹시도 정중한 자세를 취하며 다가섰던 중년인이 그래도 미심쩍다는 듯 고개를 갸웃거리며 물러났다.

"이거 안 되겠군. 변장이라도 하든가 해야지, 원. 이게 너희 때문이잖아. 그 도복과 승복이라도 좀 벗어 던져! 어중이떠중이 온 세상 사람들 다 알아보겠네."

눈에 띄기야 그 자신이 가장 띄는 우치 구대통이 괜히 애먼 탓을 하며 심술을 부렸다.

그러자 주미기 그녀의 주둥이가 가만있을 리 없었다.

"아하하, 똥 묻은 개가 겨 묻은 개 나무라는 격이네? 깔깔깔!"

"뭐야?"

구대통이 발끈하며 눈깔을 뒤집었다.

"내가 오늘 이놈을 땅속에 파묻어 버리든지 해야지, 도저히……!"

또 팔뚝을 걷어붙이며 벌떡 일어나는 구대통이었지만 그의 요란함은 명원신니의 심각한 목소리에 바로 저지되었다.

"우치 오라버니, 장난치지 말고 앉아보세요."

찍소리 없이 앉고 마는 구대통.

"우치 오라버니, 그리고 무양 사형! 그 녀석을 어떻게 처리할 겁니까?"

구대통이 긴 한숨과 함께 극월세가 정문을 바라보며 말했다.

"모르겠다. 네 말을 듣고도 그런 놈이 있다는 게 솔직히 믿기지가 않아."

무양 역시 시선을 고정한 채 대답했다.

"일단 봐야겠지. 영마로서 극마의 인성을 지닌 놈인지 아니면 개선의 여지가 있는 놈인지."

그러자 구대통이 돌아보며 물었다.

"개선의 여지가 없는 놈이면?"

명원도 낮게 눈빛을 가라앉히며 물었다.

"죽일 겁니까?"

"그래야 한다면!"

무양의 대답은 애석함을 넘어 단호했다.

극월세가 정문에서 눈을 거두지 못하는 무양.

"알지 않느냐. 지금까지 영마의 몸뚱이를 가졌던 놈은 그 살성을 이겨낸 적이 없다. 끝내 피를 불렀고, 끔찍하기 그지없는 살육들을 자행해 왔지."

무양진인은 육십 년 전 무당파의 제자였고 자신의 동기였던 '무진'의 경우를 얘기하고 있었다. 그때 희생되었던 사람이 무당파에서만 서른 명이 넘고, 그를 잡기 위해 나섰던 동도와 무림군웅들까지 합치면 백여 명에 이르는 사람들이 희생되었었다.

"뿐만 아니라 가장 최근 마도 통일의 혈겁을 일으켰던 일월천교 '첩혈사왕'이란 자가 그러하다 들었다. 수만 명이 희생된 마도 전쟁의 승리를 주도한 자!"

무양의 말에 구대통이 의문을 표출했다.

"그런데 그 인간은 어떻게 된 거야? 일월천을 승자로 이끈 후 부교주가 되었다고 하더니만 그 후 족적이 안 보여?"

"소문만 무성해! 마도전쟁의 부상 후유증으로 죽었다는 얘기 도 있고, 모처에 은거해 요양 중이라는 설도 있어. 또 그가 부교 주 권좌에 오르자 그를 두려워한 교주와 원로원 등이 서로 짜고 제거했다는 설도 있고."

"그래? 어쨌든 그 이름이 사라진 뒤로부터 요즘 마도가 심상 치 않아! 다시 분열 조짐까지 보이며 통일 당시의 강함에 비해 많이 약해졌단 소문이 들려!"

"그렇겠지! 마도 통일은 거의 그와 그가 이끌던 '철혈마군(鐵 血魔軍)' 일천 명이 이뤄낸 성과였으니까. 모든 싸움의 구심점 이었던 그 강력한 존재가 사라졌으니 힘에 굴복하고 복속되었 던 마도 계파들이 기회를 엿보며 너도 나도 움직이려 하지 않겠 어. 너무 거대한 패권이야. 그래서 '군림(君臨)'이 어려운 것이 고."

"흠, 어찌 되었든 우리로선 다행이야. 마도 역사상 가장 강한 인물이라고 하더군. 그 무시무시한 인간이 마도를 통일했을 때 우리가 얼마나 긴장했었냐고. 다음 행보가 중원을 넘보는 것이 아닌가 하고 말이야. 그가 사라진 것도 그렇고 그 강력했던 일 월천이 약세로 돌아선 것도 우리로선 무조건 쌍수 들고 반길 일 이지."

"그래! 직접 보진 못했지만 그자 역시 영마라 했는데, 그가 멀 쩡한 상태를 유지해 중원을 노렸다면 정말 끔찍한 일이 벌어졌 을 거야."

"그리 강한 기운의 영마라 하진 않던데?"

"영마는 영마야! 약한 기운의 영마도 무서운 법이지. 반드시 세상의 재앙이 되는!"

무양이 깊은 침음을 흘렸다. 영마에 대해 절대 관대할 수 없는 무당인으로서 그가 가진 고통이 느껴지는 침음이었다.

분위기는 무겁게 내리눌려 한동안 침묵만 유지되었다.

그 침묵을 깬 건 답답함을 느낀 구대통이었다.

"젠장! 그나저나 대체 언제나 그놈 얼굴을 볼 수 있는 거야? 뭘 봐야 죽이든 살리든 하지. 안에서 뭘 하는지도 모르고 계속 이렇게 죽치고 있어야 하는 거야?"

구대통의 푸념에 지금까지 잠자코 듣고만 있던 미기가 콧방귀를 뀌며 발딱 일어섰다.

"흥, 멍청해!"

느닷없이 자리를 벗어나 길거리로 나서는 미기.

"너 어디 가냐?"

"기다려 봐! 내가 그놈 잡아다 줄 테니까!"

"뭐, 뭐야?"

구대통뿐 아니라 명원과 무양도 눈이 휘둥그레졌다.

"저저저, 천방지축! 뭐하냐, 어서 저놈 좀 잡지 않고? 야야, 이놈아, 거기 서! 서지 못해?"

구대통이 허둥지둥 설쳤지만 이미 늦었다. 미기는 앙증맞게 팔짱을 낀 채 쬐끄만 엉덩이를 삐죽대며 곧장 극월세가 정문을 들이닥치고 있었다.

　　　　　*　　　　　*　　　　　*

　"누가 왔다고?"

　편가연은 정문으로부터 달려온 위사의 말에 어리둥절해했다. 금평왕부(金平王府)의 공주가 왜?

　"틀림없이 '영령공주(寧玲公主)'라 했습니다. 금평왕부의 어인(御印)이 찍힌 신분증명서와 황족 어패(御牌)까지 확인했습니다."

　"그런데 혼자 왔다고요? 수행자나 호위들도 없이?"

　"그렇습니다, 아가씨!"

　"지금 어디 있나요?"

　"외원의 접빈각으로 모시려 했습니다만 굳이 사양하시고 정문에 그대로 계십니다."

　"어째서요?"

　"궁외수란 사람을 찾아왔답니다. 기다릴 테니 일각(一刻) 안에 찾아 대령하라고 호통이십니다."

　"네에? 금평왕부 공주가 그분을 왜?"

　당최 알 수 없는 일에 어안마저 벙벙해진 편가연이었다. 금평왕부는 현 황제의 첫째 동생인 금평왕 '주철민(朱喆玫)'이 기거하는 곳이었다. 그런 금평왕부에서 극월세가를 찾을 일도 없을뿐더러 그곳의 공주가 이제 막 세상에 나온 자신의 정혼자를 찾는다는 것은 더더욱 이해가 되지 않았다.

　편가연은 바로 설순평을 돌아보고 물었다.

　"궁외수 님이 어디로 간다고 하셨죠?"

"칼을 구하러 간다고 시시를 앞세우신 것 같은데, 아마 외원 대장간부터 들리실 모양이었습니다."

"사람을 보내서 아직 세가 안에 계시면 정문으로 모시고 오세요."

"어찌시려고……?"

"나가봐야지요."

"하지만 궁 공자님을 찾는다고?"

"어째서 그를 찾는 것인지 직접 확인해야겠어요."

*　　　*　　　*

시시의 눈에 칼을 거꾸로 잡고 세가 안을 걷는 외수는 멋있었다. 더없이 당당하고 믿음직해 보여 기분이 좋았다.

"공자님, 외원의 대장간엔 쓸 만한 칼이 없을 거라고 내원호위장님이 그러셨잖아요."

"알아! 좋은 칼 아니어도 돼! 특별한 걸 찾는 게 아니니까. 좋은 게 어떤 건지도 모르고."

따라나선 시시는 헛걸음하는 게 아닌가 걱정이 됐지만 그가 원하는 대로 일단 길 안내를 하는 중인데, 그녀도 대장간의 위치까지는 몰라 물어물어 찾아가는 중이었다.

"공자님, 아가씨 어땠어요?"

"뭐가?"

"아이참, 혼인할 사이인데 처음 만난 느낌이 어떠냐고요?"

"그냥 뭐, 음!"

말하기 곤란해하는 외수를 보며 시시가 싱긋이 웃었다.

"내 말이 맞죠? 아름답고 똑똑하고, 그 백옥 같은 피부에 높은 콧날, 깊은 눈동자까지."

시시가 자랑스럽게 말했으나 외수는 대꾸하지 않고 외원의 또 다른 풍경에 눈을 주며 말을 돌렸다.

"그런데 여긴 원래 이렇게 넓은 거야?"

커다란 전각군 뒤쪽으로 빠져나오자 멀리 수림이 우거진 곳이 보였다. 대나무가 자란 곳이 있는가 하면 송림이 울창한 곳도 있었다.

"뭐 둘레만 사십여 리라니까 넓긴 넓죠? 공자님, 저쪽인가 봐요."

시시가 죽림(竹林) 너머로 허연 연기가 피어오르는 집을 발견하고 손을 뻗었다. 무성한 대나무 숲을 따라 돌아가자 땅땅 쇠망치 두들기는 소리도 들렸다. 서로 연결되어 붙은 몇 채의 가옥. 지금까지 본 세가 내 풍경들과는 전혀 다른 풍경이 거기 있었다.

대장간이 여타 생활공간과는 거리를 둔다지만 그래도 조금 먼 느낌이었다.

그런데 외수와 시시가 대장간을 향해 무심코 걸음을 옮기고 있을 때였다.

"네놈이로구나!"

느닷없이 길옆 조금 높은 곳에서 튀어나온 누군가의 목소리에 시시가 뒤집어질 듯 화들짝 놀랐다.

외수의 눈이 돌아간 그곳에 웬 쪼그라진 늙은이가 웅크리고 앉아 있었다. 대장간으로부터 대나무 숲으로 둔덕이 져 올라간 작은 오솔길이었다.

"놀랐잖아요, 할아버지!"

시시가 놀란 가슴을 다독이며 울상을 하고 소리쳤다. 그러나 노인은 들은 척도 않고 외수만 노려보고 있었다.

"누구요?"

외수가 그를 찬찬히 살피며 물었다. 워낙 작은 체구에 쪼글쪼글해 나이를 짐작하기 어려운 노인. 외수 키의 반도 안 될 듯한데 쭈그리고 앉아 있기까지 하니 마치 작은 무언가를 돌돌 뭉쳐 놓은 것 같은 느낌이었고, 등까지 구부정해 꼽추일지 모른단 생각도 들었다. 허연 수염이 있긴 해도 그마저 몇 가닥 되지 않아 전체적으로 엉성한 느낌만 자아내는 노인.

생긴 꼴과는 달리 으스스한 눈초리와 음성으로 그가 대답했다.

"알 것 없고, 여긴 왜 왔느냐?"

"대장간에 칼을 구하러 왔소."

"없다!"

"밑도 끝도 없이 무슨 대답이오?"

"네놈에게 줄 칼은 없단 말이다. 돌아가!"

외수의 눈초리가 휘어졌다.

"내가 어떤 걸 원하는지 어떻게 알고?"

"대나무들이 떨고 있는 게 안 보이느냐."

"……?"

뭔 소린지 모르는 외수는 고개를 들어 숲을 올려다보았다. 하늘을 받쳐 인 대나무들. 바람에 댓잎 사각대는 소리밖에 들리지 않았다. 외수는 다시 노인을 보았다.

"바람에 흔들리는 대나무가 나와 무슨 상관이라는 거요?"

"바람? 네 눈엔 이게 바람에 흔들리는 것으로 보이느냐?"

"그럼 내가 대나무를 잡아 흔들기라도 했단 말이오?"

"너 때문에 들끓고 있다지 않느냐. 네놈이 나타나는 바람에!"

"그 무슨 말 같지도 않은 소리요. 노망났소, 영감?"

외수는 노인이 늙어 망령이 든 것이라 생각했다.

"시끄러워! 너도 시끄럽고 너 때문에 내 보금자리인 대나무 숲 전체가 시끄러워! 당장 그 역겨운 몸뚱이 끌고 사라져!"

"……."

발딱 일어서 바락바락 악을 써대는 노인 때문에 외수는 기분이 몹시 나빠졌다.

"싫소! 난 칼을 구하러 왔고 내게 맞는 칼이 있는지 확인해야 겠소."

시시도 거들었다.

"할아버지, 말씀 조심하세요. 이분은 가주이신 편가연 아가씨와 혼인할 정혼자세요."

"……?"

노인이 눈을 치뜨며 주춤대더니 고함을 질렀다.

"뭐라? 네놈이 죽은 편장엽의 사위 될 놈이라고?"

다시 시시가 받아쳤다.

"그래요. 돌아가신 가주님께서 정한 분이세요."

"미쳤군!"

시시의 말에 노인이 콧방귀만 꼈다.

"할아버지?"

시시가 거듭 화를 냈으나 노인은 여전히 막무가내였다.

"돌아가라! 들어가 봤자 네놈 쓸 만한 칼도 없고 줄 수 있는 칼도 없다."

"흥, 이상한 할아버지셔. 가요, 공자님! 밖에 나가서 찾아봐요."

시시가 못 참겠다는 듯 외수를 잡아 돌리며 애를 썼다. 노인을 노려보는 외수. 그런데 그때 마침 두 사람을 부르며 달려오는 자가 있었다.

"시시! 공자님!"

내원의 시종이었다.

"무슨 일이에요?"

"아가씨께서 찾고 계십니다. 서둘러 세가 정문으로 모시고 오라 하셨습니다."

"세가 정문이요?"

외수와 시시가 시종을 따라 떠나는 걸 지켜보고 있던 노인이 두 사람이 완전히 시야에서 사라지자 가만히 자기 손을 내려다보았다.

격한 감정에 일렁이는 눈. 어느 순간 그는 몸까지 부들부들 떨었다.

"이놈의 손! 피를 원하는 도검 따위 만드는 이 손을 잘라 버려야 돼!"

갑자기 혼자 중얼거린 그가 대나무 숲 속으로 달려 올라갔다.

"잘라야 돼! 잘라 버려야 돼!"

연신 중얼거리며 미친 듯이 대나무 숲을 달려 올라간 그의 앞에 조그만 초옥이 나타났고, 작은 마당 한쪽에 도착한 그는 장작을 패는 곳인 듯한 둥그런 통나무 위에 자신의 손을 올려놓곤 옆에 박혀 있던 도끼를 뽑아 번쩍 처들었다.

"이익……."

금방이라도 내려쳐질 듯 들린 도끼. 그러나 내려쳐지진 못하고 달달 떠는 상태로 애꿎은 시간만 흘렀다.

'잘라야 돼, 잘라 버려야 돼!'

두 눈에 이글대는 노인이 격정은 열화(熱火)와 같았으나 도끼를 처든 손은 쉽게 내려가지 못했다.

쾅!

결국, 한참 만에 내려 찍힌 도끼. 그러나 도끼는 올려놓은 손을 비껴 옆으로 박혔다.

노인은 스스로에 대한 한탄으로 눈물을 뿌렸다.

"망할 놈의 몸뚱이! 어째서 죽지 못하고 산단 말이냐. 어째서!"

*   *   *

극월세가 정문에 비상이 걸렸다. 모든 출입은 잠시 통제되었고, 경계의 눈들이 날이 섰다.

세가 안팎으로 증강된 위사들이 수도 없이 도열했고, 그 도열한 위사들 속에서 신임 가주 편가연이 등장했다.

　내원 종사자들과 호위무사들의 빈틈없는 경호 속에 천천히 걸어 나온 그녀는 정문 위사의 안내를 받아 기다리고 있던 한 소녀 앞에 이르러 다소곳이 인사를 했다.

　"극월세가 편가연이 영령공주께 인사 올립니다."

　최고급 의상에 흔히 볼 수 없는 진귀한 보석 장신구로 멋을 낸 소녀. 영령공주가 이처럼 어린 소녀일 줄 몰랐던 편가연은 조금 당황스러워했다.

　"네가 여기 주인이야? 난 널 찾은 게 아닌데?"

　여전히 팔짱을 끼고 새침한 표정을 한 열여섯 살 소녀 미기. 그녀가 금평왕의 금지옥엽 주영령(朱寧玲), 주미기였다.

　"그리고 왜 이렇게 요란을 떨지? 무슨 전쟁 났어?"

　"심기를 어지럽혔다면 사죄드립니다. 한데 마마께서 어떤 연유로 저희 궁 공자님을 찾으시는 것인지?"

　"저희 궁 공자? 그 인간이 너희랑 무슨 관겐데?"

　주영령을 보는 편가연의 눈초리에 언짢음이 살짝 비쳤다.

　"저의 부군이 되실 분입니다만?"

　"뭐?"

　견고함을 유지하던 팔짱까지 확 풀며 당황스러워하는 미기.

　"혼인을 할… 사람이라고?"

　편가연은 그런 그녀의 눈치를 살피며 고개를 끄덕였다.

　"그렇습니다. 태어난 순간부터 혼인 약조가 되어 있는 저의 정혼자입니다. 그분께 무슨 문제가 있는지요?"

　"아냐! 알 필요 없어! 마침 저기 오는군."

편가연의 물음을 손을 내저어 외면한 미기가 시시와 함께 오는 외수를 발견했다.

"무슨 일이오?"

외수가 끝없이 펼쳐진 삭막한 경계 분위기를 의아해하며 다가오자 편가연이 차분히 맞이해 대답했다.

"금평왕부의 공주마마께서 공자님을 찾아오셨기에 무슨 일인가 싶어 나와 보았습니다."

"금평왕부?"

무슨 소리냔 얼굴로 돌아보는 외수. 그리고 낯익은 미기를 확인하곤 더 어리둥절한 표정을 했다.

"뭐야? 날 찾은 게 너냐? 네가 공주라고?"

"왜? 내가 공주면 안 되는 거야? 잔소리 말고 따라와!"

뾰로통한 미기가 다시 팔짱을 끼고 획 돌아서 갔다. 하지만 외수는 우두커니 서서 되물음만 던질 뿐이었다.

"왜?"

꿈쩍도 않는 외수를 어쩔 수 없이 돌아보는 미기.

"너, 죽고 싶어?"

"……"

미기가 그 말을 끝으로 잠깐 쏘아보다 다시 걸음을 재촉해 갔다. 가만히 보고 있던 외수가 천천히 그녀를 쫓아 나섰다. 그러자 편가연과 시시도 바로 뒤따라 움직였다.

"어, 이 노인네들 어디 갔어?"

있어야 할 자리에 명원과 구대통, 무양이 보이지 않자 미기는 황당해했다. 그럴 수밖에 없었다. 극월세가 위사들이 길거리로 쏟아져 나오던 그 순간부터 이미 세 사람은 객잔 지붕 위로 피신(?)한 상태였다. 무림삼성이나 되는 인간들이 피지도 못한 젊은이 하날 죽이러 다닌다고 전국에 소문날 일이 없었기 때문이다.

하지만 지붕 위에 납작 엎드린 지금 그들의 꼴도 천하에서 가장 추앙 받는 존재라 하기엔 너무 우스운 자세들을 하고 있었다.

구대통이 투덜거렸다.

"야, 명원아! 도대체 왜 저런 애물단지를 제자로 받은 거냐? 금평왕부에서 협박당했냐?"

"후후후, 오라버닌 협박 받으면 제자 거둬요? 오라버니도 봐서 알잖아요. 덜렁대고 제멋대로라서 그렇지 재주 있는 놈이라는 거! 무공에 미친 녀석이에요. 금평왕이 직접 데려왔더라고요. 바로 좀 가르쳐 달라고. 벌써 '소청신공(小淸神功)'을 몸에 지니고 '난피풍검법(亂披風劍法)'을 숙달해 가고 중이에요."

"그러냐. 하긴 아미산이 왕부 따위 눈치 볼 리가 없지. 근데 왜 아직까지 저년 주둥이 수련은 못 시키는 것이냐, 쯧쯧."

"호호호, 어떡해요. 그냥 지금처럼 예쁘게 봐주세요. 어릴 때부터 워낙 애지중지 자라서 아예 천성이 돼버려 그런 것을. 그래도 때론 귀여운 구석이 있잖아요."

"귀여워? 됐다, 됐어! 두 번 귀여웠다간 내 수염마저 다 뽑아놓을 녀석이 무슨!"

"호호호, 호호!"

지붕 위 무림삼성이 자기들끼리 쑥덕대고 있을 때, 객잔 아래 미기는 자신의 민망함을 수습해야 했다.

"너, 여기서 잠깐 기다려!"

머쓱하게 턱짓으로 자리를 가리키는 미기.

외수가 네 사람의 흔적이 남아 있는 자리와 객잔을 쭉 쓸어보고 미기와 눈을 마주했다.

노려보는 눈. 미기는 자기도 모르게 움찔했다. 명원이 말한 것도 있고, 자기가 보기에도 야수가 노려보는 것 같은 섬뜩한 눈초리였기 때문인데, 마치 주위의 모든 무서운 기운이 자신을 포위하고 그 속에 혼자 갇힌 느낌이었다.

한동안 미기를 얼어붙게 만든 외수가 천천히 한마디를 던졌다.

"한 번만 더 이런 장난치면 죽는다."

"……"

낮고 느린 목소리. 미기는 그게 더 무서웠다.

"똑바로 전해! 귀찮게 하지 말라고!"

그 말을 끝으로 외수는 돌아섰다. 미기는 멍하니 그냥 섰고, 뒤쪽 조금 거리를 둔 곳에서 편가연과 같이 지켜보던 시시가 즉시 외수를 쫓아 움직였다. 외수가 가는 방향이 극월세가가 아닌 마을 쪽이었기 때문이다.

그가 몹시 사나운 기운을 흘리며 자리를 뜨자 편가연도 잠시 미기의 기색을 살피며 지켜보다 일단 아무 말 없이 물러났다.

* * *

"다들 어디로 튀었다 왔어?"

바짝 독이 오른 미기. 뒤늦게 슬그머니 나타난 무림삼성에게 무자비한 도끼눈을 난사해 댔다.

우치 구대통이 어처구니없다는 듯 콧방귀로 응수했다.

"그럼, 이놈아! 여기 멀거니 앉아서 그 많은 사람들 앞에 낯을 팔까? 우린 네놈처럼 낯짝이 두껍지 못해!"

"흥! 핑계는! 어쨌거나 틀렸어!"

"엥, 뭔 소리냐?"

"그 인간 못 죽여!"

"왜?"

"아까 궁외수란 녀석 따라 나온 번쩍번쩍 반짝이는 애 봤지?"

편가연을 '번쩍번쩍 반짝이는 애'로 표현하는 미기였다.

"그런데?"

"궁외수란 녀석이 그 애 정혼자래."

"그 애가 누군데?"

"극월세가주!"

"업?"

헛숨을 들이키는 우치 구대통. 명원과 무양도 구대통 만큼 놀라 눈이 둥그레졌다.

"저, 정말이냐? 확실한 정보야?"

"그래! 아주 어릴 때부터 정해진 사이고, 곧 혼례도 치를 기세던데? 그러니 어떻게 죽여? 끝났지!"

약 올리듯 콧방귀를 풍풍 뀌어대는 미기.

세 사람은 멍한 상태로 서로의 얼굴을 쳐다보았다. 미기 말대로 정말 그렇다면 죽인다는 건 거의 물 건너 간 것이다. 극월세가가 어떤 곳인가. 만백성의 사랑을 독차지하는 유일한 대상(大商) 가문 아닌가. 황실보다도 더 떠받들고 칭송받는 곳이 극월세가인 것이다.

뿐만 아니라 백성의 지지는 제쳐 두고라도 그들이 지닌 금력(金力)과 인력(人力)은 또 어떠한가. 그 금력과 인력을 권력과 무력으로 바꾸려고 마음만 먹는다면 나라도 뒤집어엎을 힘을 갖출 것이라는 곳이 극월세가였다.

무림삼성은 답답했다. 그래도 그런 것 다 무시하고 무림의 안녕을 위해 작심하고 몰래 죽일 순 있었다. 그러나 차후 발각되어 알려지는 날에는 세 사람뿐 아니라 무당, 아미, 점창은 그야말로 끝장인 것이다. 극월세가도 가만있지 않겠지만 그들을 떠받드는 천하 만민의 원성을 어떻게 감당할 것인가. 그러잖아도 가주를 잃은 극월세가인데.

미기도 그걸 알기에 실실 웃으며 놀리는 것이어서 더 골이 지끈거리는 세 사람이었다.

하필이면 극월세가의 신임 가주와 혼인할 인간이라니.

구대통과 무양은 동시에 원망스런 눈초리로 명원을 째려보았다. 아무도 모르는 곳에서 처음 만났을 때 그냥 죽여 버리지 않고 놔뒀냐는 원망.

세 사람은 어쩔 수 없이 다시 머릴 맞댔다. 뭔가 다른 특단의 대책을 기필코 강구해야 했다.

"공자님, 무기상점으로 가실 거죠?"

거리로 나온 시시가 묻자 외수는 고개를 저었다.

"아니! 그냥 책방으로 가줘!"

"책방이요? 거긴 왜?"

"살 게 있어서. 가보면 알아!"

시시는 왜 그가 갑자기 책방을 찾는 것인지 궁금했지만 일단 책방이 있는 작은 골목을 찾아 들었다. 골목을 꺾어 들자마자 길 앞까지 책들을 쌓아놓은 가게가 있었고, 시시는 그 앞에서 외수와 멈추었다.

"여기예요, 공자님!"

종이 냄새가 확 풍겼다. 새 책과 헌책뿐 아니라 오래된 고서들까지 빽빽하게 쌓인 가게. 하얀 건(巾)을 쓴 중년인이 옷자락에 묻은 먼지를 털며 나와 맞았다.

"어서 오십시오. 무엇을 찾으시는지?"

"무공 서적들이 있소?"

"예, 당연히 있긴 합니다만 워낙 다양한 종류라."

"도검 쓰는 법에 대해 기술한 책을 주시오."

"알겠습니다. 잠시만 기다리십시오."

주인이 여기저기 뒤지며 책들을 뽑아내기 시작했다.

시시는 의아한 표정으로 외수를 보았다. 그가 왜 이런 곳에서 무공서적을 찾는 것인지. 이런 책방에서 구할 수 있는 무공 관련 서적이라고 해봐야 거의 쓸모도 없는 잡다한 것들이 대부분이라는 건 자신도 알고 있는 사실이었다.

시시가 궁금해하는 사이 주인이 두 권의 책을 들고 와 내밀었다. 아나나 다를까, 겉표지를 본 시시는 자신의 생각이 틀리지 않았다는 걸 바로 확인했다.

"손님, 진품으로만 골랐습니다."

"시시!"

"네, 공자님!"

"읽어봐!"

"네?"

"읽어보라니까!"

"파천… 대구식(波天大九式)!"

"이건?"

"삼재검법(三才劍法)!"

시시가 시키는 대로 읽어주자 외수는 고개를 끄덕이며 두 권의 책을 번갈아 보았다. 그리고 두 권 중 한 권은 던져 놓으며 주인에게 말했다.

"우선 이걸로 하겠소. 얼마요?"

"이십 문입니다, 손님!"

외수가 고른 책은 파천대구식이란 거창한 이름의 조금 두툼한 책이었다. 시시는 외수가 틀림없이 이름에 혹했을 거라 생각했다. 자기가 봐도 삼재검법이란 촌스런 이름보단 파천대구식이 더 멋졌기 때문이었다.

편가연이 준 전낭을 품속에서 꺼내 뒤적거리는 외수. 동전이 보이지 않고 순 종이돈만 있었기 때문인데, 적힌 숫자를 못 읽는 외수는 어쩔 수 없이 한 장을 꺼내 내밀었다. 까짓것 종이돈이라고 해봤자 얼마나 되겠냐 싶어서였다. 그런데 받아든 주인이 눈알이 튀어나올 듯 까뒤집으며 헛숨을 토했다.

"소, 소소소손님! 이, 이건 이 책방의 모든 책을 사고도 남을 돈인데요?"

"뭐요?"

"이, 이건 은자 전표도 아니고 금자 전표이지 않습니까. 책 한 권에 이렇게 큰돈을 내놓으시면……?"

외수가 다시 주머니를 뒤졌다. 하지만 똑같은 표기가 된 전표들뿐이었다.

"이 여자가 날 놀리려고!"

외수는 편가연이 장난을 친 것이라 생각했다. 그동안 만져 보기는커녕 구경조차 해본 적 없는 큰돈.

"시시, 돈 가진 거 있지? 계산 좀 해!"

당최 얼떨떨한 시시. 일단 주섬주섬 돈을 꺼내 책값을 치렀다.

돌아오는 길에 시시는 힐끔힐끔 외수의 눈치를 보다 결국 조심스럽게 물었다.

"공자님, 혹시… 글을 모르세요?"

대답은 너무 선뜻 나왔다.

"모른다고 말하지 않았나?"

"아니요. 그냥 가출이란 글만 써 붙여달라고……."

"그게 그거지. 나 글 몰라. 배우지 못했어. 내 이름 석 자와 숫자 따위 몇 글자 외엔."

시시는 당혹스러웠다. 생각지도 못한 충격에 정신이 멍하기까지 했다.

"그래서 시시가 좀 도와줘야겠어."

"네?"

"책을 왜 샀겠어? 대신 좀 읽어주면 좋겠어. 오늘 밤부터!"

점점 어지러운 시시.

"알겠어요. 그, 그러겠어요."

우선 대답은 했지만 시시는 뭘 어떡해야 될지 갈피를 잡을 수가 없었다.

"다녀오셨습니까, 공자님!"

우렁찬 목소리의 정문 위장이 느닷없이 외수 앞에 허리를 팍 꺾어 자빠뜨렸다. 그리고 생글생글 웃는 표정. 외수가 편가연의 정혼자라는 사실이 이미 세가 내에 파다하게 퍼져 버린 탓이다.

그러거나 말거나 정문을 통과한 외수는 내원을 향해 가던 걸음을 문득 멈추고 시시를 돌아보았다.

"먼저 가 있어. 난 대장간에 다시 들렀다 가야겠어."

시시가 짐짓 놀라는 시늉을 했다.

"그 이상한 영감님 있는 델 또 가신다고요?"

"그래. 뭔가 미심쩍은 게 남아서."

시시는 더 말하지 않았다.

"알겠어요. 곧 어두워지니 저녁 식사에 늦지 않도록 돌아오셔야 해요."

"그럴게."

외수는 시시를 내버려 두고 곧장 대장간을 향해 갔다.

혼자 남겨진 시시는 물끄러미 서서 외수의 뒷모습을 하염없이 바라보았다. 어떡해야 할지 판단이 서질 않는 그녀였다. 편가연에게 말을 해야 하는지 말아야 하는지. 글이야 여건이 되지 않으면 배우지 못할 수도 있다. 하지만 향후 극월세가를 이끌 사람이 글을 모른다는 건 말이 되지 않았다.

'어떡하지? 지금부터라도 배우시게 해야 하나?'

시시는 외수가 보이지 않을 때까지 우두커니 섰다가 천천히 내원으로 향했다.

'그래! 늦었더라도 가르치면 되지, 뭐. 내가 다른 사람들 몰래 가르쳐 드리면 돼!'

가슴에 모은 작은 손을 꼭 쥐어보는 시시. 외수가 글을 모른다는 사실을 일단 편가연에겐 말하지 않기로 마음먹은 그녀였다.

시시는 내원에 도착하자마자 바로 편가연에게로 불려갔다.

"시시, 어서 와! 궁 공자님께선?"

"대장간에 다시 가본다고 하셨어요."

왠지 편가연의 눈치가 보이는 시시였다.

"시시, 넌 알고 있지? 금평왕부의 영령공주가 궁 공자님과 무슨 관계가 있는지?"

"곤양을 나와 산적과 싸우던 상황에 아미파 명원신니가 등장했었는데, 그때 그녀가 신니와 같이 있었어요."

"아미파 명원신니?"

"네, 그때 그녀들이 공자님을 아미산으로 데려가려고 했었어요."

"왜?"

"모르겠어요. 다짜고짜 같이 가지 않으면 죽이겠다고 협박까지 했는데, 공자님이 그들을 냉정하게 뿌리치고 세가로 오신 거예요. 아마 그 이후 계속 쫓아왔나 봐요."

"음, 어째서이지? 어째서 아미파 명원신니나 되는 사람이 궁공자를 데려가려 하고, 죽이겠다고 협박까지 했지?"

편가연이 고개를 갸웃거리며 고민을 거듭했다.

"시시, 분명 처음 만나는 자리였는데도 그랬단 말이지?"

"네."

시시는 불안했다. 명원신니가 외수에게 나쁜 기운 운운했던 걸 꺼내놓지 않았다. 그러고 보면 대장간의 노인도 그런 말을 했었는데, 말을 꺼내놓는 게 영 내키지 않았다. 혼인할 두 사람에게 걸림돌이 생기는 걸 원치 않아서였을까. 시시는 무엇보다 편가연이 외수에 대해 첫 번째 의문을 가지게 되었다는 점이 마음이 아프고 불안했다.

＊　　　＊　　　＊

대나무 숲 속에 감춰지듯 오롯이 자리한 초옥.

대장장이 노인은 잔뜩 취해 있었다. 얼마나 마셨는지 탁자와 바닥에 대여섯 병의 술병이 뒹굴고 있었고, 지금도 손에서 술병을 놓지 않고 있었다.

"망할 놈의 몸뚱이. 죽어야 돼, 죽어야 돼!"

여전히 이어지고 있는 자학, 그리고 한탄.

"편장엽! 그놈 때문이야. 그놈은 죽었는데, 그 젊은 놈도 훨훨 날아 저세상으로 갔는데, 왜 난 죽지도 못하고 이러고 사는 게야. 왜? 크흐흑, 흑흑!"

노인이 이마를 탁자에 찧어가며 한탄을 연발하고 있을 때 초옥 위로 하늘을 덮은 대나무 가지들과 잎이 바람에 쓸려 울었다.

프스스스, 스스슥…….

문득 고개를 쳐드는 노인. 그의 귀에 대나무 떠는 소리가 아까보다 더 요란한 탓이었다.

"이놈잇?"

벌떡 일어서 돌아보는 노인. 아니나 다를까 그의 시야에 외수가 나타났다. 빽빽한 대나무 사이 좁은 길을 유유히 걸어오고 있는 외수.

"여긴 네놈 볼일이 없다고 말했는데 왜 또 나타난 것이냐?"

그는 대숲을 빠져나와 마당으로 발을 내딛는 외수에게 악다구니를 써댔다.

"난 왜 안 되는지 궁금해서 왔소. 난 왜 안 되는 것이오?"

진중한 분위기의 외수.

"……."

굳게 입을 닫은 채 노려보기만 하는 노인.

"영감은 칼이 없는 것이 아니라 안 주려고 악을 쓰는 것이 아니요. 내가 특별한 것을 찾는 것도 아닌데. 그 이유를 알고 싶소."

"……."

"무작정 안 된다고만 하면 다시 오고 또 올 테니 말해주시오."

말이 없는 노인을 보며 외수는 협박 아닌 협박을 했다.

"칼이 왜 필요하냐?"

노인이 쌍심지를 치켜세우고 물었다.

"그딴 질문도 있소? 왜 필요하다니, 그냥 필요하니까 구하는 거잖소. 지금 내가 쓰는 칼이 너무 가볍게 느껴지고 어딘가 모자라는 것 같아 그러오."

"칼이 무엇인데?"

"……?"

외수는 알 수 없이 거듭되는 질문에 대답을 않고 가만있었다.

"베고, 찌르고, 쑤시고, 그런 것밖에 생각이 안 나지?"

"솔직히 그렇소. 그런 용도 외에 다른 게 또 있소?"

외수의 대꾸에 노인이 느닷없이 팔을 옆으로 뻗어 대숲을 가리켰다. 그의 손끝을 따라 외수가 돌아보았지만 대숲 외엔 무엇도 없었다.

"도검은 저 대나무와 같아야 하는 것이다."

"무슨 뜻인지 설명해 주시오."

"내가 왜? 그리고 설명을 해줘도 네놈에겐 소용이 없어. 네놈은 칼과 더없이 잘 어울리는 놈이지만 칼을 가까이해선 결코 안 되는 더러운 몸뚱이를 가졌어. 더러운 기운, 더러운 눈, 절대 바꿀 수 없는 피! 돌아가! 지금 들고 온 칼도 내려놓고 아예 극월세가를 떠나! 그리고 아무것도 손에 들지 말고 어디 구석에 처박혀 숨도 쉬지 말고 조용히 살아. 그게 네놈이 짧은 네놈의 명을 거스르고 그나마 오래 사는 길이니까!"

"어떤 늙은 비구니가 했던 말과 같은 말을 하는구려."

외수의 눈이 깊이 침잠되었다.

"그래! 그게 네가 짊어진 더러운 운명이야. 과거에도 너처럼 더러운 놈을 만난 적이 있었지. 영웅의 기상과 악마의 눈을 동시에 가졌던 놈! 그래! 그러고 보니 네놈과 똑 닮았어!"

"그가 누구요?"

"알아 뭣하게? 네놈도 그놈처럼 내게서 칼을 강탈해 가게?"

"그에게 칼을 뺏겼소? 하지만 틀렸소. 난 칼에 대해 모르오. 말했듯이 단지 당신이 날 거부하는 이유가 알고 싶었을 뿐이오."

"시끄럽다. 네놈도 칼을 쥐면 그놈처럼 수만 명을 살상하고도 남을 놈이야!"

"그가 수만 명을 살해했소?"

"그렇다. 내 칼을 가져가 묻힌 피가 수만이고, 대혈겁의 장본인이지. 그러니 네놈도 칼 따윈 찾지 말고 당장 이곳에서 꺼져!"

"......"

외수는 수만을 살상했다는 그가 누구인지 어떤 사람인지 궁금했지만 더 묻지 않았다.

외수는 역정을 내는 노인을 노려보다 천천히 고개를 돌려 그가 가리켰던 대나무들을 쳐다보았다. 팔뚝 같은 굵기의 대나무들. 잠시 물끄러미 쳐다보던 외수는 미련 없이 등을 돌렸다.

"생각이나 해보겠소. 대나무와 같아야 한다는 말!"

노인의 초옥을 떠나는 외수는 기분이 몹시 언짢았다. 같은 소리를 두 번이나 들었다.

혹시 아버지는 알고 있었던 걸까. 그래서 그처럼 잡아두려 애를 썼던 건가. 외수는 씁쓸함을 감출 수가 없었다. 갑자기 마음에 고독감이 밀려들었다. 혼자 덩그맣게 버려진 느낌.

'젠장!'

그래도 돌아가긴 싫었다. 뭔가 해보고 싶단 피가 끓고 있었다. 혼인 따위, 자신의 운명 때문에 하지 못해도 상관없었다. 단지 무지렁이가 아닌 다른 뭔가를 해보며 살고 싶을 뿐이었다.

외수는 칼을 쥔 주먹을 꽉 움켜쥐었다. 악마가 될 수도 있단 말, 받아들일 수 없었다. 운명 또한 믿지 않았다. 모든 것은 의지에 따라 달라지는 것이라 생각했다.

외수가 입술을 깨물고 의지를 다지는 그때, 외수는 멈칫 걸음을 세우고 돌아섰다.

"응?"

이상한 느낌. 고개를 들어 쳐다보는 곳에 노인의 초옥을 둘러싼 대나무들이 세차게 흔들리고 있었다. 분명 바람이 불고 있지도 않건만 누군가 밑에서 흔드는 것 마냥.

가만치 쳐다보던 외수는 고개를 갸웃했다.

"내가 두려워 떤다고?"

흔들리는 그 대나무들이 노인의 말처럼 두려워 떠는 것이 아니라 마치 자신을 부르는 것 같단 괴이한 느낌을 받는 탓이다.

"뭐지? 왜 갑자기 손이?"

외수는 칼을 들고 있던 오른손을 펴 가만히 들여다보았다. 움찔움찔 무언가 갈구하고 있는 느낌. 전에도 이런 적이 있었다. 칼이란 걸 처음 잡았을 때, 온몸의 피가 끓어 소용돌이치는 느낌.

요상하기만 했다. 분명 강렬한 자극을 원하고 있었다. 무서운 무엇인가가 쥐어지기를 바라는 것 같이.

"방금 흥분했기 때문인가?"

외수는 마음을 가라앉히려 노력했다. 하지만 손에 전해오는 자극과 높이 흔들리는 대나무의 요동에 쉽사리 잦아들지 않았다.

외수는 죽림에 무언가 있다는 생각이 들었다. 자신과 인연이 닿는 무엇이.

외수는 불끈대는 주먹을 움켜쥔 채 한동안 우두커니 서서 죽림을 지켜보다 돌아섰다. 요동치는 죽림 땜에 노인이 다시 짜증을 내며 튀어나올 것 같아서였다.

'대나무와 같아야 한다고? 그에 대한 답부터 찾아야겠군.'

외수는 내원을 향해 걸으며 생각을 거듭했지만 칼과 대나무가 무슨 상관이 있는지 알 수 없었다.

'쑤시고, 베고, 찌르는 게 아닌 대나무 같은 도검이라……..'

도대체 모를 것 같은 고민을 떠안아 버린 외수는 서서히 어둠이 내리는 극월세가를 유유히 가로질렀다.

第八章

무서운 놈

깜짝 놀랐어. 갑자기 어떤 노년의 인물이 지껄이는 바람에.

'팔방풍우, 횡소천군, 직도황룡, 일도단참! 이것들이 뭔 줄 알아? 크크큭, 천하제일 절세무공 초식들이야! 크하하핫!'

딱 봐도 무림고수가 분명했는데, 내가 본 가장 허탈한 웃음이었어. 미친 것 같진 않았는데 반쯤 얼이 빠져 있더군.

그는 그 상태로 하염없이 강물을 바라다보더니 자신의 검을 풀어 물속에 던져 버리곤 어디론가 가더군. 농사나 지어야겠다면서. 뭔가 안됐고 불쌍해 보였어.

—길 가던 어느 행인의 경험

　낙양 북쪽 회하(廻河)평원 한쪽에 억새가 끝없이 펼쳐진 '갈마평(乫麻平)'이란 평야가 있다. 사람 키만큼이나 자란 억새들. 어느새 해가 넘어가고 어둠이 젖어들기 시작한 그 평야 한가운데 우뚝 솟은 바위 하나. 마치 촛대처럼 솟은 그 바위 뒤에 시커먼 복장에 시커먼 철립(鐵笠)으로 얼굴을 가린 한 사람이 앉았는데, 긴 검 한 자루를 다리 사이에 걸쳐 세워두고 작은 미동조차 않는 것을 보면 누군가를 기다리는 것이 분명해 보였다.

　아니나 다를까, 잠시 후 각기 다른 방향에서 억새 스치는 소리가 나더니 바위와 사내 주위로 몇 사람이 모습을 드러냈다. 역시 철립이나 죽립, 까만 면사 따위로 얼굴을 가린 자들. 모두 네 명이었다.

　기다린 자가 그들 넷을 향해 환영의 말부터 했다.

"어서들 오시오. 다들 꽤 오랜만에 다시 뵙게 되었구려. 후후후."

"그렇소. 꼭 석 달 열흘만이구려. 그간 첫 번째 거사를 치르느라 '흑수(黑手)'께서 많은 심혈을 기울인 것을 치하하오. 고생하시었소."

"허허허, 아니오. '적수(赤手)'와 '청수(淸手)' 쪽의 지원이 모자랐다면 결코 쉽지 않았을 일이오. 그리고 무엇보다 일선에서 목적수행을 했던 '백수(白手)'의 힘이 결정적이었소."

호칭들이 이상했다. 흑, 적, 백, 청, 황에 손을 붙여 검은 손, 붉은 손, 푸른 손 따위로 서로 호칭하고 있었는데, 음성이나 말투로 보아 모두 중년의 인물인 듯했다.

"어쨌든 일차 거사는 대성공이오. 아주 만족하오. 남은 이차 계획은 언제 실행할 것이오?"

"후후, 이차 거사 준비도 여러분의 도움으로 모두 끝났소. 조만간 기회가 생길 것이오. 지금은 세가 안에 틀어박혀 꼼짝도 않고 있지만, 언제까지 그러고만 있을 수는 없는 일. 설령 이대로 계속 방 안에만 박혀 있다고 해도 우리에겐 충분한 계획이 있소. 나와 백수만 믿으시고 여러분들은 기타 지원을 아끼지 말아주시오."

"하하하, 당연한 말씀을. 이 마당에 우리가 못할 게 무엇이 있소. 걱정 말고 흑수께선 마무리에 총력을 다해주시오."

"좋소! 그럼 진행상황을 보고 변화가 있으면 그때그때 각기 연락하겠소. 다들 살펴가시오."

"알겠소. 그럼 모두!"

모두 유쾌한 듯, 일어나 손을 말아 쥐어 보이며 인사를 하고 각자 왔던 방향으로 흩어져 갔다.

맨 마지막에 떠난 흑수란 자의 웃음이 심상치 않았다.

비밀을 머금은 갈마평. 언제 그랬냐는 듯 무성한 억새만 바람에 하늘거리고 있었다.

＊　　　＊　　　＊

식사를 마치고 난 뒤 예정대로 시시가 별채 외수의 방으로 왔다. 외수가 칼을 들여다보며 죽림의 노인이 안긴 대나무와의 연관성에 대해 머리를 쥐어짜 보고 있을 때였다.

"와줘서 고맙군. 시시!"

"시녀에게 무슨 그런 말씀을. 어떻게 하면 되죠, 공자님?"

"응, 그냥 책만 읽어줘. 천천히! 난 책이란 놈이 처음이니까 이해할 수 있도록."

"알겠습니다."

"이쪽으로 앉아!"

외수가 작은 탁자를 가리키고 맞은편에 먼저 앉았다. 탁자 위엔 낮에 사온 책이 놓여 있었고, 시녀 같지 않은 고운 자태의 시시가 치마를 쓸며 마주앉았다.

"참, 시시! '칼과 대나무' 하면 뭐가 떠올라?"

"네?"

외수의 뜬금없는 질문에 시시가 눈을 깜빡였다.

"음, 난제를 하나 받았는데, 그러니까 도검 따위와 대나무가

가지는 연관성이 무엇일까?'

"음… 칼이야 빤한 것이니 제쳐 두고, 먼저 대나무에 대해서 생각을 해보면 답에 접근할 수 있지 않을까요."

"……?'

"대나무는 군자(君子)에 비유돼요. 군자의 불요불굴불변(不撓不屈不變)은 사계절 내내 푸르고 휘거나 부러지지 않는 대나무의 특성과 같고, 어디에도 속박되지 않고 우뚝 선 독립불기(獨立不羈)는 곧고 굳게 선 자세에 비유되고요, 대나무의 마디가 있는 것은 군자의 절도(節度)와, 그리고 줄기의 속이 비어 있는 것은 마음을 비워 아무 거리낌이 없고 솔직한 군자의 허심탄회(虛心坦懷)에 비유되지요. 또 대나무의 우아한 곡선과 날씬한 형상은 현자(賢者)의 상(像)인 동시에 예지(叡智)의 모습을 상징하고요, 밑으로 숙인 댓잎과 비어 있는 속은 겸손한 마음과 덕(德)을 상징해요."

"……."

글을 배운 적도 없고, 흔히 보는 대나무에 그런 의미들이 숨어 있는 줄 몰랐던 외수는 점점 눈이 커져갔다.

시시 역시 말을 이어갔다.

"그렇다면 칼과 연관성을 가지는 것은 무엇일까요? 칼은 군자와는 어울리지 않는 물건인 데다, 공통점도 없는 만큼 생각도 반대로 해보면 어떨까요? 음… 역설적으로 그 반대가 도리어 연관성을 가질 수도 있지 않겠어요? 칼은 피와 죽음, 잔혹성 등을 상징하고요, 군자와 대나무는 절제와 의지, 겸손과 덕을 가리키죠. 그렇다면 연관성은 '군자의 검', '절제된 칼'이네요."

외수는 입이 딱 벌어졌다. 두 가지 이유에서였다. 하나는 도검이 대나무 같아야 한다는 노인의 말뜻을 이해해서였고, 또 하나는 단숨에 답까지 짚어내 버린 시시의 명민함에 대한 감탄이었다.

"시시? 어떻게 그렇게 똑똑할 수 있지?"

외수는 정말 놀라워 한 감탄이었지만 시시는 방긋이 웃고 말았다.

"제 해석이 도움 됐나요?"

끄덕.

외수는 정말 넋을 빼앗겼다. 시녀로 살기엔 아까운 그녀이지 않은가.

외수가 가만히 보고 있자 시시는 어색해하며 눈 둘 곳을 찾지 못했다.

"공자님, 그렇게 보고만 계시면……."

볼까지 붉어진 채 눈치를 보는 시시.

외수도 목덜미가 붉어졌다. 왜인지 몰랐지만 곤양강변에서 본 그녀의 알몸이 이 순간 떠올랐기 때문이었다. 외수는 시시의 말에 뒤늦게 정신을 차렸다.

"아! 책! 책 내용 좀 읽어줘!"

"네, 공자님!"

그제야 시시도 제 빛을 찾으며 밝게 웃었다.

"파, 천, 대, 구, 식!"

시시는 일부러 한 자, 한 자 천천히 읽었다.

"이게 파천대구식이라고 쓴 거야?"

"네, 공자님!"

외수가 손가락을 짚어서 물어보자 시시가 고운 미소를 짓고 말했다.

"공자님, 제가 글을 가르쳐 드릴까요?"

"엉? 그럴 수 있어?"

"네, 공자님! 저는 다른 시녀들과 달리 집안일을 하지 않는 데 다, 또 공자님께서 저를 별채에서 따로 부린다고 하셨기에 글공 부할 시간을 가지는 건 공자님 마음이에요."

"그런가? 그럼 부탁할게."

"네. 그럼 내일 제가 따로 공부할 책을 준비할게요. 오늘은 이걸 읽어드리고요."

시시는 기쁜 마음에 다시 책을 읽어 내려가기 시작했다. 이번 엔 시시가 손가락으로 하나하나 짚어가며 또박또박 읽었다. 외 수도 머리를 맞대고 눈을 반짝이며 시시의 손가락 끝에 집중했 다.

시시는 책의 내용이 짐작했던 것과 다르지 않다는 걸 알았다. 내원 위사들의 말에 의하면 대개 이런 책은 명칭만 그럴싸하게 갖다 붙여놓고 시중에 떠도는 허접한 초식들을 모아 엮은 것밖 에 되지 않는다고 했었는데, 지금 내용이 딱 그러했다. 그래서 시시는 그냥 글을 가르친다는 마음으로 열심히 읽어 갔다.

외수는 대단한 집중력을 보였다. 읽어주는 걸 귀로 듣는 게 아니라 마치 책 속으로 파고들 것 같이 시시의 손가락 움직임을 따라 눈을 내리꽂고 있었다.

그런데 어느 순간 시시가 책을 읽어갈수록 외수의 고개가 점점 들렸다. 이상한 느낌 때문이었다. 마치 머릿속이 갈수록 훤해지는 느낌.

"시시, 잠깐만!"

"왜요, 공자님?"

"이상해!"

"뭐가요?"

"네가 읽어준 글들이 내 머릿속에 있어. 마치 박혀든 것 같이… 선명하게."

"네? 제가 읽어준 글들을 기억했단 말씀이세요?"

얼떨떨한 외수가 고개를 끄덕였다. 스스로도 믿기지 않는다는 듯.

시시도 의아한 표정이었다. 아무리 천천히 읽었다지만 읽은 글자가 백여 자도 족히 넘는데 그걸 기억한다는 건 불가능한 일이었다.

"그럼 읽어준 부분을 한번… 읽어보세요."

외수는 시시가 돌려놓은 책을 다시 내려다보며 처음부터 천천히 읽기 시작했다. 띄엄띄엄 한 자, 한 자.

"파천대구식의 첫 번째 초식은 '일섬탈혼(一閃奪魂)'으로… 뇌전(雷電)을 뿌리는 하늘의 조화를 담아… 쾌속한 전개와 맹렬한 타격으로……."

"……?"

이번엔 시시가 얼떨떨해졌다. 몇 군데 막히고 몇 글자 틀렸지만 거의 완벽하게 기억해 버린 외수. 놀라움을 넘어 신기할 정도였다.

읽어주었던 부분까지 다 읽고 난 외수는 스스로도 이상한지 머리를 긁적였다.

"뭐지? 글이란 게 엄청 어려운 건 줄 알았더니 그리 어려운 게 아니었네?"

"……?"

시시는 어이가 없었다.

"공자님, 정말 글을 배운 적이 없으세요?"

"그렇다니까!"

"왜 그동안 안 배우셨어요?"

"아버지가 가르쳐 주지 않았어. 배울 필요 없다고. 난 돌대가리라 글 따위 배우면 엄청 힘들고 고생스러울 거라며 그냥 생긴 대로 살라고 틈만 나면 그랬거든. 근데 별로 어렵지도 않고만. 역시 사기 친 거였어, 아버지가! 으이그, 사기꾼!"

외수도 어이가 없다는 듯 투덜거렸다.

"공자님, 지금 글을 써보지도 않았는데 모양만으로 기억이 된다는 말씀이시죠?"

"응, 기억되는데?"

놀라움을 금치 못하는 시시의 얼굴에 점점 환한 웃음이 번져 갔다. 기분을 어떻게 설명할 수가 없었다. 마구 웃어버리고 싶은 기분.

"다음 대목이나 읽어줘!"

"네? 네에."

시시는 아예 벌떡 일어나 외수 옆으로 옮겨 나란히 앉았다. 외수가 같은 방향에서 책을 보게 하기 위해서였는데, 엉덩이와 어깨가 붙어 평소라면 부끄러워했을 시시가 그조차 잊을 만큼 들떠 있었다.

"공자님, 이어서 읽을게요. 다음 단락은 '광무난파(狂舞亂破)'네요."

시시는 시간도 잊고 책 읽어주기에 빠졌다. 자신이 이렇게 신이 나본 적은 아주 어릴 때 빼곤 없었다. 흥분되고 기대되고.

외수라고 다를 게 없었다. 처음 하는 게 많은 오늘. 글도 처음 배우고, 무공이란 것도 처음 시작하는 중인데 어찌 들뜨지 않으랴.

외수는 시시와 초식에 대해 읽고 나면 적힌 대로 칼을 휘둘러보고, 잠시 생각한 뒤 또 따라 하기를 반복했다.

그렇게 시간이 흘러 새벽이 가까웠을 때 마지막 장까지 다 파악한 외수는 시시를 앉혀둔 채 넓은 방 안에서 파천대구식 아홉 초식을 연습했다.

그런데 한참을 연습하던 외수가 문득 칼을 멈추고 고개를 갸웃했다. 이상한 점이 느껴졌기 때문이었다. 초식을 연결하면서 뭔가 모자라는 느낌이 들어서였다. 전반적으로 파천대구식 아홉 초식이 다 그런 느낌이었다.

'음, 한번 고민을 해봐야겠군. 칼을 휘두를 때마다 좀 더 좋게 연결을 할 수 있을 것 같은데.'

뻗어 든 칼을 물끄러미 쳐다보는 외수. 지금 그는 자신이 생각하고 느끼는 것이 어떤 것인지 전혀 자각하지 못했다. 무공의 허점과 보완점을 몸이 먼저 알아서 느끼고 머리가 그것을 그려내고 있다는 것. 그게 얼마나 무섭고 놀라운 능력인지.

외수는 일단 생각을 접어두고 다시 칼을 휘둘러 갔다. 처음 무공을 익히는 날부터 멍하니 고민을 하고 있긴 싫어서였다.

"하하, 난 이게 제일 마음에 들어!"

두 번째 초식 광무난파를 말하는 것이었다. 거의 마구잡이로 어지럽게 사방팔방 휘두르는 초식이었는데, 외수는 그게 자기 성격에 꼭 맞아떨어진다고 생각했다.

"응?"

큰 소리로 말했는데도 시시의 반응이 없자 외수가 그녀를 돌아보았다. 탁자에 엎드려 잠이 들어버린 시시. 얼른 창밖을 확인한 외수는 그제야 온밤을 모조리 지새웠다는 걸 알았다.

'이런!'

미안했다. 시시에게.

외수는 시시를 가만히 내려다보다 일단 칼을 놓고 그녀를 조심스럽게 안아 들었다. 그녀의 방에 가서 자라고 깨울 수도 있었지만 자기 때문에 고생한 그녀를 깨게 하고 싶지 않았다. 완전히 곯아떨어진 시시. 전에도 안아 들고 산 위로 올라간 적이 있었지만, 여전히 가벼운 그녀였다. 외수는 시시를 안은 채 침대로 갔다. 그냥 여기서 그대로 곤히 자게 해주려는 생각이었다. 한데 외수는 침대 바로 앞에서 우뚝 멈춰 서고 말았다. 살짝 몸부림을 친 시시가 가슴에 얼굴을 부비며 파고든 탓이었다.

가슴에 전해지는 온기와 쌔근대는 숨소리.

외수는 시시를 내려다보았다. 예쁜 아기가 잠든 것 같았다. 눈을 감은 모습이 그렇게 예쁠 수가 없었다. 평소에도 예쁘지만, 눈을 감고 깊이 잠든 모습은 또 달랐다.

외수는 일부러 움직이지 않았다. 입가에 옅은 미소까지 띠고 잠이 든 그녀가 너무나 편안해 보여서였다.

* * *

극월세가 정문 앞 화평객잔.

결국 장기투숙을 결정하고 세가 정문이 잘 보이는 삼 층 객방에서 하룻밤을 지낸 무림삼성은 아침이 되어서도 서로 머리를 맞대고 있었는데, 그 고민하는 모습에 끙끙 앓는 소리가 들릴 것 같기도 했다. 그러나 아무리 쥐어짜 봐야 뾰족한 수가 없었다. 당장 죽일 수도 없고, 어딘가 데려다 처박을 수도 없었다. 하필이면 극월세가 유일 상속녀의 정혼자라니.

거기다 더 심각한 고민은 정작 따로 있었다.

"그냥 콱 죽여 버리라니까! 너도 죽고 나도 죽고 다 같이 손잡고 죽는 거지, 뭐!"

삼 층 노대에 나왔다가 세 사람이 그러고 있는 꼴을 본 미기가 아침부터 약을 올렸다.

그러자 세 사람이 동시에 그녀를 쏘아보았다. 한데 쏘아보는 눈초리들이 장난이 아니었다. 번쩍번쩍 날이 선 원한에 찬 도끼눈.

"뭐, 뭐예요? 왜 그런 눈으로 째려보는 거예요?"

깜짝 놀란 미기가 주춤댔다.

"저게 문제야, 저게!"

시퍼렇게 날 선 눈으로 마구 도끼질을 해대는 구대통의 탄식.

명원과 무양도 푸념처럼 깊은 한숨을 토했다.

"하필이면 저 골칫덩이 애물단지를 맡아선, 으이그!"

구대통이 자기 머리를 쥐고 흔들어댔다.

왜 갑자기 이러는지 영문을 모르는 미기가 커다란 눈만 껌뻑
댔다.

"뭐예요? 내가 뭐가 문제라는 거예요? 왜 갑자기 이 문제에
날 끼워 넣는 거죠?"

"시끄럿!"

구대통이 버럭 화를 내곤 다시 돌아앉아 버렸다.

뭔가 있는 듯한 눈치. 미기가 궁금해 미치겠단 듯 팔딱팔딱
뛰었다.

그러거나 말거나 세 사람은 아예 상종도 않고 다시 논의를 이
어갔다. 한참을 숙의하던 중에 명원이 해결책 하나를 꺼내 들었
다.

"우치 오라버니, 놈을 허수아비로 살게 만들면 어때요?"

"허수아비?"

"네. 음, 녀석이 무공을 익히는 날엔 점점 피를 원하는 괴물이
되어갈 테고, 내버려 두면 나중엔 결국 걷잡을 수 없게 되잖아
요. 그러니까 아무것도 모르는 지금 차라리 녀석의 사지근맥과
기혈을 다 파괴해 버리면 어떠냔 말이죠. 녀석이 극월세가주와
혼인을 하든 말든 무공 따윈 모르고 그냥 살게끔. 그러면 극월
세가와 얼굴 붉힐 일도 없고, 우리도……."

명원이 하기 어려운 말을 하며 조심스러웠다.

그걸 듣고 있던 미기가 어처구니없단 표정을 하며 또 비웃

었다.

"잘한다. 무림삼성 세 사람이 모여 어린 사내 하나 못 죽여 사지근맥 절단과 기혈파괴 작당 모의라니. 차라리 죽이고 말지. 영마와 다를 게 뭐야? 오히려 자기들이 더 잔인한 짓을 하고 있고만?"

"미기, 이놈!"

기어이 화를 내는 명원. 찔끔한 미기가 얼른 돌아서 버렸다.

"냅둬라. 그놈이 뭘 얼마나 알겠냐."

우치 구대통이 한숨만 뿜었다.

"무양! 네놈 생각은 어떠냐?"

고심을 거듭하던 와중에도 꼿꼿하게 빈틈없는 자세를 유지하던 무양이 심각한 표정으로 말했다.

"죽일 수도 있지. 우리가 나서서 직접! 하는 데까지 해보고 정 안 되면 끝낼 수밖에!"

구대통이 황당한 표정을 했다.

"우리가 직접? 하지만 우리는……."

다시 미기를 돌아보는 구대통.

왜 자기를 돌아보는지 알 수 없는 미기가 고개를 갸웃했다.

구대통이 다시 침음성을 흘리고 무양에게로 고개를 돌려 말을 이었다.

"지켜보다 안 되면 죽이잔 말이냐?"

"그게 나아! 어쨌든 놈은 영마야. 영마의 등장을 놔두는 것보다 우리가 모든 걸 짊어지는 게 나아. 우리 목을 내놓아서라도 말야."

무림삼성이 영마를 죽인다고 왜 목을 내놓아야 하는지 이해가 안 되는 미기는 자못 심각해졌다.

하튼 소린 안 하는 무양이었다. 구대통과 명원도 심각해졌다. 결국 죽음으로 가야 하는 건가 싶어 고개가 떨어졌다. 세 사람의 애초 생각은 궁외수를 아미나 무당, 점창산으로 데려가 '항마심공(降魔心功)' 등을 수련케 해 영마의 기운을 다스려 눌러 볼 생각이었다. 지금이라도 그가 따라나서 준다면 더없이 좋을 테지만 그럴 가능성은 거의 없는 상황. 결국 죽음으로 귀결된다 생각하자 마음들이 편치 않았다.

쓸쓸한 마음에 구대통은 극월세가 정문으로 눈을 돌렸다. 그런데 삼 층 노대 난간에 팔을 걸치고 물끄러미 내려다보고 있던 구대통이 한순간 고개를 쳐들며 엉뚱한 기색을 보였다.

"어?"

"왜 그래요?"

그의 이상한 눈치에 명원과 무양도 내려다보았다.

"저놈?"

"누구?"

명원과 무양이 열심히 살폈지만 특별히 눈에 띄는 것이 없었다.

"저기 비틀거리는 놈 말이야. '사하공 이석' 이잖아."

"도검장인 이석?"

명원과 무양이 눈을 치뜨고 한 사람을 확인했다. 술에 취한 듯 비척비척 걸어오고 있는 노인 하나.

"어라, 이리로 오네?"

구대통은 그를 만난 적이 몇 번 있었다. 아니, 무양과 명원도 알고 있었고, 칼을 든 무림인이라면 그 이름을 모르는 이가 없었다.

사하공 이석. 섬서 낙안 사하강변에 살아 사하공이란 이름이 붙었고, 천하 누구도 흉내 낼 수 없는 최고의 명검신도(名劍神刀)를 만든다는 도검장인이 그였다.

구대통이 등에 두르고 다니는 기이한 형태의 '비파검(琵琶劍)'도 그가 만들었는데, 그가 제작해 세상에 내놓은 수많은 도검들 중 특히 '십이신병(十二神兵)'이라 알려진 다섯 자루의 검과 일곱 종류의 도는 그야말로 천하인 모두가 탐하는 신검기도(神劍奇刀)였으며, 바로 구대통의 비파검이 그 십이신병의 오검(五劍) 중 하나였다.

칼을 든 자라면 누구나 그의 도검을 얻길 원했고, 사하공이란 이름은 높아져만 갔다.

그런데 그가 십팔 년 전 강호에서 홀연히 사라졌다. 소문에 의하면 그를 독차지 하려던 세력들의 다툼에서 그가 견디지 못하고 스스로 자취를 감춘 것이란 소문이 파다했는데, 바로 그가 지금 구대통의 눈에 잡힌 것이다.

"저 인간이 어째서 극월세가에서 나오는 것이지? 그럼 그동안 여기 있었던 건가? 음!"

구대통이 몹시 취해 흐느적대며 객잔으로 다가오는 그를 놓치지 않고 지켜보았다.

"어서 오십시오, 철장(鐵匠, 대장장이) 어른. 많이 취하셨네요. 밤사이 많이 드신 모양입니다?"

"시끄럽고 술이나 몇 단지 가져와!"

"알겠습니다."

객잔 점소이가 인사를 할 틈도 없이 안으로 쫓겨 들어갔다. 사하공 이석은 술을 사서 돌아갈 모양이었는데, 객잔 앞 의자에 힘겨워 보이는 몸을 털썩 주저앉히고 점소이를 기다렸다.

피폐한 얼굴. 마음에 뭔가 풀리지 않는 시름 때문에 속을 태우고 있는 것이 여실한 그가 힘없이 고개를 떨어뜨리고 있을 때, 늘 그렇게 사갔던 것인지 기다리던 점소이가 술을 무려 네 단지나 들고 나왔다. 술 단지가 크진 않고, 두 단지씩 새끼줄로 묶어 들고 가기 편하게 했다지만 술에 취해 비틀대는 작고 구부정한 노인이 들기에는 무리 같아 보였다.

그러나 자리를 털고 일어난 그는 값을 치르고는 무겁지도 않은 듯 술 단지들을 받아 들고 돌아섰다.

그런데 그의 앞길을 막은 비슷한(?) 체구의 노인 하나. 삼 층에서 바람처럼 뛰어내려 어느새 자세를 잡고 있던 구대통이 빙긋이 웃었다.

"오랜만이군, 사하공!"

"……."

물끄러미 쳐다보는 노인.

"잘못 보셨습니다. 난 그런 사람 아니오."

잠시 응시하던 그가 옆으로 비켜서 지나쳐 가려 했다. 그러나 구대통의 손이 그의 어깨를 잡았다.

"어이, 이거 왜 이래? 내 눈 아직 멀쩡해!"

"놓으시오! 사람 잘못 봤다지 않습니까."

"그래? 그럼 네가 사하공 이석이 맞는지 아닌지 동네방네 고래고래 소리쳐서 확인해 볼까?"

"……."

구대통을 쩌려보는 노인. 반면 구대통은 능청스럽게 웃기만 했다.

"원하는 게 뭐요?"

"흐흣, 오해하지 마. 그런 거 없어! 오랜만에 만났잖아. 그냥 얘기 좀 하자는 것뿐이야."

"무슨 얘길 하겠다는 거요."

"일단 보는 눈들도 있고 하니 술 단지들은 내려놓고 잠깐 올라가지! 술이라면 내가 가지고 다니는 천하 명주(名酒)를 맛보게 해줄 테니까 말이야."

구대통이 자신의 호리병을 두드려 보이며 웃었다.

"……."

사하공 이석은 어쩔 수 없다는 듯 잠시 구대통이 등에 둘러멘 비파에 눈을 주곤 객잔으로 들어갔다.

삼 층 객방 바깥 노대.

"오랜만이다, 사하공! 한 이십 년 만에 보는 것 같은데, 너도 많이 늙었구나."

노인은 노대에서 자신을 맞이하는 두 사람을 보고 눈살을 찌푸렸다. 변장을 위해 도복과 승복을 벗은 명원신니와 무양진인이었지만 사하공 이석이 못 알아볼 리 없었다.

"날 찾아온 거였소?"

"전혀 아니다. 넌 우연히 발견했을 뿐. 우리 볼일은 따로 있다."

무양이 설명을 했으나 사하공의 의심에 찬 눈초리는 여전했
다.

"혹시 극월세가주 편장엽 살해 사건에 관련한 것이오?"

"그것도 아니다. 음, 우선 앉아라!"

사하공 이석이 앉자 구대통과 명원, 무양이 맞은편으로 둘러
앉았다.

사하공은 어째서 무림삼성이 한꺼번에 움직이고 있는지 궁금
했다. 더구나 그들에겐 누추할 수밖에 없는 이런 객방에 묵으면
서까지.

"어째서 네가 극월세가에서 나오는 것이냐?"

무양의 질문이었다.

"알 것 없잖소."

퉁명스러운 사하공. 그러나 무양이 그답게 진중히 받아쳤다.

"알 일이 있어 그런다."

"대장장이 일을 하고 있소."

"대장장이? 그럼 지금도 계속 도검을 만들고 있단 말이냐?"

"틀렸소. 그딴 건 이제 하지 않소. 그저 잡다한 도구들을 만
들고 있을 뿐이오."

무양이 놀랍다는 반응을 했다.

"천하의 도검장인이 잡다한 도구라. 소문이 사실이었던 건
가. 은신(隱身)을 한 것 같군."

"……."

사하공이 가타부타 대꾸를 하지 않았다.

"그런데 어떻게 극월세가에 머물게 된 것이냐?"

"죽은… 편장엽의 도움이 있었소. 그가 날 빼내 숨겨 주었소."

편장엽이란 이름이 나오자 사하공의 얼굴에 깊은 쓰라림이 스쳤다.

"역시 깊은 사연이 있는 모양이군. 말해라. 우리가 도울 일이 있다면!"

진정으로 사하공을 아끼는 세 사람이었다. 그의 재주, 그의 열정. 하지만 사하공은 설레설레 고개를 저었다.

"오래전 은거를 하고 복수를 위해 검을 하나 만들었었소. 내 원한을 풀어줄 수 있는 자를 찾아 복수를 해주는 조건으로 그에게 주려고."

"대단한 검이겠군."

"그렇소. 내 남은 모든 혼을 담아 다시없을 걸작을 만들었소."

무양 뿐 아니라 명원과 구대통이 침까지 삼키며 깊은 관심을 보였다.

"한데 시일이 흐르며 묻어버렸소. 내 아들 내외와 손자를 죽인 놈들, 어떻게든 복수하고 싶었지만, 평생 사람 죽이는 칼만을 만들어온 내가 복수를 위해 또 칼을 만들고 있다는 자괴감을 견딜 수가 없었소. 그래서 그놈을 땅에 묻어버렸소. 복수를 해줄 만한 놈을 찾기도 어려웠고, 다시 그 칼로 시끄러워지는 걸 보고 싶지도 않았소."

"……"

무림삼성 세 사람 다 고개를 끄덕였다. 충분히 이해할 수 있는 부분이었기 때문이다.

"그런데 삼성 세 분께선 무슨 일이오? 분명 극월세가와 관련 있는 일이 있지 않고서야 여기서 투숙까지 하고 있을 린 없을 텐데?"

사하공의 말에 무양과 구대통, 명원이 서로 얼굴을 쳐다보았다. 말을 해야 될지 말아야 될지 약간 고민이 되는 것이다. 그러다 구대통이 말문을 열었다.

"궁외수라는 놈을 아느냐?"

"그가 누구요?"

"여기 신임 세가주와 혼인을 할 사이라던데?"

"그놈 이름이 궁외수요? 그놈이라면 알고 있소. 내 대장간에 두 번이나 찾아왔었으니까."

"엉? 그놈이 너를? 왜?"

"칼을 달랍디다."

"그래서?"

"쫓아 보냈소."

무양, 명원, 구대통이 서로를 마주 보며 심각해졌다.

"보니 어떻더냐?"

"생긴 모습이나 하는 행동은 멀쩡했소. 속임이 없고 의지가 굳건하더이다. 한데 땅속에 묻어둔 그놈이 그놈을 원하기에 쫓아 보냈소. 놈의 손에 쥐어지고 싶다고. 놈의 손에 쥐어져 피를 보고 싶다고 고래고래 아우성을 쳐댔었소."

"……."

말을 잃은 무림삼성. 천하 최고의 도검장인이 만든 걸작이 스스로 원할 만큼 강력한 기운을 가진 영마. 다시 한 번 경각하게 된 그들이었다.

"우린 그놈을 쫓아왔다."

"왜요?"

"놈을 죽이기 위해서!"

"……."

"네가 말한 바와 같다. 놈은 영마다. 그것도 천공의 축복까지 받고 태어난 영마! 내버려두면 반드시 피의 길을 걸어 재앙이 될 놈이기에."

삐딱한 눈초리로 세 사람을 훑는 사하공이었다.

"그럼 죽이시오! 왜 이러고 있소? 나 역시 그놈이 편장엽의 딸과 맺어지는 걸 원치 않소."

"그게 쉬워 보이냐?"

"……."

무양의 말에 사하공이 빤히 마주 노려보았다. 마치 눈싸움을 하듯. 그러다가 사하공이 뜻밖에도 비시시 웃었다.

"후훗, 쉽지 않을 수 있겠구려. 아직 본질을 드러내지 않은 영마를 죽인다는 것도 문제고, 당신들이 무림을 대표하는 인물들이란 것도 문제일 테고, 또 놈이 죽은 편장엽의 딸과 혼인할 사이라는 것도 무시할 수 없는 걸림돌일 테고. 후후후! 그런데 내가 보기에 정작 진짜 문제는 다른 데 있는 것 같구려?"

"……?"

이번엔 무양이 대꾸를 않고 노려보며 대답을 유도했다.

사하공은 비웃음 같은 웃음을 피식피식 흘리며 말을 이었다.

"그렇지 않소. 그런 문제들이 있다 해도 그놈이 피의 화신인 영마라면 당신들은 그 모든 것을 초월하고 죽일 수 있는 존재잖소. 그런데도 이처럼 망설이고 있는 건 당신들 마음이 아까워하고 있는 것은 아니냔 말이오. 영마이긴 한데 천공의 혜택을 받은 천재. 즉, 영마라는 사실보다 천공지체라는 것에 미련이 남아서 말이오. 당신들은 죽이러 왔다고 말하지만, 내가 보기엔 영마를 죽이러 온 게 아니라 천공의 몸뚱이를 쫓아온 듯해서 하는 말이오."

"……."

무림삼성 세 사람이 말을 못하고 노려보기만 했다.

"후후, 내 말이 맞는 모양이구려. 이해하오. 망설일 수밖에 없는 그 마음. 전설의 천공지체라면 당신들 무공의 끝을 확인해 줄 수 있는 존재이니까."

묵묵히 듣고 있던 구대통이 사하공의 웃음을 흉내 내며 비릿하게 웃었다.

"아는 척을 하니 다행이구나. 아마도 여기서 널 만난 건 하늘의 뜻인 듯하다. 네가 우릴 좀 도와야겠다."

"……?"

"ㅎㅎㅎ, 네놈 거처 좀 빌리자!"

"뭐요?"

*   *   *

극월세가 가주 집무실.

그간 밀려 있던 업무상황을 확인하던 편가연이 설순평에게 외수의 상태를 물었다.

"아직도 자고 있는 거예요?"

"예, 아가씨! 별채 시녀들 말로는 아침까지 수련을 하신 듯하다고 합니다."

"그런데 시시는 왜 같이?"

"아마 시중을 들다가 밤을 새워 버렸을 테지요. 차나 야식 등을 챙겨드려야 했을 테니."

편가연은 아침식사에 외수가 나오지 않아 아직 자고 있다는 시녀들의 말을 확인하곤 일부러 별채를 찾아 그의 방문을 살며시 열어보았는데, 침대에 시시가 잠들어 있는 것과 외수가 긴 의자에 엎어져 자고 있는 것을 볼 수 있었다. 한데 해가 중천에 뜬 지금까지도 두 사람의 모습이 모이지 않아 설순평에게 다시 확인을 하는 중이었다.

편가연은 본격적으로 업무에 돌입해 있었다. 세가 사업의 전반적인 현황뿐 아니라 돌아가신 아버지가 진행하던 사업까지 파악해야 했다.

"오후엔 외원의 각 사업 수장들을 만나야겠어요."

"알겠습니다. 모두 준비해 들어오라 하겠습니다."

"아니에요. 내가 가겠어요. 수뇌들을 만나는 것만 아니라 사업별 전각들을 돌아보며 현재 업무상태도 확인해 보겠어요."

"그러시겠습니까? 그럼 당장 외원 경호를 다시 점검토록 하겠습니다."

편가연의 적극적인 모습에 반색을 지우지 못하는 설순평이었다.

*   *   *

외수가 눈을 떴을 때 시시는 여전히 포근한 잠에 취해 있었
다.

"후훗, 달게도 자는군. 하긴 억지로 밤을 새워 본 적이 없을
테니 피곤이 가중됐을 거야."

외수는 싱긋이 웃고 밤새 휘둘렀던 칼을 들었다.

"음, 역시 가벼워! 마치 수수깡을 들고 있는 것 같아."

외수는 빼앗아온 산적의 칼이 영 맘에 들지 않았다. 정작 싸
움에 나서 상대의 칼에 부딪치기라도 하면 맥없이 부러져 버릴
것 같기만 했다.

"안 되겠군. 그 이상한 영감에게 다시 한 번 가보든가 해야
지."

외수는 대장간에 들렀다가 정히 안 되면 마을 무기 파는 가게
를 들러볼 작정을 하고 방을 나섰다. 곧장 별채를 나갈까 하다
가 외수는 그래도 편가연에게 얼굴을 비쳐야 할 것 같아 본채
쪽 복도로 향했다.

정오가 가까운 시간. 다들 바쁜지 실내엔 시녀 하나 눈에 띄
지 않았다. 창밖 집을 지키고 있는 위사들뿐. 다들 식사하러 갔
나 보다 생각한 외수는 긴 하품과 함께 기지개를 켜며 본채의
거실로 나섰다.

그때 넓은 현관을 들어서고 있는 한 사내가 눈에 잡혔다. 그

도 마침 외수와 눈이 마주쳤는데 외수는 어제 소개받은 내원종 사자 중엔 없던 인물이라 고개를 갸우뚱하며 손님인가 했다.

화려하고 멋진 차림에 등에 검을 두른 훤칠한 체격의 청년. 외수 본인도 늘씬한 체형이었지만 그는 자신보다 더 길고 나이도 어느 정도 먹은 멋진 청년이었다.

외수가 기지개를 켜던 그 자세로 눈을 껌뻑이며 물었다.

"누구요?"

"그러는 너는 누구냐?"

되받아치는 상대의 눈초리도 강한 의심으로 번뜩였다.

"나?"

외수는 문득 대답할 말이 마땅치 않아 머뭇댔다. 편가연의 정혼자라고 하기엔 어딘지 쑥스러웠고 그냥 머무는 사람이라고 하기에도 이상했다.

"나 위사야! 여길 지키는 호위무사!"

대뜸 생각해 낸 대답이었다. 그 말에 사내의 눈가에 날카로운 힘줄이 돋았다. 매서운 눈매. 질끈 이빨까지 깨물고 금방이라도 폭발할 듯 주먹이 덜덜거렸다.

외수는 사내의 흉흉한 기색을 알 수 없단 눈치로 물었다.

"내가 뭘 잘못한 거요? 왜 그런 반응이지? 그건 그렇고 당신은 누구요?"

"당신?"

사내의 기세가 점점 사나워지자 외수도 기색을 바꾸었다.

"그렇소. 누구기에 이 집 안까지 무기를 지니고 들어온 거요?"

그 순간 느닷없이 사내가 폭발했다.

"도대체 어떻게 교육을 받았기에 이런 말도 안 되는 놈이!"

외수를 덮쳐 오는 사내. 피하거나 막을 틈도 없을 만큼 놀랍도록 쾌속한 운신이었다.

외수는 당황했지만 어떻게든 응수하려 했다. 그런데 내쳐진 상대의 손에서 뿜어져 나온 강력한 경력(勁力)을 예상 못한 외수는 그대로 일격을 허용하고 벽까지 날아가 처박혔다.

아무리 빠른 몸을 가진 외수라 할지라도 장공이란 것이 처음인 그가 터져 나온 경력을 대처할 방법은 없었다.

벽에 부딪치고 바닥에 떨어진 외수. 그대로 혼절을 한 듯했다. 일격을 먹인 사내도 그리 생각했고, 버릇없는 위사를 손봐준 것일 뿐인 그는 위층으로 가기 위해 등을 돌렸다. 그런데.

"이건 무슨 경우지?"

외수가 어이없단 듯 말을 씹으며 꾸물꾸물 상체를 일으켰다. 사내 역시 조금 의외라는 반응으로 돌아보았다. 나자빠져 움직이질 않아 당연히 혼절했을 것이라 생각했는데 그게 아니었다.

외수는 하도 어이없이 당한 통에 누운 채 잠시 멍하니 생각을 하다가 떨어뜨린 칼까지 집어 들고 툴툴 털며 일어났다. 그리곤 바로 자신에게 장공을 먹인 사내를 향해 다가서며 야수의 눈초리를 흘렸다.

"멋지군. 그 손장난 다시 한 번 해봐!"

치떠지는 눈의 사내. 이해가 안 된단 표정이었다. 자신의 장공을 견뎌낸 것도 그렇거니와 저렇게 달려드는 것도 그러했다. 골이 빈 것인지 아예 미친놈인지 분간도 되지 않았다. 엉뚱하고 황당했다.

사내의 이빨이 다시 한 번 질끈 깨무는 소리를 냈다. 그리고 거친 일갈(一喝)과 함께 외수를 향해 다시 신형을 쏘아 냈고, 등 뒤 그의 검도 뽑혀 공간을 갈랐다.

"미쳐도 제대로 미친놈이구나!"

슈아악!

사내는 일검에 외수의 목을 뚫어놓을 작정이었다. 그러나!

캉!

외수가 사내의 검격을 막았다. 막았을 뿐만 아니라 막은 상태로 사내를 노려보며 이죽거리기까지 했다.

"뭐야, 칼로 하자고? 좋아, 그럼 칼로 하지 뭐!"

카앙! 캉! 캉! 캉!

느닷없이 벌어진 싸움. 외수의 반격. 극월세가주 편가연이 머무는 공간 안에서 도검 부딪치는 소리가 쩌렁쩌렁 울렸다.

외수는 미친 듯이 칼을 휘둘렀다. 어젯밤에 밤새 외워 나름 맹렬히 연습했던 파천대구식의 두 번째 초식 '광무난파'였다. 외수 스스로도 자신에게 가장 잘 맞고 멋지다고 했던 바로 그 초식인데, 거의 모든 방위로 칼을 휘두를 수 있어서 좋았고, 폭풍우처럼 휘몰아쳐 가는 기세가 아주 맘에 쏙 들었던 그 무공이었다.

붕붕! 캉! 카캉!

외수는 뿌듯했다. 자신이 무공이라는 걸 펼치고 있고, 또 그 무공으로 상대를 마구 밀어붙이고 있단 생각에 더욱 그랬다.

한데 외수의 도격(刀擊)을 받아내는 사내는 생각이 전혀 달랐다. 그는 외수가 확실히 미친놈이라고 단정했다. 겁 없이 덤벼

드는 것도 모자라 어처구니없는 초급 무공으로 어떻게 해보겠다는 듯 앞뒤 분별도 못하고 칼을 휘둘러 오는 미친놈. 정녕 미친놈이 아니고서야 가능한 행동일 리가 없었다.

분명 흔하게 굴러다니는 기초무공 초식 '팔방풍우(八方風雨)'였다. 거기다 제대로 숙달조차 되지 못해 엉성하기까지 하다.

하도 어이가 없어 순간 받아주기만 하던 사내는 여지없이 반격을 가했다.

카캉! 휘리릭!

"헉?"

외수가 헛숨을 토하며 자신의 목을 향해 날아드는 검첨(劍尖)을 가까스로 피했다. 목이 꿰뚫릴 뻔한 아찔한 순간이었지만 빠른 반사 신경이 그를 살렸다. 그러나 외수는 연이어 옆구리에 파고든 충격에 비틀대며 몇 걸음 밀려나야 했다. 엉성한 자세로 피한 외수를 사내의 발과 다리가 연타해온 것이다.

'젠장! 이런 수법도 있었네.'

물러나는 와중에도 통증보다 상대의 동작이 먼저 머릿속에 그려지는 외수였다.

물러나는 외수를 사내가 가만 놔둘 리 없다. 연결초식들이 바로 따라붙었고, 외수는 눈을 부릅뜬 채 쏟아지는 날카로운 검격들을 막아야 했다.

카앙! 쾅! 카캉! 캉캉캉!

따가운 쇳소리. 튀는 불꽃. 외수는 숨 쉴 틈도 없이 밀렸다. 반격의 기회 따윈 엿볼 수도 없었다. 외수는 놀라고 있었다. 싸움 따위 전혀 못할 것 같았던 사내가 놀라운 방법으로 검을 사용하고 있는 것에.

까딱하면 목이 잘려버릴 것 같던 그 순간에, 외수를 구원하는 고함이 들렸다.

"멈추세요!"

편가연의 목소리였다.

싸움이 중지되고 본채 가득 진공 상태로 울리던 쇳소리가 사그라져감과 동시에 편가연이 계단을 달려 내려왔다. 그녀는 이 층 집무실에서 설순평과 같이 병장기 부딪치는 소리를 들었고, 바로 뛰어나와 바짝 경계를 높이고 있던 이 층 위사들의 경호 속에 아래층을 확인한 것이었다.

"무열 오라버니, 무슨 짓이에요. 그만두세요!"

허겁지겁 소리를 지르며 달려 내려온 편가연. 그녀답지 않게 하얗게 낯빛이 질렸다.

"가연아!"

편무열. 편가연을 보러 극월세가를 방문한 그였다.

"무슨 일이에요? 왜 여기서 싸움을 하는 거예요?"

편무열을 대하는 편가연의 음성과 눈매가 매웠다. 그러잖아도 강박감에 시달리고 있던 그녀라 자신의 집 안에서 칼 소리를 냈다는 사실에 화가 난 것이다.

대총관 설순평은 외수를 살폈다.

"궁 공자님, 무슨 일입니까? 왜 편무열 대공자님과 싸움을?"

"편무열?"

외수의 반응에 편무열도 역시 같은 반응을 보였다.

"궁 공자?"

설순평이 편무열을 한 번 쳐다보곤 외수에게 대답했다.

"예, 무열 대공자님은 아가씨와 사촌지간이신 분입니다."

"그래? 그것참 성질 급한 사촌이로군. 말로 해도 될 걸, 왜 주먹에 칼부터 튀어나왔을까. 싸움을 못해 근질거렸나?"

툴툴거리며 편무열을 비꼬는 외수. 그리곤 더 볼일 없다는 듯 편무열을 옆을 스쳐 지나 밖으로 향했다. 편무열의 매서운 눈초리가 따라붙었지만 외수는 전혀 아랑곳하지 않았다.

"저놈이 누구냐, 가연아?"

현관 밖 계단을 투덜투덜 내려가는 외수를 끝까지 노려보는 편무열이 물었다.

"스스로 위사라던데 위사라기엔 이것저것 너무 형편없고, 도대체 뭐하는 놈이지?"

화가 난 편가연 대신 설순평이 대답했다.

"대공자님, 그분은 궁외수라는 분이십니다."

"그러니까 궁외수가 누구냐고?"

편무열의 언성이 높아졌다. 그도 화를 삭일 수가 없는 것이다.

"가연 아가씨의 정혼자이십니다."

"뭐어? 정혼자? 무슨 소리야, 정혼자라니?"

"오래전 돌아가신 가주님께서 정해놓으신 분입니다. 어제 세가에 도착을 하셨고요. 혼자 계신 아가씨께 큰 힘이 되실 분입니다."

"이게 대체 무슨 소리지? 정혼자가 있었다는 것도 어이없지만 겨우 저딴 녀석이 정혼자라니. 대체 어떻게 된 건지 자세히 설명해 봐!"

"대공자님, 그럴 테니 일단 올라가시죠. 싸우게 된 경위도 올라가서 말씀해 주시면 좋겠고. 아가씨, 올라가시죠!"

설순평이 사태를 진정시키며 우선 편가연을 앞세우고 위층으로 향했다. 그러자 편무열도 어쩔 수 없이 따라 계단을 올랐다.

*　　　*　　　*

외수는 외원을 향해 걸으며 힐끔힐끔 본채 쪽을 돌아보았다. 편무열이 머리에서 떠나지 않았기 때문이다. 그의 싸움 실력, 그 무공이 궁금했다.

"어떻게 한 거지?"

외수는 편무열이 자신에게 했던 대로 손바닥을 확 내쳐보았다. 하지만 경력은커녕 미세한 바람도 일지 않았다.

"거참, 신기하네."

내력, 내공이라는 것을 모르는 외수. 그저 고개만 갸우뚱거릴 뿐인데, 궁금한 건 그것만이 아니었다. 편무열이 사용했던 검식들. 마치 자신의 초식을 훤히 들여다보듯 찔러오던 날카로움이 눈에서 떠나지 않았다. 솔직히 배우고 싶었다. 특히 손바닥에서 강력한 경풍을 쏘아내는 그 특이한 기술은.

第九章

날 안 믿었군

허무하고 비참해! 내 칠십 년 수련이 모두 허사였어.
팔방풍우 따위에 그렇게 개 밟듯이 처밟다니.

                          ―매화검선 담사우가 낙향을 하며

"뭐라고? 그래서 그를 데려왔다고?"

대총관 설순평의 설명으로 궁외수를 데려온 이유를 들은 편무열은 도저히 받아들이기 어렵단 듯 황당한 표정을 하고 편가연을 쳐다보았다.

"아무리 구명의 은혜가 있고 혼인 약조가 있다지만 대체… 가연아, 이 무슨 어이없는 일을 벌인 것이란 말이냐. 아무리 믿을 곳이 없어도 그렇지. 아무짝에도 쓸모없는 놈을 정혼자라고, 자신을 지켜줄 것이라 믿고 데려오다니, 말조차 나오지 않는다."

"오라버니, 어째서 그렇게 말씀을 하시는 거죠? 아무짝에도 쓸모가 없다니? 아버지께서 정한 사람이에요."

차갑게 받아치는 편가연.

"그래서, 이십여 년 동안 모르고 있던 그놈과 혼인을 하겠다는 것이냐?"

"그래야죠. 나에겐 의지가 되는 사람이니까요."

"의지? 도대체 무엇을 보고?"

"그는 궁천도란 대협의 아들이에요. 무슨 일이 있어도 나와 세가를 지켜주겠다고 약속을 했어요."

편무열이 말이 안 통해 답답하다는 듯 자신의 이마를 쓸어 올렸다.

"궁천도가 누구냐? 숙부를 구해준 것 말고 이십 년 동안 네가 그에 대해서 들은 것이나 아는 것이 있으면 말해 보아라."

"……."

"쯧쯧쯧! 가연아, 이 바보 녀석아. 네가 속은 것이거나 모르고 있는 것이다. 놈이 무엇으로 어떻게 널 지킨단 말이냐. 여기 하급 위사들보다 못한 녀석이 무슨 재주로?"

"무슨 말씀이세요, 그는……."

"능력이 있다고 말하고 싶은 것이냐?"

"네! 열둘이나 되는 산적조차 몽둥이 하나로……."

편무열이 다시 편가연의 말을 끊으며 혀를 찼다.

"쯧쯧쯧! 그건 여기 상급 위사 정도만 돼도 할 수 있는 일이다. 아까 놈이 나와 부딪쳤을 때 그 녀석이 사용한 무공이 무엇인지 아느냐? 팔방풍우라는 최하급 기초 무공 초식이었다. 저잣거리 아무 데서나 굴러다니는 무공 초식. 아깐 내가 버릇을 고치는 수준에서 가벼이 손을 썼다만 만약 조금만 내력을 가미했더라도 놈은 지금 목숨을 부지하고 있을 수 없었어. 그런데 그

쉬운 팔방풍우조차 제대로 펼치지 못하는 놈이 어떻게 널 지켜 줘?"

"……?"

편가연의 눈동자가 흔들렸다. 믿을 수 없단 표정. 그러자 설순평이 항변했다.

"대공자님, 그럴 리가요?"

싸늘한 편무열의 눈초리가 천천히 설순평에게로 향했다.

"대총관! 네놈은 뭘 한 것이냐? 분명히 내가 가연이를 제대로 보필하라 했을 텐데? 어디서 근본도 모르는 놈을 검증도 없이 세가로 끌어들여?"

무시무시한 안광(眼光)과 음성. 그래도 설순평은 강하게 부정했다.

"그럴 리가 없습니다. 궁 공자님의 아버지는 정말 당당하고 대단한 고수이셨습니다."

"갈(喝)!"

기어이 편무열의 고성이 터졌다.

"네 말대로라면 왜 그가 오지 않았느냐. 그리고 아비가 고수면 아들도 고수인 것이냐? 네놈이 확인해 봤어?"

"……?"

설순평이 멍한 상태로 편무열만 바라보았다.

"그만!"

편가연의 노성.

그녀는 무겁게 고개를 떨어뜨린 채 집무책상에 손을 짚고 있다가 한순간 바깥으로 향했다.

"아가씨?"

설순평이 얼른 따라붙었지만, 그녀는 일체의 반응 없이 별채를 향해 갔다.

"문을 열어!"

편가연이 멈춰 서자 따라 움직이던 위사들이 얼른 궁외수의 방문을 열어젖혔다. 그 바람에 안쪽에 자고 있던 시시가 깜짝 놀라 눈을 떴다.

"아가씨?"

허겁지겁 일어나 침대를 내려오는 시시.

편가연이 대총관 설순평, 편무열 등과 함께 줄줄이 안으로 들어섰다.

냉랭한 얼굴의 편가연.

"시시, 네가 왜 여기서 잔 것이냐?"

상황을 모르는 시시가 머뭇댔다. 그사이 편무열이 책이 놓여 있는 탁자를 발견하곤 그리로 가 집어 들고 살펴보더니 대폭소를 터트렸다.

"크하하핫! 크하하하! 이렇게 어처구니가 없을 수가! 우하하하!"

편가연이 돌아보고 그에게로 가, 책을 빼앗듯이 받아 들고 내용을 확인했다.

"정말 황당무계한 인간이로다. 밤새 수련해 사용한 것이 이 것이었어. 길바닥 아무 데서나 구할 수 있는 무공. 뭐, 파천대구식? 크하하하, 푸하하핫핫!"

도저히 못 참겠단 듯 폭소를 이어가는 편무열. 책 속엔 팔방
풍우 뿐만 아니라 명칭만 거창하게 가져다 붙였을 뿐인 횡소천
군(橫掃千軍), 직도황룡(直刀黃龍), 일도양단(一刀兩斷) 따위의
초급 무공 초식들만 늘어놓고 있었기 때문이다.

얼굴이 시뻘게진 편가연이 가만히 책을 내려놓고 시시를 돌
아보았다. 무서운 얼굴. 시시는 그녀가 이렇게 차갑고 냉혹한
얼굴을 하는 걸 처음 보았다.

"시시, 묻는 말에 똑바로 대답해 줘."

"……."

"왜 네가 이 방에서 잔 것이냐?"

"공자님께서 책을 읽어 달라고 하셔서."

"책? 책을 왜 네가 읽어줘?"

"그게……."

"시시!"

시시가 머뭇거리자 편가연이 바로 화를 터트렸다. 시시는 어
쩔 수 없었다. 눈물이 날 만큼 분위기는 무서운 데다 편가연이
먼저 물어온 이상 거짓말을 할 순 없었다.

"공자님께서 글을… 모르셔서……."

"……?"

시시의 대답에 편가연의 눈이 커졌다.

"글을 몰라?"

"네, 아가씨. 배운 적이 없다고."

휘청대는 편가연의 신형.

"푸하하핫, 크하하!"

다시 터지는 편무열의 폭소. 이번에는 정말 배를 쥐고 눈물까지 쥐어짜며 웃어대는 그였다.

벌겋게 달아오른 편가연이 차갑게 돌아보았다.

"오라버니, 재미있으세요?"

"아, 아니. 흠흠, 너무 기가 막혀 그런다."

편무열이 급히 웃음을 수습했지만 편가연의 식은 마음은 풀리지 않았다.

"혼자 있고 싶어요. 가주세요."

"……"

단순히 자리를 비켜달라는 게 아닌 세가를 떠나달란 축객(逐客)이었다.

잠시 싸늘히 지켜보는 편무열. 그는 두말 않고 돌아서 화가 난 걸음으로 방을 빠져나갔다.

"대총관!"

"예, 아가씨!"

서늘한 편가연의 음성 앞에 설순평이 급히 허리를 숙였다.

"당장 그를 찾아 데려오세요."

*　　　*　　　*

사하공 이석의 은거지에 갑자기 사람이 늘어났다. 기어이 그를 협박(?)해 쳐들어온 무림삼성 때문이었다. 죽림 마당 탁자에 둘러앉은 네 사람. 사하공은 입이 열댓 발이나 툭 튀어나왔지만 우치 구대통은 즐거운 듯 실실거리기만 했다.

"흐흐훗, 멋진 은신처로군 그래. 이런 곳에 신분까지 숨기고 들어앉아 있는데 죽었는지 살았는지 세상이 알 수가 있나. 좋아, 기념이니 그따위 싸구려 술 말고 내 술 한 잔 받아!"

죽림을 둘러본 구대통이 자신의 호리병을 풀어 내밀었다.

"됐소. 난 내 술 마시겠소."

"하하, 이놈아! 일단 마셔나 보고 그런 소리를 해라! 결코 아무에게나 주는 술도 아니고, 많이 주지도 않을 거야. 딱 한 잔만 줄 테니 일단 마셔봐! 어찌 알아, 지금 네가 앓고 있는 시름을 한동안 날려줄지."

구대통이 거듭 권하자 사하공이 못 이기는 척 술잔을 들었다.

꿀꿀, 쪼르르.

채 한 잔이 되지 않을 만큼 따라진 술. 사하공이 여전히 의심 가득한 눈초리로 구대통을 쏘아보며 입으로 가져갔다. 그리고 한 모금을 목으로 넘기는 순간 뻐딱하기만 하던 그의 눈초리는 대나무 숲 저 너머로 훨훨 날아가고 말았다. 온몸에 전율이 이는 느낌. 단맛도 쓴맛도 아닌 것이 목을 타고 넘어가는 순간 전신을 휘감으며 숱한 바늘로 찌르는 것 같았다.

"크으!"

자기도 모르게 격한 신음을 토한 사하공.

구대통이 느긋이 웃고 있었다.

"흐흐흐, 어때?"

사하공은 대답 않고 남은 술을 마저 들이켰다. 말로 표현할 수 없었다. 전신에 퍼지는 그 짜릿함이란. 은은한 향도 마찬가지였다. 몸속으로 퍼지다 못해 뇌 속까지 파고드는 느낌이었다.

"낄낄, '구일취(九日醉)'라는 술이다. 오래갈 거야, 주향이! 이제 그 싸구려 술을 마셔봐, 술맛이 훨씬 좋아질 테니까. 다음에 백일취(百日醉)를 구하면 그때도 맛보여주마."

구대통이 깔끔하게 호리병 마개를 막아버렸다.

"언제까지 여기 있을 참이오?"

"죽이든 살리든, 놈을 해결할 때까지!"

"그게 언제냔 말이오."

"이놈아. 무양과 난 놈을 어제 처음 봤다. 일단 놈에 대해 파악을 해야 대책을 세우지. 왜, 우리 때문에 불편해? 흐흣, 그동안 혼자 처박혀 궁상만 떨었을 텐데 오히려 적적하지 않고 좋지 뭘 그러냐?"

"세가주의 정혼자를 죽일 계획을 가졌잖소. 그런 자들을 내가 데리고 들어온 게 알려지면 나조차 여기 머물 수 없게 되니 하는 말이오."

"걱정 마라. 절대 안 들킬 테니. 낄낄낄."

구대통이 자신들이 들킬 인간들이냐는 듯 만만한 웃음을 흘리는 그때, 죽림을 구경하겠다며 갔던 미기가 슬렁슬렁 나타났다.

"분위기 좋네. 근데 어떡해? 술판 끝내야겠는걸."

"왜?"

"그 인간 오고 있어?"

"뭐야? 궁외수 그놈이 지금 여길 오고 있다고? 어디?"

구대통이 자리를 박차고 일어났을 때 대나무가 바람에 흔들리듯 으스스 울기 시작했다. 그것은 이미 숲 가까이 왔다는 뜻.

아니나 다를까, 짝다리를 짚고 서서 한쪽 발을 까닥거리며 딴청을 피우는 미기가 남의 일 얘기하듯 말했다.

"들어섰어. 숲 입구에!"

"업?"

놀란 구대통이 벼락처럼 몸을 날리더니 눈 깜짝할 새에 미기를 낚아채 숲으로 숨어 들어갔다. 정말 비호(飛虎)가 따로 없는 운신. 미기를 낚아챌 때 딱 한 번 땅을 디딘 것밖에 없었는데 구대통의 모습은 대숲 속으로 사라져 보이지 않았다. 점창파의 '분광착영(分光捉影)' 이란 신법이 극성으로 펼쳐진 운신이었다.

무양과 명원도 마찬가지였다. 어느 틈에 숲 속으로 모습을 감추었고, 탁자 의자엔 사하공만 덩그러니 혼자 남았다.

어김없이 외수가 오솔길을 따라 모습을 드러냈다.

사하공이 술잔을 내려놓고 째려보았다. 전처럼 노발대발 길길이 날뛰지는 않았다.

"이번엔 왜 왔느냐, 칼 따윈 없다는데?"

"이곳에 칼이 있다는 것을 알고 있소. 영감 행동도 그렇지만 내 직감도 그렇다 말하고 있소."

"그래서?"

"칼을 보여주시오. 내가 원하는 칼이 아니면 다신 오지 않겠소."

"흥! 네게 맞는 칼이라도 내가 주지 않는다!"

"칼 앞에 겸손하고 절제된 인간이 되도록 노력하겠다고 약속해도 안 되겠소?"

"……."

사하공의 눈에 잠깐 이채가 어렸다. 그러나 단호히 잘랐다.

"네놈은 그럴 수 없는 놈이다. 숱한 놈들이 그렇게 말하고 내게서 도검을 얻어갔지만, 그것을 실천한 놈은 없었다. 네놈은 특히 그게 불가능한 놈이다. 본능적으로! 그러니 포기해라. 내가 네놈에게 칼을 줄 일 따윈 절대 없다."

"……."

외수는 말없이 쳐다보기만 했다. 정말 여기서 포기하고 돌아가야 하는지 잠시 고민하는 중이었다. 그런데 인지하지도 못하는 순간에 머리와 목 뒤에 전해진 따끔한 통증에 외수는 그대로 쓰러졌다. 수혈(睡穴) 따위의 혈도를 짚힌 것인데, 바로 구대통의 소행이었다.

"흠, 이놈을 어떻게 하지?"

소리도 없이 나타나 외수를 혼절시킨 구대통이 외수를 내려다보며 자신의 턱수염을 만지작거렸다. 그와 함께 다시 나타난 무양과 명원도 둘러서서 같은 고민을 했다.

급기야 구대통이 외수 옆에 쪼그리고 앉아 머리에 손을 가져다 붙였다. 진기로 외수의 상태를 명확히 확인하려는 것이었다. 오래 걸리진 않았다. 진기를 흘려 상태를 확인하던 구대통의 낯빛이 점점 굳어지더니 얼른 손을 놓고 일어섰다.

"어떠냐?"

궁금한 무양의 물음이었다.

"맞아! 생사현관이 열려 있는 완벽한 천공지체의 무서운 영마야."

"그럼 지금 죽여야 하는 것이냐?"

무양의 말에 구대통이 그를 보았다. 몇 걸음 떨어져 지켜보는 미기도 낯빛을 굳히고 쳐다보았다. 구대통이 절레절레 고개를 흔들며 말했다.

"음, 일단 지금 우리가 놈의 기운을 눌러보는 건 어떨까?"

무양이 바로 반박했다.

"영마의 기운이 선천지기인데 우리가 누른다고 눌러져? 녀석이 아무것도 안하고 스스로 항마심공을 수련해도 모자랄 판에?"

"그냥 해보자는 거야. 죽이는 건 아직 여유가 있으니까!"

명원과 무양이 서로 마주 보았다. 그리고 명원이 구대통의 말에 대답했다.

"그래요, 오라버니! 그런다고 해서 더 나빠질 것도 없으니까 시도해 보죠."

"좋아 그럼, 각자의 항마진기들로 놈의 기운을 최대한 눌러보자고."

결정이 이루어지자 세 사람은 외수를 일으켜 앉히고 둘러앉았다.

"서로 충돌하지 않게 각자 상, 중, 하단전을 나눠 맡아 진력을 운용하도록 해!"

끄덕.

준비가 끝나자 세 사람은 외수의 상의를 반쯤 벗겨 내리고 쌍장(雙掌)을 붙여갔다.

츠츠츠츠……

강력한 기운이 사하공의 죽림을 휩쓸었다. 구대통이 천룡무상

신공(天龍無上神功)을 운용해 점창의 '현천진기(玄天眞氣)'를, 무양이 양의무극신공(兩儀無極神功)에 의한 '무극진기(無極眞氣)'를, 명원이 항마대정신공(降魔大靜神功)에 의한 '대정진기(大靜眞氣)'를 밀어 넣으며 외수의 선천지기인 영마지기를 눌러 다스리려 애를 썼다.

시간이 흐르며 무림삼성 세 사람의 이마에 송골송골 땀이 맺혀 올랐고, 미기가 가만히 다가와 그들의 모습을 지켜보았다.

그런데 끝도 나지 않을 것처럼 진기투입이 진행되고 있을 때 숲 바깥 대장간 쪽에서 외수를 찾는 다급한 소리가 들렸다. 약 이각(二刻) 정도의 시간이 지났을 시점이었다.

"공자님! 궁외수 공자님!"

손을 거둘 수밖에 없는 무림삼성. 소리가 점점 가까워지자 그들은 얼른 외수를 일으켜 세우고 다시 깨어날 수 있게 혈도를 두드린 다음 조금 전과 같이 바람처럼 숲으로 숨어 들어갔다.

"……?"

몸을 휘청거리며 깨어난 외수. 멍하고 어리둥절한 그였다. 왜 자신이 비틀대고 있는 것인지, 그리고 옷은 왜 흐트러져 있고, 칼은 왜 땅바닥에 떨어져 있는지 알 수 없었다.

"궁 공자님! 궁 공자님!"

칼을 집어 들다가 자기를 부르는 소리를 들은 외수는 잠시 사하공을 돌아보고 섰다가 천천히 숲 바깥으로 걸음을 옮겨갔다. 자신에게 어떤 일이 있었는지 전혀 눈치채지 못한 채.

"멍청한 놈!"

사하공이 떠나가는 외수를 비꼬며 술잔을 기울이고 있을 때

무림삼성과 미기가 다시 마당으로 나왔다.

"어떻게 됐어요?"

미기가 외수가 간 방향을 보며 무림삼성에게 결과를 물었다. 구대통 역시 오솔길을 바라보며 대꾸했다.

"일단 눌러는 놨지만 얼마가지 못할 게다. 놈이 스스로 '항마내력(降魔內力)'을 쌓지 않는 한 우리가 심은 진기의 영향은 미미할 수밖에 없어."

"그 인간이 항마내력을 수련케 할 순 없는 거예요?"

"어떻게? 죽이겠다고 했는데도 자기 본성대로, 생긴 대로 살겠다고 한 놈을."

"그럼 그 인간이 힘을 갖춰 나가고 영마의 본성을 드러내기 시작하면 결국 죽여야 한다는 건가요?"

열여섯 살 미기. 장난스러울 때와 진지할 때의 그녀는 달랐다. 지금 그녀는 제법 숙녀 같고 어른스러웠다.

구대통은 미기를 째려보며 깊은 신음만 흘릴 뿐 대꾸하지 않았다. 무양과 명원도 마찬가지였다. 세 사람은 그를 죽여야 하는 순간이 의외로 빠를지도 모른다고 생각하고 있었지만 걸림돌은 따로 있었다.

*　　　*　　　*

"돌려보내!"

"아가씨?"

편가연의 한마디에 시시는 얼굴이 하얗게 질렸다. 편가연은 집무 책상 앞 등을 돌린 채 서서 돌아보지도 않았다.

"하지만 정혼자이신데 어찌? 그리고 돌려보내면 공자님의 아버님이신 궁천도 대협은 어쩌고요?"

시시는 어떻게든 그녀의 화를 달래보려 했다.

"다 필요 없어! 나보고 글조차 모르는 멍청이랑 결혼을 하란 말이야?"

"멍청이… 라고요? 아닙니다, 아가씨! 공자님은 멍청이가 아닙니다. 배울 기회가 없어 모르는 것일 뿐 어제 보니 글을 배우고 익혀 나가는 속도가 놀라우리만치 남달랐습니다. 조금만 가르치면 금방……."

"시시!"

편가연의 언성이 사나워졌다.

"난 내가 가르칠 사람이 아니라 나와 세가를 지켜줄 사람이어야 해! 내가 지금 누군가를 배려하고 있을 수 있는 상황이야? 꼴도 보기 싫으니까 당장 돌려보내도록 해!"

단단히 화가 난 편가연이었다.

"아가씨, 제발! 그는 돌아가신 가주님께서 정한 분이잖아요. 좋든 싫든, 잘났건 못났건 선친께서 정한 혼약을 파기해선 안 되는 거잖아요. 그건 유언을 어기는 것과 같은 거잖아요. 그리고 궁 공자님은 결코 멍청하지도 무능하지도 않았습니다. 제가 확인했어요. 멍청한 자가 어떻게 한 번 읽어준 글을 수백 자씩 외워 버릴 수가 있겠어요. 또 무능한 자가 어떻게 칼을 든 산적 무리를 몽둥이 하나로 제압하고, 명원신니 같은 무서운 존재의 협박에도 눈 하나 깜박하지 않고 당당히 뿌리칠 수가 있겠어요.

제발 그런 마음먹지 마세요, 아가씨! 그는 아가씨를 무슨 일이 있어도 지켜준다 약속했고, 반드시 아가씨를 지켜줄 것이라 저는 믿어요."

시시는 눈물겨울 정도로 절절히 애원했다. 자신이 본 궁외수는 결코 헛소리를 뱉을 사람도 아니었고, 엄연히 존재하는 약속을 파기하며 이렇게 내쳐서도 안 될 사람이란 판단 때문이다.

시시는 대총관 설순평이 자신을 거들어 편가연을 말려주길 바랐지만 그는 고개를 숙인 채 이러지도 저러지도 못하고 있을 뿐이었다.

"그렇게 미더우면 시시 네가 데리고 살아!"

다시 터진 편가연의 고함은 막말이나 다름없었다. 시시는 믿을 수가 없었다. 이 순간 그녀는 자신이 알던 편가연이 아니었다. 송곳보다 더 혹독한 말을 서슴없이 내뱉는 그녀라니. 지금 궁외수에 대한 그녀의 상심이 짐작됐다. 시시는 다시 한 번 마음을 차분히 가라앉히며 설득에 나섰다.

"아가씨. 궁 공자님이 세가로 오시며 한 말씀이 있어요. 제가 정혼 약조를 들먹이며 두 분은 꼭 결혼하시게 될 거라고 말씀드렸더니, 종잇조각에 적힌 몇 글자가 사람의 마음을 우선하진 않는다고. 세상 그 무엇도 부러울 게 없고 모자람도 없는 아가씨가 먼 과거의 약속 때문에 마음의 울림도 없이 누군가와 혼인을 한다는 건 너무 불쌍하지 않느냐고. 그리고 또 지푸라기를 잡는 심정으로 자기를 부른 걸 안다며, 그래서 혼인 그런 것은 자신은 강요하고 싶지 않다고. 아가씨, 어떤 욕심이나 속셈을 갖고 세가로 온 사람이라면 그런 말을 할 수 있겠어요? 그저 과거의 인연이 있었던 사람, 자신의 아버지가 오지 못하니 그가 나서서 대신 맡겠다며 온 것뿐이에요. 한데 어떻게 그런 사람을 글을 모른다고, 무공이 강하지 않다고 다시 돌아가라 할 수가 있겠어요. 아가씨, 다시 한 번 생각해 주세요. 그분은 아가씨의 아버님을 구한 은공의 아들이고, 정혼자잖아요. 지금 그분 외엔 믿고 의지할 사람도 없잖아요."

시시는 어떻게든 편가연의 마음을 돌리려 애를 썼지만 편가연은 느닷없이 책상 너머로 달려가 거칠게 서랍을 열었다. 그리곤 오래된 봉투 하나를 꺼내 시시에게로 확 내던졌다. 화가 그대로 실린 행위.

"정혼자, 정혼자라고? 네가 직접 읽어봐!"

의아한 시시. 내던져져 발밑에 떨어진 봉투는 분명 정혼 약조가 담긴 그 문서봉투였다. 그런데 왜, 무엇을 읽어보라는 것인지.

시시는 조심스럽게 봉투를 주워 안의 문서를 꺼내 펼쳤다. 편장엽의 글씨. 인장. 그리고…….

"……?"

놀란 시시는 편지의 내용을 다시 확인했다. 하지만 자신의 눈이 틀리지 않았음을 확인하고 편가연을 쳐다보았다.

"아가… 씨! 이게 어떻게 된 거죠? 여기 왜 제 이름이?"

"그래, 맞아! 네 이름이야. 수연(受蓮)! 내 이름 가연이 아니라 수연! 그와 정혼 약조가 된 건 내가 아니라 너란 말이다. 그러니까 다신 정혼자니 뭐니 그딴 소린 꺼내지도 마!"

시시는 세차게 고개를 흔들며 부정했다.

"아니에요! 이건 편법이에요. 여긴 비록 제 이름을 적었지만 분명 내용에 '내 딸'이라고 했잖아요. 수연은 그냥 가주님께서 아가씨와 친구처럼, 자매처럼 같이 커주길 바라는 뜻으로 제게 붙여주신 이름일 뿐, 저는 딸이 아니잖아요."

"시시! 그만두지 못하겠어?"

"안 돼요, 아가씨! 이런 말도 안 되는… 흑흑!"

시시는 기어이 얼굴을 감싸고 눈물을 터트렸다.

"제발, 아가씨! 당장의 화 때문에 믿을 수 있는 분을 놓치지 마세요. 제발 이성을 찾으세요. 흑흑흑."

시시가 폭발하는 울음을 참아내지 못하고 있는 바로 그때, 집무실 문이 열리고 위사들의 안내를 받은 외수가 비로소 들어섰다.

화들짝 놀란 시시가 들고 있던 문서와 봉투를 품속으로 감추며 돌아선 채 얼른 눈물을 훔쳤다.

외수는 방 안의 이상한 분위기를 눈치채곤 서서히 걸음을 늦추었다. 눈을 맞추지 못하는 대총관. 돌아서 눈물을 수습하고 있는 시시. 어리둥절한 외수는 천천히 편가연과 시선을 마주했다.

"날 찾았다고 했소?"

"그래요."

"무슨 일이오?"

"묻고 싶은 게 있어요."

"무엇이오?"

"저를 속이셨더군요. 무공을 모른다고요?"

단도직입적인 편가연.

속였다는 말에 외수는 언짢았지만 일단 별생각 없이 넘어갔다.

"그런데?"

"뻔뻔하군요. 무공을 모르는데 어떻게 날 지키죠?"

"그런 걸 꼭 알아야 돼?"

"당연히 알아야죠. 누구보다 강해야 하잖아요."

"걱정 마. 내 목이 떨어지기 전엔 털끝 하나 다치지 않게 해줄 테니까."

"당신 목이 떨어진 다음엔요?"

"……."

"글도 모르신다고요?"

외수가 편가연을 쏘아보았다.

"하고 싶은 얘기가 뭐야?"

"떠나주세요! 여긴 그런 당신 필요한 곳도, 당신이 있을 곳도 아니에요."

"……."

"아가씨?"

시시가 황급히 책상 앞으로 붙어서며 편가연을 막으려 매달렸다.

"아가씨, 제발 이러지 마세요. 오직 아가씨를 위해 오신 분을……."

"시시! 몇 번을 말해야 알아듣겠단 거야? 너도 가! 다 보기 싫어!"

눈마저 벌겋게 달아오른 편가연. 차라리 울어버리고 싶은 것을 억누르며 고함으로 대신하는 듯했다.

싸늘하게 식은 외수의 눈빛.

"날 믿겠다고 했던 것 같은데?"

"……."

편가연은 대꾸 않고 노려보기만 했다.

"믿는 게 아니었군."

외수는 망설이지 않고 그녀와 시시가 있는 집무책상 앞으로 갔다. 그리고 품속에서 두 가지를 꺼내 책상 위에 던졌다. 편가연이 준 전낭과 패찰이었다.

받은 그대로를 돌려준 외수는 바로 돌아서 문으로 향했다.

"공자님! 잠깐만!"

황급히 외수를 쫓아 그의 팔을 붙드는 시시.

"공자님, 이대로 가시면 안돼요. 흑흑. 우리 아가씨는 어떡하고요. 제발, 잠깐만요!"

눈물을 쏟으며 매달리는 시시를 내려다보던 외수는 가만히 그녀의 손을 떼어내며 싱긋이 웃었다.

"후후, 하루 지내보니 역시 내게 어울리는 곳이 아니었어. 잘 있어, 시시!"

시시의 손을 뿌리친 외수는 뒤도 돌아보지 않고 빠른 걸음으로 이 층을 내려갔다.

"공자님! 공자님!"

계단까지 쫓아온 시시가 애타게 불렀지만, 성큼성큼 계단을 내려간 외수는 바로 본채를 빠져나갔다.

시시는 떠나는 외수를 보며 정신을 가눌 수가 없었다. 도대체 뭘 어떻게 해야 할지 생각조차 나지 않았다. 한동안 멍하니 서 있던 그녀는 결국 이대로 끝나게 해선 안 된다는 결론에 이르렀다. 시시는 문이 열린 가주 집무실을 향해 소리쳤다.

"아가씨! 기다리세요. 반드시 궁 공자님을 모시고 돌아올게요!"

그러고 시시는 아래층으로 내달려 본채 시녀들의 방 중 제일 첫 번째 있는 자신의 방으로 들어갔다. 지금 상태에선 잡을 수 없는 외수를 쫓아갈 생각인 것이다. 시시는 손에 잡히는 대로 이것저것 행낭에 챙겨 넣었다. 전낭, 옷가지, 수건 따위의 생필품 등등. 그 바람에 방 안이 엉망이 되었지만 시시는 상관하지 않고 바로 밖으로 뛰었다. 외수가 사라지기 전에 따라잡아야 했기에 쉴 틈이 없었다.

다행히 세가 정문을 빠져나가기 직전, 시시는 외수를 볼 수 있었다.

"공자님, 공자님! 헉헉!"

부르는 소리에 외수가 멈춰 서서 우두커니 돌아본다. 행낭까지 싸서 든 가녀린 그녀가 미친 듯이 달려오자 기다려 주지 않을 수 없었던 모양이었다.

"무슨 일이야? 왜 행낭을?"

"같이 갈 거예요. 데려가 주세요. 헉헉!"

"……?"

허리를 굽힌 채 무릎을 짚고 헐떡대는 시시. 그녀는 외수가 뭐라 말하기도 전에 먼저 말문을 막았다.

"쫓아내도 소용없어요. 저도 쫓겨났거든요. 공자님 때문에. 그러니까 안 된다고 하면 전 갈 곳이 없어요."

"……."

외수가 한동안 바라보다 아무 말 없이 돌아섰다. 결국 극월세가를 다시 떠나는 외수. 시시가 흐르는 땀을 수습하며 뒤를 따랐다.

"공자님, 어디로 가는 거예요?"

세가를 벗어나 한참 거리를 걷던 시점에 시시가 물었다.

"몰라! 정하지 않았어. 그것보다 시시!"

외수가 걸음을 멈추고 돌아보았다.

"날 따라와서 어쩌겠다는 거야? 정말 떠나겠다는 거야? 편가연은 어떡하고?"

크고 고운 눈망울. 말간 얼굴의 시시. 뽀얀 이마와 콧날이 더없이 여리고 깨끗한 느낌을 더하기만 하는 그녀였다. 가만히 올려다보던 그녀가 조용히 다가서 외수의 소맷자락을 꼭 움켜쥐었다.

그녀가 왜 소맷자락을 잡는 것인지 알 리 없는 외수는 슬픈 표정이 그득한 그녀를 내려다보며 묵묵히 대답을 기다렸다.

"공자님, 뿌리치고 도망치시면 안 돼요?"

"안 쳐. 내가 도망칠 이유가 무엇이라고."

그래도 시시는 외수의 소맷자락을 놓지 않았다.

"공자님, 저는 공자님과 아가씨의 연결고리예요. 그래서 저는 어느 쪽도 놓을 수가 없어요. 여기서 공자님을 놓아버리면

영원히 끝나 버리니까요. 어디까지든 따라갈 거예요. 그러니 제
발 뿌리치지 마시고 저를 데려가 주세요."

　시시. 어떻게든 외수와 편가연을 다시 이어놓으려는 그녀의
간절함이 그녀가 붙잡고 있는 외수의 소맷자락을 통해 전달되
었다.

『절대호위』 2권에 계속…

무경 新무협 판타지 소설

FANTASTIC ORIENTAL HEROES

암제귀환록

마흔에 이르기도 전에 얻은 위명.
암제(暗帝).

무림맹의 충실한 칼날이었던 사내.
그가 무림맹 최후의 날에
모든 것을 후회하며 무릎을 꿇었다.

"만약 그때로 돌아갈 수 있다면……."

사내의 눈이 형용할 수 없는 빛을 토했다.

"혈교는 밤을 두려워하게 될 것이다!"

Book Publishing CHUNGEORAM

유행이 아닌 자유추구
WWW.chungeoram.com

말년병장 이등병되다!

에바트리체 장편 소설

FUSION FANTASTIC STORY

대한민국 남자라면 알고 있을 바로 그 이야기!

『말년병장, 이등병 되다!』

전역을 코앞에 둔 말년병장, 이도훈.
꼬장의 신이라 불리던 그가 갑자기 훈련병이 되었다?!

"…이런 X같은 곳이 다 있나!"

**전우애 넘치는 군인들의
좌충우돌 리얼 군대 이야기!**

Book Publishing CHUNGEORAM

유행이 아닌 자유추구 -
WWW.chungeoram.com

LORD
RAYSHADE
FANTASY FRONTIER SPIRIT
영주 레이샤드
한승현 판타지 장편소설
저주받은 영지 아베론의 영주 레이샤드.
열다섯 번째 생일날,
정체불명의 열쇠가 그의 운명을 바꾸었다!
『영주 레이샤드』
시험의 궁을 여는 자, 원하는 것을 얻으리니!
시련을 극복하고 새로운 땅의 주인이 되어라!
레이샤드의 일대기가 시작된다!
Book Publishing CHUNGEORAM
유행이 아닌 자유추구 -
WWW.chungeoram.com

FANATICISM HUNTER

광신사냥꾼

류승현 판타지 장편 소설

FANTASY FRONTIER SPIRIT

「블레이드 마스터」의 류승현 작가가 펼쳐내는
판타지의 새로운 신화!

마도대전을 승리로 이끈 유리언 대륙의 영웅,
최강의 아크 메이지 제온!

그러나 '세상의 섭리'에 아내와 아이를 빼앗기는데…….

『광신사냥꾼』

만약 그것이 정말로 세상의 섭리라면,
그마저도 무너뜨리고 말리라!

복수를 위한 제온의 위대한 여정이 시작된다!

Book Publishing CHUNGEORAM

유행이 아닌 자유추구 -
WWW.chungeoram.com